U0164759

梁啟超與近代中國思想

梁啟超與近代中國思想

約瑟夫·列文森 著

（Joseph R. Levenson）

盛韻 譯

香港中文大學出版社

列文森文集

董玥　主編

《梁啟超與近代中國思想》

　　約瑟夫·列文森　著

　　盛韻　譯

© 香港中文大學 2023

本書版權為香港中文大學所有。除獲香港中文大學
書面允許外，不得在任何地區，以任何方式，任何
文字翻印、仿製或轉載本書文字或圖表。

國際統一書號 (ISBN)：978-988-237-295-5

本書翻譯自 University of California Press 1967 年出版之
Liang Ch'i-ch'ao and the Mind of Modern China。

出版：香港中文大學出版社

　　　香港　新界　沙田·香港中文大學

　　　傳真：+852 2603 7355

　　　電郵：cup@cuhk.edu.hk

　　　網址：cup.cuhk.edu.hk

Liang Ch'i-ch'ao and the Mind of Modern China (in Chinese)

　　By Joseph R. Levenson

　　Translated by Sheng Yun

Preface © Thomas Levenson 2023
Chinese edition © The Chinese University of Hong Kong 2023
All Rights Reserved.

ISBN: 978-988-237-295-5

Published by The Chinese University of Hong Kong Press

　　　The Chinese University of Hong Kong

　　　Sha Tin, N.T., Hong Kong

　　　Fax: +852 2603 7355

　　　Email: cup@cuhk.edu.hk

　　　Website: cup.cuhk.edu.hk

Printed in Hong Kong

獻給我的父親和母親

目　錄

「列文森文集」主編序

董玥 (Madeleine Y. Dong)

約瑟夫·列文森 (Joseph R. Levenson, 1920–1969) 是20世紀西方最傑出和最有影響力的中國歷史學家之一。在20世紀中期，通過對梁啟超以及中國近現代歷史演變的思考，圍繞中西異同、現代化進程以及革命道路的選擇等問題，列文森有力地勾畫了一系列核心議題，對現代中國的政治制度和思想文化的詮釋發揮了重大作用。列文森非凡的創造力、橫貫東西的博學、敏銳的問題意識、優雅獨特的語言風格，以及對於歷史寫作的誠實和熱忱，為他贏得了人們長久的敬重。

一直到上世紀80、90年代，列文森仍然在故友圈子中被不時提起。然而他在西方中國學領域中的聲名，到了20世紀末期，卻似乎逐漸淡去。現在人們提起列文森，往往立即聯繫到他因翻船事故不幸在48歲英年早逝的往事。列文森離世如此之早，如此突然：他在前一天還在講台上講課或在系裏與同事和學生交談，才情洋溢，帶著愉快的微笑，令人如沐春風，第二天就永遠地離開了。他如此富有創造力的人生戛然而止，這一悲劇震

動了當時的學界，也使得其後人們在提到他的時候，不由產生一種凝重的靜默。列文森的著作，儘管高山仰止，能夠讀懂的人卻並不多。他的難解，加上周遭人們心情的肅穆，使得人們在爭論與探究時不再經常徵引他的著作。久而久之，列文森的作品也就淡出了西方顯學的書目。然而即使如此，他的影響力卻從未真正消失。我們在中國近現代史領域諸多重要研究中，都可以清晰地見到列文森思想的印痕，這是因為許多年輕學者在不知不覺之中，走上了他為後學開闢的路。

列文森在上世紀50、60年代思考中國歷史時，中國在很大程度上與世界大部分地區相隔絕，但是他從來都相信中國會以自己的方式重新進入現代世界。列文森所提出的主要課題 —— 現代中國與其前現代的過往之間的關係、中國與世界之間的關係 —— 迄無公認的答案或結論，直至今天仍然持續引發熱烈的討論，這些討論甚至比他在世時更為重要，而列文森思考這些問題的方式仍然有其活躍的生命力，他在思想史上的創構也不可取代。列文森過世十年後，他的老師學生、同窗同事出版了一部紀念文集《列文森：莫扎特式的史學家》(*The Mozartian Historian: Essays on the Works of Joseph R. Levenson*)，他們在〈編者導言〉中的評價今天看來仍然適用：「我們激勵自我與他人去進一步探索列文森極富新意、極富人情地研究過的人類和歷史問題，我們覺得這既合乎智識上的需求，也是道義職責所在。他提出的疑問、他追索的主題，是持久性的，帶著普世的關懷。他的寫作傳遞給當時人與後世一個信息，就是我們不應該讓這些曾經熱切的關懷消逝在『博

物館的沉寂』中。」我們在21世紀閱讀列文森，不妨重新體會他在學術上寬闊的視野、對知識的興奮、對思想真正開放的擁抱，以及探索艱深問題的勇氣和堅定。而中國讀者對列文森的解讀尤其具有必要的中介作用，能夠喚起21世紀讀者的想像力，激起關於中國近現代史的新的討論。「列文森文集」中文版的出版，對中國和西方的歷史研究者來說，都將是一個寶貴的機會，可以在這套文本的基礎上，進行一場更為深入的關於列文森的嚴肅對話。

列文森一生著述豐厚，在大量文章和書籍章節之中，他的核心著作有如下幾種，均收入本文集：《梁啟超與近代中國思想》（*Liang Ch'i-ch'ao and the Mind of Modern China*）、《儒家中國及其現代命運：三部曲》（*Confucian China and Its Modern Fate: A Trilogy*），以及在他去世後出版的《革命與世界主義：西方戲劇與中國歷史舞台》（*Revolution and Cosmopolitanism: The Western Stage and the Chinese Stages*）。列文森計劃繼《儒家中國》之後寫作第二個三部曲，但是未得完成。《革命與世界主義》只是這個新計劃中第三卷的一小部分，是列文森於1966至1967年在香港休學術假期間完成的，1968年他為在北伊利諾伊大學的演講準備了講稿，這本書便是根據他的遺稿整理出版。列文森還與舒扶瀾（Franz Schurmann）合作書寫了一部中國歷史教科書——《詮釋中國史：從源起到漢亡》（*China: An Interpretive History, From the Beginning to the Fall of Han*），亦在他去世後出版。此書似乎是一個更大的項目的初始部分，只從上古歷史講到漢末。從列文森留下的資料看，原本應該還有後續。那時的考古資料和可見的史料都遠不及今天

豐富，但是書中所展示的思考歷史的方式即使在今天看來也非常有啟發意義。

　　在上述四本書之外，本文集另收入前述紀念文集《列文森：莫扎特式的史學家》。書中首次刊發列文森本人的一篇重要遺作〈猶太身分的選擇〉（"The Choice of Jewish Identity"），除此之外的主要內容來源於一次紀念列文森的學術討論會，作者們從各自的角度對列文森的著作評價不一，反映出的並非是關於列文森的「權威論定」，而是當時北美中國歷史學界以及這些學者各自關注的問題，其中既有理解，亦有誤解。此書不僅能為讀者理解列文森的研究和學說提供一個學術背景，在瞭解列文森對中國史研究領域的衝擊以及這個領域在美國的發展上亦有其獨特的價值。

　　列文森關於梁啟超的專著由中央研究院近代史研究所張力首先譯成中文，於1978年以《梁啟超》為名在台灣出版；同一本書後由劉偉、劉麗、姜鐵軍翻譯為《梁啟超與中國近代思想》，作為「走向世界叢書」的一種，於1986年在四川人民出版社出版。此次收入本文集的是由盛韻博士重新翻譯的完整版，書名改為《梁啟超與近代中國思想》。《儒家中國》三部曲最早由鄭大華和任菁譯成中文，以《儒教中國及其現代命運》為題於2000年初次出版。本文集所收譯本由劉文楠博士重新全文翻譯，書名改為《儒家中國及其現代命運：三部曲》。《詮釋中國史：從源起到漢亡》（董玥譯）、《革命與世界主義：西方戲劇與中國歷史舞台》（董玥、蕭知緯譯），以及《列文森：莫扎特式的史學家》（曾小順、張平譯）都是首次以中文與讀者見面。

　　關於列文森所生活的時代與他的思考之間的關係，以及對他的著述和思想比較深入的分析，請見書後導讀〈在 21 世紀閱讀列文森：跨時空的對話〉。

2023 年 1 月

漫長的回家之路

托馬斯・列文森（Thomas Levenson）

一、老虎，老虎！

這是我對中國最早的記憶：爸爸辦公室三面牆都是書，瀰漫著煙斗的味道。即使在半個多世紀後的今天，當我在家裏翻開其中一本書，總感覺仍然可以聞到一絲當年的煙味。

我心中最早的中國還伴隨著野獸——其實就是一隻做成虎皮地毯的老虎，當然還帶著巨大的虎頭。每當六歲的我走進那間辦公室，都會膽戰心驚地盯著它黃色玻璃般錚亮的眼睛，和那些可怕的牙齒，好像隨時會被它一口吞掉。

這塊虎皮地毯鋪在加州大學伯克利分校那位歷史學家的辦公室裏。它背後還有個故事。總是有故事的：爸爸的人生就是在物質體驗的瞬間發現意義。那老虎是我外祖父獵回的三隻老虎之一——他送給三個孩子每人一隻大貓。我媽不喜歡，不願把它擺在家裏，所以她丈夫就帶到上班的地方，解決了問題。

爸爸待人接物總有一絲腼腆，同時又是個引人注目的人物，所以訪客進他辦公室時多少都有點敬畏。這就是為何他把虎皮擺成那樣——虎頭剛好落在開門的弧線之外。有些緊張的客人過分在意坐在書桌後的那位先生，往往會忽視地板上潛伏的危險，被虎頭絆到。爸爸就會順勢聊起他那神槍手岳父（不是個好惹的人），如何悄悄接近他的獵物，一、二、三……氣氛融洽起來，訪客大笑，開口提問，討論漫長而複雜的中國歷史。於是就這樣開場：一段對話，一曲智性之舞，與我的父親約瑟夫·里奇蒙·列文森一起思考中國。

二、爸爸的玩笑

爸爸喜歡玩文字遊戲，忍不住要講雙關語，經常跨越兩三種語言，發明一些讓人哭笑不得的笑話。他把這種文字中的遊戲感，把從中挖掘每一絲意義（還有幽默）的純粹的快樂帶到了我們家的日常生活中。每天晚上，他都會哄我和弟弟睡覺。他盯著我們上床，蓋好被子，關上燈。然後是講故事的時間。這是爸爸的天賦，（現在回想起來）也許是他引以自豪的一件事：他從不給我們讀尋常的兒童讀物。每個故事都是他自己編的，用一個又一個懸念吸引我們，經常要花幾個晚上才能講完。我們有個規矩：每天晚上都要以雙關語結束。（讓我難過的是，現在真的記不清這些故事了，只記得有個故事源自日本民間傳說，結尾用了美國1930年代的俚語，編了一個曲裏拐彎的笑話，今時今日根本無法理解。）

但雙關語和文字遊戲並不只是用來逗孩子的語言玩具。他去世的時候，我只有十歲，還沒有從他教我的東西裏學到多少（或者說任何）深層次的教益。父親過世後，我把讀他的書作為瞭解他的一種方式，多年後才體會到，這種文字戲法是他作品的核心，幾乎成了一種信條：他在《儒家中國及其現代命運：三部曲》中寫道，「在時間之流中，詞語的意思不會固定不變」。琢磨一個詞或短語中多變的意義，給了爸爸一把精神上的刀子，用它來剖析的不是思想（thoughts）——那不過是學校裏的老師試圖固化的對象——而是思維（thinking），是想法產生和演化的動態過程。

當我在大學第一年終於讀完《儒家中國》三部曲時，我開始明白爸爸的目標究竟是什麼（那一年我選了哈佛大學的東亞歷史入門課，那也是爸爸的博士導師費正清〔John Fairbank〕主講該課的最後一年）。在書中〈理論與歷史〉一章，爸爸用有點自嘲的幽默開頭，承認他揭示主題太過緩慢，但他保證確實有一個觀點，「等著人們（如讀者）去釋放」。這是用婉轉的方式來感謝一直堅持讀到這裏的人，但也能讓讀者有所準備，提醒他們得費多大的力氣才能把自己的觀點弄明白。他寫道：「我們可以把人類史冊中的某件事描述為在歷史上（真的）有意義，或者（僅僅）在歷史上有意義。」同一個詞，兩層涵義：「區別在於，前者是經驗判斷，斷定它在當時富有成果，而後者是規範判斷，斷定它在當下貧乏無味。」

作為他的兒子，突然遭遇約瑟夫・列文森成熟的思想，讀到像這樣的一段話，一方面被激起了單純的興奮——嘗試一種

新的理解歷史的方式，不把它視為典範或說教，對我是一次至關重要的啟迪，另一方面也喚起了我與爸爸之間的某種聯繫，而這是我在更年幼的時候無法領會的。接下去，他進一步論述道：「『歷史意義』一詞的歧義是一種美德，而非缺陷。抵制分類學式對準確的熱衷（拘泥字面意思的人那種堅持一個詞只能對應一個概念的局促態度），是對歷史學家思想和道德的雙重要求。」

「道德的要求」。近50年後，我仍然記得第一次讀到這句話的感受。對於一個聽睡前故事的孩子來說，讓詞語的這個意義和那個意義打架，不過使故事變得滑稽、精彩、出乎意料。僅僅幾年後，堅持把嚴肅對待語言的多能性（pluripotency）當作道德義務，就成為一種啟示。在接近成年的邊緣接觸到這一點，真正改變了我的生活 —— 首先是讓我想成為一名作家，因為我愛上了爸爸這樣或那樣變換文字的方式。這看起來非常有趣，而且確實有趣。但往深了說，試著去理解人們為什麼這樣想、這樣認為、這樣做，對我來說（我相信對爸爸來說也是如此），已經變成盡力過一種良好生活的途徑。

也就是說：爸爸的歷史研究，背後有一種按捺不住的衝動，就是要讓另外一個時空變得可以理解，這是一種歷史學家版本的黃金法則。對爸爸來說，嚴肅對待過去意味著完全同樣嚴肅地對待當下 —— 因此必須做出道德判斷，「現身表態和有所持守」。這是給困惑中的學者的指引 —— 非常好的指引，在作為兒子的我眼中，甚至是至關重要；同時，它也是生活的試金石：在評價之時，意識到我們可能會看到的差異：既存在於我們與之共享此

時此地的人民、國家或文化中，也存在於那些我們可能想要探索的種種歷史之中。認識到這些差異對於生活在與我們不同的文化或時代中的人來說是合情合理的；對於生活在這裏和現在的我們來說什麼是重要的（有一天也會有試圖理解我們的思想和行動的他人來評價）。什麼是生命的善，我們的任務是「保持真誠（即把真作為追求的目標），即使真理不可知」。[1]

以上這些，是我和爸爸朝夕相處的十年中，從他自娛自樂和逗全家開心的語言雜技中聽來的嗎？當然不是。與約瑟夫・列文森共度的歲月為我鋪墊了日後的這些教益嗎？

哦，是的。

三、漫長的回家之路

1968年，爸爸告訴一位採訪者，為什麼當初決定專門研究中國問題，而不是像1930、1940年代美國以歷史學為職志的學生那樣，致力於其他更為常見的歷史學分支。他說：「在中國歷史中有很大的開放空間，有希望能找到漫長的回家之路。」

我理解他所謂的「開放空間」。爸爸1941年剛剛踏上求知之旅時，學術性的中國研究在美國屬於寥寥數人的領地，兩隻手就能數過來。人們想問任何問題都可以。爸爸對人滿為患的美國史

1　上述引文均出自Jesoph R. Levenson, *Confucian China and Its Modern Fate: A Trilogy*, Berkeley: University of California Press, 1968, vol. 3, pp. 85–92。

或歐洲史沒有興趣，他發現那些領域裏盡是些「圍繞細枝末節或者修正主義問題而產生〔的〕惡意爭論」。[2] 正如這套文集所證明的，他充分利用了所有思想空間，在其中肆意漫遊。他處理大問題，那些他認為在中國歷史和人類歷史中十分重要的問題，從中獲得極大樂趣。

但是，「漫長的回家之路」指的是什麼呢？在尋求爸爸的真相時，雖然無法獲知全貌，但我認為爸爸對他的目的地至少有幾個不同的想法。當然，中國歷史和美國的1950、1960年代之間確實能找到相似之處，而爸爸就是在後一個時空語境中進行思考的。例如，在爸爸的寫作中很容易發現，在苦思中國歷史中那些看似遙遠的問題時，那曾讓他的導師費正清不勝其擾、還險些砸了他自己在加州大學的飯碗的麥卡錫主義，無疑在腦海中佔據了非常重要的位置。

但我想，當下之事與過去之事間存在的某些共鳴，並不是爸爸真正在思考的東西。作為一個外國人、一個美國人，他可以在中國找到一條道路，清楚地看到歷史情境的動態變化，這些動態變化也迴響在別處、在離(他)家更近的歷史之中。他堅持走一條漫長的路，路的另一頭是與他自己的歷史時刻相隔數百年、相距數千里的儒家學者生活中的點點滴滴。要如何理解

2　上述引文出自Angus McDonald, Jr., "The Historian's Quest," *The Mozartian Historian: Essays on the Works of Joseph R. Levenson*, ed. Maurice Meisner and Rhoads Murphey, Berkeley: University of California Press, 1976, p. 77。

他的這一堅持呢？從最寬泛的角度說，審視中國讓他得以思考可以被帶入他與中國之對話中的一切，包括但不限於他自己的特定歷史時刻。

那也許是爸爸希望與他相同專業的採訪者注意到的一點。但在家裏，他實際的家，他與一隻狗、四隻貓、四個孩子和妻子共同的家，他那漫長的回家之旅中還有其他站點。最重要的是，猶太教是爸爸的身分中不可化約的核心元素；宗教認同交織於他的整個智性生活和情感生活之中。但是，身為一個在1960年代伯克利生活的猶太人，在那個年代那個地方，試圖把孩子們引入猶太教的實踐、儀式和一整套傳統，這給他帶來的挑戰，與他在中國的經驗中所讀到的非常相似。

爸爸的成長過程沒有遇到過這樣的障礙。他在二戰前長大，那時大屠殺還沒有框限猶太人的身分認同。他的祖輩是來自東歐的移民，此地後來成為美國人對「正宗」猶太經歷的刻板印象（這種印象忽略了整個塞法迪猶太人，或者說猶太人在南方的傳承）。爸爸由奶奶在嚴守教規的正統猶太教家庭撫養長大，終其一生，他都在熱切研習猶太教文本與習俗，並且頗有心得。

他自己的四個孩子對猶太生活有非常不同的體驗。我們在家裏不吃豬肉或貝類，幾乎從不把牛奶和肉混在一起，這些規矩僅僅是對爸爸在成長過程中所瞭解的精微的猶太飲食習慣略表尊重。我們參加了本地的正統猶太教會堂，但在大部分時間裏，宗教對家裏其他人來說都只扮演著非常次要的角色。除了一個例外，那就是每週五的晚餐，即安息日的開始：我們總是點亮蠟

燭，對著酒和麵包禱告，在餐廳而不是廚房吃飯，因為這才符合應有的慶典感。

那些安息日的夜晚對我爸爸來說充滿了意義。然而，儘管我們家是猶太人這一點從無疑問，但我和兄弟姐妹並不完全清楚，猶太人除了是一個帶限定詞的美國身分，還意味著什麼。其他族裔可能是德裔美國人、英裔美國人、亞裔美國人，而我們是，或者可以是猶太裔美國人。當然，爸爸在世的時候，我覺得大多數猶太會堂的儀式都很乏味。家庭活動挺有意思，但歸根結底，猶太身分對我來說最重要的意義是，它是爸爸的一部分，因此也是我們這個家庭的一部分。他去世後，猶太教成了要疏遠的東西。在我們家成為猶太人，就是認識到它對爸爸的意義，那麼，當他不在了，當他離我們而去了，還可能留下什麼？

有些東西確實留下了。我也開始了自己漫長的回家之旅，這部分始於讀到爸爸的一篇關於猶太教的未完成的文章，是他去世後在他書桌上發現的。這是一篇內容厚重的文章，但我所需要的一切都在標題中：「猶太身分的選擇」。選擇——成為猶太人的方式是可以選擇的——這個想法就是一種解放。對我來說，它使我有可能回歸到一種並不以虔誠地遵循儀式為核心，而是以先知彌迦的律令為核心的猶太教：「行公義，好良善」——或者像爸爸在引述〈申命記〉時所寫的，「在生命中做出良好的選擇無異於選擇生命自身」，正如他在同一頁所說，這是「良善而充分的」。[3]

3　Joseph R. Levenson, "The Choice of Jewish Identity," *The Mozartian Historian*, p. 192.

對爸爸來說，猶太身分的選擇與他自己童年的信仰實踐關涉很深，遠遠超過我——這也難怪，因為與我們相比，他早年的生活太不一樣了。但毫無疑問，爸爸對中國有如此深入的思考，其中一個原因就是他自己在這個問題上的掙扎：當身為猶太人的很多東西（甚至在自己家裏！）已經被歷史不可逆轉地改變，為什麼還要做猶太人？換言之，無論對「現代」的定義有多少爭議，現代性對每個人都有要求，爸爸在工作和日常生活中一直要與之纏鬥。

那就是他所走過的漫漫回家路——在他的著作中，大部分時候是隱在字裏行間的潛台詞。但至少有一次它浮出水面——在《儒家中國》三部曲的最後一段。在用三卷的篇幅橫貫了中國廣闊的開放空間之後，他以一個來自猶太傳統核心的寓言收尾。很久以前，一位偉大的聖人舉行了一場精心設計的儀式，以確保他所尋求的東西得以實現。在後繼的每一代人中，這個儀式的某個步驟都遺失了，直到最後只剩下這個：「我們能講出這個故事：它是怎麼做的」。[4]

正如我在這裏所做的。

四、空著的椅子

時間是流動的還是停頓的？這是一個有關連續與變化之爭的古老辯題，長期讓歷史學家糾結。但對我們家來說，這不是

4　Levenson, *Confucian China and Its Modern Fate*, vol. 3, p. 125.

什麼問題。1969年4月6日是不可逆轉的時刻,一切都改變了。那天之前:毫無疑問爸爸一直都在。那天之後:他走了,或者說,自那之後成為一個持續缺席的存在,家中每個人在與他對話時,他都是沉默的另一半。

　　對約瑟夫·列文森的記憶,是生活中一個複雜的饋贈。毫無疑問,他對所有的孩子都有影響。我的兄弟和姐姐會以各自不同的方式講述他們和爸爸之間的聯繫,但可以很清楚地看到,他對我們都有影響。

　　例如,爸爸總想在看似完全不相干的現象之間找到聯繫。這種在時間和空間上的跳躍,會將爸爸從德國學者對俄國沙皇君主制的研究,帶到太平天國獨裁者對儒家思想的拒斥。[5]無論是出於何種天性和教養的煉金術,我的哥哥理查德(Richard),一位研究生物醫學的科學家,在這類「腦力雜技」上展現了同樣的天賦(儘管他的學科與爸爸遙不相關),他也繼承了爸爸對文字遊戲的熱愛,在其中加了點東西,完全屬於他自己的東西。

　　爸爸是一個頗有天賦的音樂家,曾考慮過以鋼琴家為業。他最終選擇入讀大學而不是音樂學院,但在此後的人生中,演奏和聆聽音樂都是他心頭所愛。我覺得他作品中思想和行文間的音樂性不太被注意,但確實存在,處於作品的核心。大聲朗讀他的句子,你會聽到音調、音色,以及最重要的——節奏,所有這些

5　　Ibid., vol 2, p. 100.

約瑟夫・列文森懷抱中的幼年托馬斯
（照片由本文作者提供）

都塑造了他試圖傳達的意義。我姐姐艾琳 (Irene) 是爸爸在音樂
上的繼承人。她走上了他沒有選擇的道路，成為一名職業音樂
家。她從童年時代就彈奏爸爸那架非同尋常的三角鋼琴，最終彈
得比他更出色，並以音樂理論教授為職業長達 40 年，爸爸創造
的音樂之家的記憶留下了迴響，至少在我看來是這樣。

　　我的弟弟里奧 (Leo) 過著與爸爸截然不同的職業生活。他一
直是公務員，主要在舊金山市服務。但爸爸與他的聯繫也依然存
在 (同樣，這是我的視角，也有可能是強加的外在印象)。聯繫
之一是他們同樣獻身於猶太社群生活。但我覺得更重要的是另一
層聯繫：我弟弟選擇在政府機構工作，效力於良治的理想。這聽
來就像是爸爸致力於分析的那種儒家倫理的某種回聲 —— 我也
覺得是這樣。影響的蹤跡捉摸不定。有時它是直接的，有時必須
在「押韻」的人生中尋找 —— 就像在這裏。

　　那麼我呢？爸爸的影響是明確的、持續的，有時是決定性的。我上大學時的目標是學到足夠多關於中國的知識，這樣才有能力讀懂他的作品。這讓我選擇唸東亞史，然後成為一名記者，先後去日本和中國工作。作為一名作家，我起初發現自己試圖模仿爸爸華麗的文風——這是個錯誤。正如爸爸所寫的，「語氣很重要」，我需要通過模仿他的風格來摸索自己的風格。不過，在另一方面，我更為成功。我在他的歷史觀（他堅持有節制的、縝密的相對主義）中發現了一種極為有力的工具，來推動自己的研究興趣，探索科學和科學研究與其所處的社會之間的相互作用。當我寫作時，爸爸的文字在我腦海中響起，這大大豐富了我的創作，讓我寫出更好的作品，如果沒有他，我的寫作不可能有現在的成績。

　　不過，正如我在上文提到的，帶著對約瑟夫‧列文森的記憶生活是件複雜的事，過去這樣，現在依然如此。我所做的每一個選擇都關閉了其他選項。（當然，對我的兄弟姐妹來說也是如此。）回顧沒有他的半個多世紀，我很清楚，如果爸爸還活著，所有那些沒走過的路可能會顯得更加誘人，通往全然不同的一系列體驗。

　　這並不是在抱怨。在我所度過的人生中，我十分幸運，即便50多年前那場可怕的事故帶走了爸爸也改變了我們一家。生而為約瑟夫‧列文森的兒子，我接觸到趣味無窮的想法，引人入勝的工作，凡此種種。但是，拋開他的死亡帶來的悲痛，仍然有個問題：我追隨了與他之間的聯繫，與此同時，我錯失的事情和想法又是什麼呢？我想這是一個列文森式的問題，很像他對中國思

想者提出的那些，他們對一種思想的肯定不可避免會導致對其他思想的拒斥。無論如何，這是一個不可能回答的問題——個人的歷史無法重來，也沒有實驗對照組。但我仍會時不時想到，在 1969 年那個春天的下午之後就變得不再可能的種種可能。

五、回憶與追思

爸爸在《革命與世界主義》這部遺作中寫道：「很長一段時間以來，人們一直在思考『歷史』的含糊性，至少在英語中是這樣：人們創造的記錄，和人們撰寫的記錄。」[6] 用列文森的相對主義精神看，那本書的語言是十足的他那個時代的語言，也是對那個歷史時刻的標誌與衡量（「人們」這個詞用的是「men」，而不是「humans」）。他那本書是在創造歷史——某種東西被創造出來，某個行動完成了，自有後來的讀者去評價和解讀。你現在讀到的這篇文章則是在撰寫歷史，而非創造歷史：一個事後去捕捉爸爸人生真相的嘗試。它必然是不完整的——正如爸爸將「創造」與「撰寫」並列時所暗示的那樣。

這裏還有一點。到目前為止，我幾乎沒有提到羅斯瑪麗・列文森（Rosemary Levenson）——他的妻子和我們的媽媽——儘管她的存在總是縈繞著對爸爸的追思。與他共度的 20 年自然是她

6　Joseph R. Levenson, *Revolution and Cosmopolitanism: The Western Stage and the Chinese Stages*, Berkeley: University of California Press, 1971, p. 1.

一生中最幸福、最完滿的時光。當然，他們的婚姻畢竟是凡人的婚姻，也就是說，並非沒有起伏。就像那個時代的太多女性一樣，她讓自己的專業能力和追求屈從於爸爸的事業，這並不總是一個容易接受的妥協。但他們的情誼——他們的愛——對他們倆都至關重要。媽媽是爸爸作品的第一個編輯，也是最好的編輯，是他新想法的反饋板；在爸爸的整個職業生涯中他們形影不離。爸爸他去世時，喪夫之痛原本可能會徹底吞噬她，但她挺了下來，也撐住了整個家庭，以近乎英雄的方式。但所有這些都是他們共同創造的。如果要寫，也幾乎只對那些認識他們倆的人才具有歷史意義。

爸爸公開的歷史被切斷了，如同一個想法戛然而止，一句話沒有說完。他最後的著作沒有完成，那只是一個片段，屬於一部遠比這宏大的作品。他從沒去過香港以外的中國國土。他就像尼波山上的摩西——他決不會傲慢到做這樣的類比，但作為他的兒子，就讓我來替他這麼說吧——被允許看到應許之地，卻無法去到那裏。原因就在於被創造的歷史：1949年中華人民共和國成立，對他和幾乎所有美國人關閉了通往中國的大門，而在大門重開之前僅僅幾年，他去世了。可以說，一張虎皮地毯和一間煙霧彌漫、被書牆包圍的辦公室，不只是他年幼兒子的中國，也是他的中國。

爸爸從沒能踏足那個讓他魂牽夢縈的地方，這令我到今天都很難過。但是，這套最新的「列文森文集」中文版，終於能以他所書寫的那個文明的語言呈現，在某種意義上，約瑟夫·列文森

終於走完了那條漫長的回家之路。爸爸所寫的歷史如今能為中國和世界將要創造的歷史提供啟迪。作為他的兒子，作為他的讀者，我非常高興。

2023 年 1 月 22 日

（劉文楠 譯）

序 言

身為著名學者、新聞人、政治家的梁啟超（1873–1929）為中
國近代史貢獻良多，也在不經意間揭示了這段歷史的真義。他引
人矚目的事業以及思想的內在變化自然而然地經歷了三個階段，
本書也分成三個部分，在每一編中，我嘗試先作為一個編年記錄
者去重述他的貢獻，再作為一個歷史研究者去理解這些貢獻。

在第一、三、五章中，我會描述冰山一角 —— 那些最顯見
的，也就是公開記錄。梁啟超本人也可以如此寫編年自述，他自
然知道自己做過哪些事，但只有旁觀者才清楚他是怎樣的人。自
我認知是一樁相當棘手的事，因為自我不斷隨著認知而變化，梁
啟超也像所有人一樣，囿於當下之我，很難一邊保持自我一邊揭
示自我。他本人無法寫出本書的二、四、六章。假設梁啟超能夠
寫出這樣的內容，他就不可能是被書寫的對象；如果一個人擁有
自己牢籠的鑰匙，他就不會總待在牢籠裏。

梁啟超的思想是他的牢籠，其中有必然的前後矛盾，也有諸
多相互抵牾、他卻不得不認同的信念，不是出於邏輯連貫，而是

出於個人需要。我作為歷史學者的努力，在於講述他的所作所為
之後，還要指出其中哪些所作所為在折磨著他。但本書歸根結底
不是要研究梁啟超的心理。讀者應該將之視為「近代中國思想」
的探索之作，關乎歷史和生平、文化和社會的嬗變發展，而不僅
僅是討論一個人物的性格。梁啟超是貫穿本書的焦點，我想探討
的是他身處的環境對他的期許以及能為他提供的條件。當我們發
現梁啟超挪用歐洲思想（這些思想在歐洲鼓動民眾的方式很不一
樣），或是以與從前的中國人不一樣的方式理解中國思想，我們
不僅對梁啟超有了一定的瞭解，也對不同社會有了瞭解 —— 中
國與歐洲、清朝與漢代有何不同、為何不同。我嘗試以歷史與個
人的交互作用貫穿全書，將梁氏著述放在歷史語境中加以分析，
同時不斷用梁氏著述所揭示的意義去反觀歷史。

viii

　　要歷史地分析梁啟超，就得認識到其處境的相對性。我最不
想給人留下這樣的印象：批評歷史名人只為了證明我說得對。當
我說「前後矛盾」時，不是要表現梁啟超想法的荒謬（那將是極為
冒失且錯誤的，也和歷史沒什麼關係），而是要展示他那樣想是
合理的。而正是這一點令他具有特殊的歷史意義。哲學家也許會
測試一種思想是否具有本質上永恆的理性，但思想史家卻特別注
重思考的過程，通過揭示思考的過程如何合理來探究在它之下埋
藏的時代問題 —— 哪怕它在理性上並不完美，或者正因它在理
性上是不完美的。

　　這一方法，以及本書的主要結論多在分析性的章節中呈現，
也就是每一編的第二章。讀者可能會苦於在思索型章節和陳述型

章節之間來回穿梭，前者對材料作了直觀的處理，其中的主人公
呈現出廣泛的意義，後者則腳踏實地，追隨一個小小的個體，將
他作為串起中國歷史的一根細細的紅線。不過也許這樣時進時退
也有好處。我們必須不時提醒自己，梁啟超認為他自己是一股力
量，而不是一種象徵。他生活的目的並不是供我們下推斷。我們
希望能從個體身上概括出歷史，從而將他視為某種代言人，但這
個人有他自己獨特的生命，這點我們必須明白。要想從一個人的
思想中發現近代中國是很艱巨的任務。熟知他的事業軌跡，以及
中國為思想的擁有者提供的諸種可能性，可以檢驗我們的發現。

　　像許多中國歷史的研究者一樣，我深深感念費正清 (John King
Fairbank) 先生的熱心幫助，他提供了許多信息、敏銳的批評和有啟
發的想法。柯立夫 (Francis Cleaves) 和楊聯陞讀了部分手稿，並慷慨
相助，尤其是有關文本和翻譯的問題。我也要向裘開明、蔡斯·
J·達菲 (Chase J. Duffy)、詹森 (Marius Jansen)、托馬斯·C·史密斯
(Thomas C. Smith)、芮沃壽 (Arthur Wright)、芮瑪麗 (Mary Wright) 提
供的有益建議表示感謝，我也得益於多年來與大衛·阿貝勒 (David
Aberle)、馬里恩·列維 (Marion Levy)、羅茲·墨菲 (Rhoads Murphey)
的交談，這些交流不僅助力我寫作此書，且於我有更重大的意義。

　　此書大部分是我在哈佛研究員協會擔任初級研究員的幾年
間寫就的，協會為我提供了思想啟發和物質支持，我的感激無
以言表。

ix

我還要感謝費伯出版社、哈考特‧布雷斯出版社允許我引用Ｔ‧Ｓ‧艾略特的〈乾燥的薩爾維吉斯〉("The Dry Salvages")中的幾行詩。第一章和第二章中的相當一部分內容在《思想史雜誌》(*Journal of the History of Ideas*)上刊發過。

本書正文中沒有漢字，書末附有人名、頭銜、術語和習慣用語的詞匯表*。

J. R. L.

1959年2月

---

*　編註：英文原書附有針對西方讀者的中英文對照詞匯表 (glossary)，中譯本略去。

補記

很遺憾我一直沒能對1953年的初版進行認真的修訂。1959年版有一些措詞的細微變化，也是此次重版的基礎。近年來有關梁啟超生平的新材料大量發表，如1953年上海出版的近代史資料叢刊《戊戌變法》，當然更重要的是1959年台北出版的丁文江編《梁任公先生年譜長編初稿》，這很明顯催生了幾部近著的問世，比如張朋園的《梁啟超與清季革命》（台灣南港：中央研究院近代史研究所，1964）。本書雖為傳記，但離「蓋棺定論」還很遠。不過，我希望它仍然能夠為真正的主題 —— 從一人的畢生寫作中召喚歷史 —— 提供些許有用的傳記背景。

J. R. L.

1966年7月

思想史與個體思想者

傳記在記錄個體生平之外還有更多的意義。一個人的生平
不僅僅是「一磚一瓦」(那些累積成為歷史的無數可能的專論中的
一部),如果一位歷史學者僅將個體生平視作磚瓦,他就只會堆
砌,永遠無法理解。

如果說一個人的生平不光是歷史的片段,那麼它也不是微縮
模型。比如,我們不應該把梁啟超視為縮影,好像他極具代表性
的思想裏鎖著整個近代中國。在他生命的某個或者全部階段,許
多中國人並不同意他的看法。然而,通過理解梁啟超,我們可以
理解他的追隨者,以及他的反對者。因為一位歷史學者除了羅列
各種相抗衡的思想之外,還應該能找到它們的關聯。傳記可以推
演歷史,社會源於個體。

先說傳記:每個人都對歷史有情感上的忠誠,對價值有智識
上的忠誠,並且試圖要讓這些忠誠相互連貫一致。一個穩定的社
會中,其成員能夠基於諸種普遍之原則去選擇繼承某種特別的文
化。中華帝國在其巔峰年代,就是這樣的社會。中國人熱愛自己

的文明，不光因為他們生於茲長於茲，而且因為他們真心相信這一文明是好的。然而到了19世紀，歷史和價值在許多中國人的腦海中被撕裂了。梁啟超於1890年代開始寫作，他在智識上與傳統漸行漸遠，去別處尋找價值，然而情感上依舊牽掛由歷史所掌控的傳統。

一個感受到如此張力的人必然會尋求緩解的途徑，梁氏試圖壓制歷史和價值之間的衝突。他的方法是重新思考中國傳統，使得儒家思想——他自己所處社會的產物，因而是他所傾向的——能夠包容他在西方找到的價值。身為康有為的弟子，「漢學」(17、18世紀) 傳人，他說服自己相信孔子真正的教義已經被作偽者以及那些或無知或不誠實的註疏者所遮蔽了。只有通過正確理解真實可靠的經典文本，孔子的真實意圖才能得以揭示 (當然所有的傳統主義者都必須尊重聖人的旨意)，人們才能清楚地看到儒家經典預言並堅信科學、民主、繁榮與和平的終極勝利。既然歐洲樂觀主義者聲稱這些都是西方文明能帶來的果實，梁啟超這個西化派便呼籲中國人效仿西方的成就。然而梁氏的驚人之處在於，他每每用儒家經典的權威性作為幌子去呼籲西化——一個好的儒教徒肯定期待看到山裏通鐵路、代議制政府、婦女受教育並不再裹小腳。

簡言之，即便在他承認很明顯是西方的成就時，也在試圖保護中國免受失敗的責咎；在1890年代他說西方和中國的理想其實是一樣的。這是將中國放到與西方對等位置上考量中國西化的一種途徑，還有別的途徑，梁氏連續嘗試了兩種。

　　首先，大約在1899到1919年，他放棄了對儒家的粉飾，用一種新的非文化主義的中國民族主義去掩護他的西化盤算。為了強大國家可以貶低傳統，因為國家（而非文化）才是對等比較的單位；問題不在於中國文明與西方文明的對比，而是中國與西方諸國的對比。我們在此無法深入討論這一論辯的複雜性，只能說它包含了在當時的歷史情境中必要的邏輯矛盾。這些矛盾來自於他的民族主義需求，既要貶低中國的過去，又要抬高之；既仰慕西方，又對這仰慕心懷不甘。這些矛盾代表了對未來的壓力，它們注定了梁氏會轉向新的立場，只要給他機會認為西方文明不行了；而第一次世界大戰給了他這個機會。

　　在梁氏生命的最後十年，也就是第三階段，他又欣然論證西方和中國理想實際上是對立的。西方是物質的，東方是精神的。之前他可是跟任何一個平庸的19世紀歐洲樂觀派沒什麼不同，相信進步的必然性，尊重歐洲的進步成就。可惜進步的歐洲大踏步走進了「鼠巷」*。科學的進步，物質上的征服，成了歐洲唯一的發展，而科學也令他們精神破產。中國的非科學傳統曾經讓梁啟超那樣的中國人陷入絕望，如今這「落後的」文明總算可以恢復名譽了。該輪到歐洲嘗嘗失敗的滋味了。

---

* 　　譯註：「Rats' alley」是法國北部索姆河附近的一條戰壕，1916年英國接管後堆放索姆河戰役中的屍骸。

　　不過梁啟超不是聖雄甘地。物質在精神性的中國也有一席之地。科學的果實可以為我所用。當西方崇拜科學、聲稱科學之信念就是萬物皆物質之時，西方便選擇了死亡。而中國一直知道物質不是一切，由此得以保全，長享精神與活力。只有活著才能操控，所以中國可以從西方借鑒。而現在就算中國借鑒西方，也是以一種俯就的姿態。

　　梁氏第三階段的這種論調早已不可與1890年代的第一階段同日而語。早先他說，科學是好的，我們能夠接受它是因為我們的傳統為之提供了土壤；後來他又說，科學是壞的，除非得到精神的填充，而精神是我們有且西方沒有的。尊重中國的過去變得合情合理，只因為它對機械漠不關心。中國現在可以挺直腰板，宣佈自己不像西方那樣**天生**具有科學精神，所以也**沒有**像西方一樣被它**污染**。

4　　讓我們概括一下梁啟超的各個階段。第一階段中他試圖將西方價值偷偷夾帶入中國歷史。第二階段中他否認將「西方」和「中國」作為比較的對象，他忠於國家而非文化，此外，文化變遷在他看來是在新與舊之間，而非西方與中國之間；西方諸國沒有「西化」而是現代化，所以中國也能現代化而且不必糾結虧欠了誰。第三階段中他將「西方」和「中國」作為有意義的抽象概念進行了重新發揮，並將二者置於「物質」與「精神」的二元對立之下。

　　由此可見梁啟超的思想如何變化。但他一人的頭腦能包容如此多的變化，又令我們相信這些變化之下有種統一。懷特海寫過個人同一性（從柏拉圖而來）貫穿著我們生命中的重要時刻。懷

特海說，個人同一性是一個持續的地點，為所有的經驗事態提供
地方。[1]

這對於梁啟超及其傳記作者而言意味著：梁氏不斷變化的理
念其實是通過不斷調節外在認識以適應一種固定的內在需要。這
種需要便是為一個持續的問題提供滿意的答案。當我們知曉了問
題，才能更進一步體察梁氏的個體認同，剖析那個持續一貫的梁
啟超，他通過**個體的**思考將那些外表看似毫無關聯的理念聯接了
起來。是那個問題將滋養他思考的所有認識統馭了起來。

要找到問題必須通過假設。我們必須問，梁啟超每個階段的
不同思想是要為怎樣一個問題提供答案？我們找到這個問題，就
找到了在他的不同思想中起作用的統一原則。而通過傳記推演出
的這一原則，也是由個體構成的思想史的關鍵。

因為歷史中的觀念可以通過兩種統一來看，認識其中一種就
能認識另外一種。首先，正如之前所說的，個人同一性隨著時光
推移「縱向地」為不同理念提供了一種統一。其次，同時代性，
即時間上的橫向性，為一個社會中許多個體的不同想法提供了統
一。如果縱線和橫線產生交叉，也就是前一種的個體是後一種的
許多個體中的一員，他個人的統一原則與他們所有人的統一原則
將是相同的。有一種問題，社會中所有同時期的思想都可以視為

5

1　Alfred North Whitehead, *Adventures of Ideas*, New York: The Macmillan Company, 1933, pp. 240–241. （譯註：以上參考周邦憲譯《觀念的冒險〔修訂版〕》〔北京聯合出版公司，2014年〕，頁205，「柏拉圖的接受器說」。）

針對它的一種回答，個體身上接連變化的思想也可視為對它的回應。至此我們可以通過個體習得整個社會。當我們識別出梁啟超的問題，也就捕捉到了反梁思想的意義。因為梁的思想是一種回應，他的對手的思想亦是一種回應。

以 1920 年代開始傳播的中國共產主義為例，它猛烈地抨擊了中國傳統文明。這段時期梁啟超在宣揚中華文明的精神性高於物質性。梁這一最終的回答所對應的問題，我們在他的思想生平中已經有所勾勒。這一問題就是：一個中國人如何接受自己的文化傳承被顯而易見地迅速耗盡——或者說，全盤西化的中國如何才能平視西方？這一問題是梁啟超與共產主義者的內在關聯，這關聯**正是**他們的同時代性。梁氏的問題也完全可以由共產主義者去回答。

如果說對中西平等之信念的需求深深埋藏於梁氏的思想中，也可以說這種需求埋藏於每一種近代中國文化的理論中，不論它們是最傳統的傳統主義者還是最激進的除舊派。疏遠了本國傳統的知識分子恐怕永遠無法對西化高枕無憂，那似乎是在吩咐中國要卑躬屈膝；對他們而言，存在於西方的革命思想，譴責的正是這侵犯了中國的西方文明，所以也算提供了一種出路。中國既不用抓牢瀕死的老朽制度，也不用對西方言聽計從。與俄國共產主義的關聯能讓中國立刻插隊到前列，哪怕它拒斥本土的傳統文化。西方也曾強迫中國拒斥傳統，現在有了比這曾經不可一世的西方更勝一籌的東西。

我們可以看到梁啟超的生平為外部歷史提供了一條線索。從他不斷變化的答案中提取出的問題，正是他的同時代人也在問的問題。然而瞭解問題只能讓我們抵達從傳記到歷史的一半，因為歷史

包羅的是一個時間段內的整個社會。通過研究梁啟超，一個時代中的個人，我們可以嘗試去瞭解社會。然而我們將某個時刻的社會視為一群同時代人的集合。該如何理解時間的推移對它的意義？

的確，時間的推移對它意味著什麼？如果貫穿梁氏一生思想的是一個問題，他的同時代人不論長幼也都面對同樣的問題，那麼**他們的**同時代人不論長幼，如此類推至永恒，都會面對同樣的問題，人類的思想就會永遠靜止不動。然而，弔詭的是，在時間的流逝中保持下來的問題，也在變化。這種變化（走向不合時宜，在對生的固守之中蠶食死的領地）只有歷史才能造成。同時代人受著同一問題的桎梏，但問題的這種變化（變得不合時宜），將他們從原地踏步中拯救出來。

何以如此？因為一位個體的思想家能引導我們發現問題，也能引導我們理解變化。讓我們再次考慮梁啟超最後的思索——西方物質／中國精神的二分法。

1890年代，偉大的總督張之洞提倡「中體西用」。所以他在忠於傳統的前提下，支持維新。[2] 幾十年後，當梁啟超在中國尋

2　張之洞《勸學篇》：「今欲強中國，存中學，則不得不講西學，然不先以中學固其根柢，端其識趣，則強者為亂首，弱者為人奴。」引自吳板橋（Samuel I. Woodbridge）所譯英文版，譯題為「中國的唯一希望」，見Chang Chih-tung, *China's Only Hope*, trans. Samuel I. Woodbridge, New York: Fleming H. Revell Company, 1900, p. 63. 以及本書第137–138頁：「曰：中學為內學，西學為外學；中學治身心，西學應世事⋯⋯如其心聖人之心，行聖人之行，以孝悌忠信為德，以尊主庇民為政，雖朝運汽機，夕馳鐵路，無害為聖人之徒也。」

找精神、在西方尋找物質，如果不考慮時間因素的話，他主張的與張之洞並無二致。但每種思想都會被時間轉化變形，未必是因為其內容有什麼積極的變化，或許僅僅是因為它沒有隨時間變化。要真正把握一種思想，只能通過它與同時代其他思想選項的關係。每一種主張自身都包含著對其他可能性的拒斥。一個人的信念是在不同選項中作出的抉擇，而不同選項會隨著時間推移而改變。

所以物質—精神的思想有了變化，增加了一些新的拒斥對象。張之洞在儒家語境的思考與梁啟超在共產主義者語境下的思考並不相同。張之洞懇求文人學士在儒家經典之外也能考慮一下西學如何為我所用；梁啟超希望青年學生能重回經典，發現中國精神。以挑戰冥頑的傳統主義者開始的思想，漸漸變成了挑戰不耐煩的除舊派。[3] 歷史給出了新的選項，並將這一思想從光亮處拖向陰影裏，將其活力耗盡。之前是張之洞敢為中國開拓新天

3　張之洞：「如其昏惰無志，空言無用，孤陋不通，傲很不改，坐使國家顛臍，聖教滅絕，則雖弟佗其冠，沖淡其辭，手注疏而口性理，天下萬世皆將怨之詈之，曰此堯、舜、孔、孟之罪人而已矣。」（同上註，第138頁）
　　梁啟超：一、「不獨別人瞧不起咱們，連咱們自己也有點瞧不起自己了。」（〈印度與中國文化之親屬的關係〉，《飲冰室文集》，卷62，第50b頁）；二、「現代有些學者卻最不願意聽人說中國從前有什麼學問。」（〈顏李學派與現代教育思潮〉，《飲冰室文集》，卷64，第25頁）；三、「學校讀經問題，實十年來教育界一宿題也。」（〈學校讀經問題〉，《飲冰室合集 · 文集》，冊15，卷43，第80頁）

地，因為不得不如此；現在成了梁啟超一夫當關把守舊中國的疆土，因為無人能如此。

「西方衝擊」促使張之洞和梁啟超提出學說，也無情地改變了中國的面貌，且至今仍在改變。梁啟超對中西文化的精神—物質區分，且不論在他下判斷的時刻合理與否，已經與實際圖景越來越脫節；隨著中國的工業化，中國與西方文化之間的差異（不論是不是物質—精神的）必然會變得越來越模糊。[4] 張之洞的思想在他的時代尚能順應變化，但如果到了梁啟超的時代，梁還這麼想，無異於大踏步邁向不合時宜。

一種不合時宜的思想好比是對一個已無生機的問題的回應。當我們認識到這答案的不合時宜，我們也就認識到問題已經變了，變得與生活的實際越來越不相關。這種嬗變正是思想史的進程。個體思想者一個又一個不同的想法能帶出那個聯接同時代人的大問題。個體思想者一個又一個與前人「相同」的想法則能揭示其變化的秘密。

思想的歷史不會因某種不合時宜而無以為繼，也因為思想的背後總有問題，所以問題的變化，也就是它日益變得不相關，導致了必然的結果：新的相關的問題逐漸產生。這就是為何同一時期的思想聯盟總在瓦解之中。當他們共同的問題變得越來越不相

9

4　研究工業化如何最終將傳統中國社會轉化為西方現代社會的類似物，可以參考 Marion J. Levy, *The Family Revolution in Modern China,* Cambridge: Harvard University Press, 1949。

關，獨獨針對此問題的思想會失去市場，而能夠涉及新問題的思想才會持續。1920年代的梁啟超為一個垂死的問題提供了答案；與他同時代的共產主義者也面對同樣的問題，但是他們給出的答案又能兼顧一些新的問題。梁啟超面對的是給中國帶去工業化時的文化難題，共產主義者不光看到文化難題，也看到了經濟難題。

那麼能夠想出這種有多種用途的思想、兼顧式微的問題和相關的新興的問題的人，都是誰呢？他們大部分是年輕一代（永遠在更新中），他們是老一代思想者的同時代人，只是更年輕，他們與他共同存在過，也將生活在他身後的時代。個體思想者為我們發現了他所處時代的問題，也向我們揭示了變化的本質，他還能夠向我們展示，他那一代人如何被後來人取代。

我們已經看到，因為思想必然由其同時代的其他思想選項來定義，所以前後相繼的張之洞和梁啟超看似接近的思想，其實並不相同。我們也必須認識到同時持有看似相同思想的人其實並不相同。梁啟超在他本人反對儒家的第二階段（1899–1919），從理論上為青年學生的偶像破壞辯護，但著名刊物《新青年》（1915–1919年在北京刊行）卻對他視而不見，[5] 儘管該刊像他一樣

5　我在《新青年》中只找到兩處提到梁啟超的地方：高一涵：〈讀梁任公革命相續之原理論〉（《新青年》，第1卷，第4期，1915年12月15日）批評了梁氏一篇文章，以及〈國內大事記〉（《新青年》，第3卷，第4期，1917年6月），這是固定的新聞專欄，提及了梁氏對當時主戰新聞宣傳的貢獻。

　　我查檢了一些寫中國近代思想史的書，只有王豐園注意到《新青年》和20世紀初梁氏在日本的作品之間的相似性，參見王豐園：《中國新文學運動述評》，北平：新新學社，1935，第56–57頁。

鼓吹新文化。在第一次世界大戰後（也就是他主張物質—精神說　10
的階段）他幾乎被年輕人完全拋棄了。同一場戰爭結果並不能為
「同樣」的思想提供同樣的溶劑。

　　沒有一種思想可以在空間中絕緣存在，可以脫離同時存在的
事物而被單獨定義，正如沒有一種思想可以在時間中絕緣存在。
世上沒有絕緣的思想，只有在過程中自我發展的各種可能性。直
截了當的事實超過感官所能把握。正如同時代的其他可能性內化
於這事實之中，它的過去與未來也內化於其中。年輕一代的反文
化主義有著與梁啟超不同的過去，他們當下的可能性則指向不同
的未來。

　　梁啟超的根在傳統中國。假設他能夠不假思索地堅守陣地，
本可以保住他中國個性的尊嚴。任何新教義都必須如是，要在智
識之外亦得到尊重（不然的話何苦去改變信念？）。然而梁氏在
第二階段拋棄了中國傳統，他這麼做不是因為痛恨傳統，而是絕
望於無法捍衛它。當第一次世界大戰令他從絕望中復生，他重歸
中國文化是再自然不過的。他的起點就是他的終點。

　　然而梁啟超經歷了漫長的回家之路，他在半途碰見了年輕的
一代。他幾乎徹底心碎後才到達了反傳統文化之境，而年輕人從
他手中接過的是一種自然狀態、一份免費禮物、一個出發點。對
他而言只是冰山一角的想法（水面之下深埋著他對傳統文化的赤
忱），對年輕人來說是基石。他們追隨了他一段時間，並沒有說
要永遠追隨他。這就是為何《新青年》的「新青年」們看似在說跟
梁啟超一樣的話，卻很少跟他一起說。因為二者的語言並非真正

11　　相同，「一樣的」思想並不一樣。當一戰改變了這些思想進行的環境，梁氏的思想從根源上決定了他的不合時宜。經由他的推動，年輕人能夠自主選擇。他們大多數選擇了共產主義，既能回答梁氏的問題，也能處理更新鮮的問題。

　　至此，通過分析梁啟超的思想，我們可以看到中國共產主義者也是他的同時代人。同理，通過分析梁氏的思想，我們也看到為何他或他的思想繼承者無法長久地當中國共產主義者的同時代人。當一個問題不再相關，就會歸於沉寂；沒有人再去問這個問題。在某種應答（所有思想都是對問題的應答）變得不合時宜之外，在活死人之外，便是死亡，聯接斷了。

第一編

1873–1898：變形記

第一章

梁啟超與變法

青年時代與所受教育

1873年2月23日，梁啟超出生於廣州附近。他本人的描述
更詳盡：「……實太平國亡於金陵後十年，清大學士曾國藩卒後
一年，普法戰爭後三年，而意大利建國羅馬之歲也。」[1]（最後一
個日子錯了。）

這是梁氏特點，要把自己的生日放在世界歷史大事件的背景
中講述。這裏暗含的是他早年思想的主線：中國傳統和歷史是自
主的，但又不是孤立的或在價值上獨一無二的存在；東方和西方
必然彼此影響；兼收並蓄的哲學對近代中國和整個世界（物質層
面上看是科學一統天下）都適用。

他的父親梁寶瑛是個農民，但熟讀儒家經典，他的祖父是秀
才。[2] 祖父慧眼識人，在八個孫子中特別偏愛梁啟超。他四五歲

1　梁啟超：〈三十自述〉，《飲冰室文集》，卷44，第25頁。
2　科舉制度中的秀才大概相當於本科學歷或文學學士。

時，祖父開始教他讀四書、《春秋》和《詩經》。梁啟超後來回憶祖父講古代豪傑哲人的故事，尤其是宋明兩朝的國難給他留下了深刻印象。

梁啟超六歲時，父親開始教育他，為他準備了學習經典、歷史、文學的全套課程，此外再加上體力勞作，這是背離了文人模式的梁寶瑛所堅持的。少年梁啟超對唐代詩人極有興趣，尤其是李白。起先他只熟讀了《史記》（1908年他自稱仍能背誦《史記》的十之八九）和《綱鑒易知錄》，九歲能綴千言，父親十分滿意兒子的聰慧，將《漢書》和《古文辭類纂》作為禮物送給他。[3]

1884年梁啟超補為縣學生。父親嚴格監督他的行動，令他相信自己注定要有非凡成就。[4]次年，他去廣州的學海堂深造。該校1801年由總督阮元創辦，教授訓詁詞章*。日後梁啟超提及這段學習經歷時說：「不知天地間於訓詁詞章之外，更有所謂學也。」[5]

1889年，16歲（中國算17歲）的梁啟超中了舉人。在鄉試的上百位應試者中，他是最年輕的，名列第五†。考官對他的表現

3　梁啟超的早年生活可參考梁啟超：〈三十自述〉，第24b–25頁；劉盼遂：〈梁任公先生傳〉，《圖書館學季刊》，第4期（1929），第135頁；A. Forke, *Geschichte der neueren chinesischen Philosophie*, Hamburg: De Gruyter & Co., 1938, p. 598；P. M. d'Elia, "Un Maître de la jeune Chine: Liang K'i T'ch'ao," *T'oung Pao*, vol. 18 (1917), pp. 250–251。後兩者多依據梁氏自傳。

4　劉盼遂：〈梁任公先生傳〉，第135頁。

*　譯註：此處原作表述不確。阮元1801年於杭州創辦詁經精舍，1820年在廣州創辦學海堂。

5　梁啟超：〈三十自述〉，第25b頁。「訓詁詞章」在梁氏作品中一再出現，用來貶低諷刺舊式教育。

†　譯註：此處原作有誤，應為第八。

十分滿意，把妹妹許配給他。[6] 1891年底二人在北京完婚。很明　17
顯，訓詁詞章還是有一定用處的。

　　梁啟超沒有取得更高的功名，1890年他在北京的會試中落
榜。這次失敗是否加劇了他對狹隘舊學的不滿我們不得而知，可
以確定的是，更廣大的世界開始對他説話。他從北京回到南方，
在路過上海時買了一本《瀛寰志略》，這是徐繼畬於1840年代編
纂的世界地理概要。這次旅途中，他有機會瀏覽了（雖然沒有錢
買）江南製造總局譯書館譯成中文的歐洲書籍。[7] 在六年後的一
篇文章中，他揭示了1890年是他生命中的分水嶺，「啟超自十七
歲，頗有怵於中外強弱之跡」。[8]

　　那一年秋天，他與學海堂的同學陳通甫成為密友。陳通甫熱
情地談及康有為，其時康氏第一次上書變法被拒。[9] 陰曆八月（公
曆8月26日至9月24日），康有為住在廣州雲衢書屋，梁、陳二
生前去拜師。[10] 1891年在他們的請求下，康有為在廣州的長興里
創辦了著名的萬木草堂。[11]

　　據梁啟超所述，學校有七門課程：讀書、養心、治身、執　18
事、接人、時事與夷務（康有為依然沿用了傳統詞匯「夷務」而沒

6　Tseng Yu-hao, *Modern Chinese Legal and Political Philosophy*, Shanghai: The
　　Commercial Press, 1930, p. 113.

7　d'Elia, "Un Maître de la jeune Chine: Liang K'i T'ch'ao," p. 253。江南製造局
　　於1867年由丁日昌創立，由時任兩江總督的曾國藩任督辦。

8　梁啟超：〈《適可齋記言記行》序〉，《飲冰室文集》，卷3，第46頁。

9　d'Elia, "Un Maître de la jeune Chine: Liang K'i T'ch'ao," p. 252.

10　趙豐田：〈康長素先生年譜稿〉，《史學年報》，第2卷（1936），187頁。

11　同上註，第188頁。1892年學堂遷址兩次，不過仍在廣州。

有選用近代的不帶歧視的詞匯「外務」)。康有為對古代和近代的中學與西方思想採用了廣泛的比較方法。[12] 在舊學方面,雖然康有為的首要關注是儒家傳統,但他和弟子們對佛學也有廣泛的研究興趣。這種智識上的包容度(我們會在下一章中討論)對文化嬗變的進程有重要意義。

1893年梁啟超和陳通甫作為學長,幫康有為分擔了一些教學任務。次年初,康有為關閉了學堂,帶著梁啟超進京參加會試。師徒皆落榜。陰曆五月(公曆6月14日至7月12日)康有為摔壞了腿,回到廣州休養,徒弟留在了京城。[13] 接下來的兩年中,梁啟超首度為變法勞心勞力。

北京的變法活動

那幾年中,梁啟超當過英國傳教士李提摩太的中文秘書,李氏在中國的變法者圈子中有相當的影響力。1894年甲午戰爭爆發後不久,李提摩太出版了由他譯成中文的馬懇西(Robert Mackenzie)的《泰西新史攬要》,尤其強調了西方科學的成就,

---

12 梁啟超:〈南海康先生傳〉,《飲冰室文集》,卷39,第61–61b頁。第63–64頁還詳盡地描述了萬木草堂的組織結構和課程設置。

13 趙豐田:〈康長素先生年譜稿〉,第189頁。

中譯本銷量驚人。[14] 他在譯序中問道，為何中國在過去60年裏
受盡了與外國交戰、賠款的屈辱呢？然後他指出，上帝正在用
鐵路、蒸汽機、電報打破國家間的壁壘，讓全人類像一個大家
庭中的兄弟般和平快樂地生活；但是滿人從一開始就下定決心
要不斷阻撓這一交流。[15] 雖然梁啟超在1898年流亡日本之前從
未公開議論清王朝，但李提摩太世界大同的願景是梁氏早年文
章中的主題。

　　中國在甲午戰爭中表現出的無助對改革派情緒產生了深遠
的影響，既加劇了愛國主義，也助長了惱恨之情。在這種氛圍
下，康梁聯合了1,300名進士科考生[16]上書都察院反對《馬關條
約》。梁啟超代表190位在京的廣東士人，上書陳時局，他還參
與了之後在康有為領導下的3,000人上書請變法。[17] 所謂的「公
車上書」之後由梁啟超定義為「中國之有『群眾的政治運動』實自
此始」。[18]

14　對原著的分析，可參考 R. G. Collingwood, *The Idea of History*, Oxford: Clarendon Press, 1946, pp. 145–146：「為了認識這一進步教條被推進到什麼限度，就有必要看一下第三流歷史學著作中最乏味的一些殘餘。有個叫馬懇西的人1880年寫的《泰西新史攬要》……」

15　W. E. Soothill, *Timothy Richard of China*, London: Seeley, Service & Co. Ltd., 1924, p. 183.

16　在北京通過會試的舉人可以得到進士銜。

17　梁啟超：〈三十自述〉，第26–26b頁。

18　梁啟超：《清代學術概論》，《飲冰室合集‧專集》，冊9，卷34，第60頁。「公車」用來代稱進京參加會試的舉人。本意是趕考者可以享受乘坐公家馬車去京城的特權。

20 　　然而要等到好幾年後，康梁的請願才真正促成變革。在那之前，他們的任務是教育、宣傳自強。他們的第一個論壇是「強學會」，歐洲人稱之為「改革俱樂部」(Reform Club)、[19]「共同進步會」(Mutual Improvement Society) 或「啟蒙傳播會」(Society for the Diffusion of Enlightenment)。[20] 強學會於1895年陰曆七月 (公曆8月20日至9月18日) 在北京成立，主要由翰林院文廷式出面組織，[21] 首批會員有黃紹箕、汪康年、黃遵憲和陳三立等。[22]

　　在強學會之前，康有為、梁啟超、徐勤、湯覺頓等人在南方還組織過「桂學會」，謂非變法自強，則無由救國。當康有為聽説北京強學會，立刻遵海北遊，加入斯會，並使之為己所用。[23] 上海、漢口、南京、武昌和天津都成立了分會。[24] 英國駐華公使歐格訥爵士 (Sir Nicholas O'Connor) 大加鼓勵。[25] 很快袁世凱、張之

19　M. E. Cameron, *The Reform Movement in China, 1898–1912*, Stanford: Stanford University Press, 1931, p. 28.

20　*North-China Herald and Supreme Court & Consular Gazette*, vol. 55 (Nov. 22, 1895), p. 851.

21　Cameron 在此處用了非中文的史料，將文廷式的名字誤拼作「Weng Ting-shih」，還説他是翁同龢的親戚。這是錯誤的。她所指的翁同龢是帝師、強學會的支持者，但文和翁不是一個字，兩人也沒有親戚關係。

22　戈公振：《中國報學史》，上海：商務印書館，1928，第123頁。

23　同上註，第123頁。

24　Cameron, *The Reform Movement in China*, p. 28.

25　Timothy Richard, *Forty-five Years in China*, New York: Frederick A. Stokes, 1916, p. 255.

洞捐贈了白銀五千兩（約合7,500美元），孫家鼐（第二位帝師）免
費提供館舍作為強學會總部。[26]

　　梁啟超被委任為北京強學會書記員，負責新聞活動。1895年
8月其出版物開始以日報的形式傳播憲政和民主思想，起先叫《萬
國公報》，借用了一份洋人控制的旨在傳播基督教的刊物名字，[27]
並轉載了不少原版《萬國公報》的內容，[28]但李提摩太強烈建議強
學會發行一份完全獨立的刊物。於是模仿版被放棄了，梁啟超的
新刊物《中外紀聞》以全新的面貌登場。[29]

　　強學會無力購買印刷機，向官方刊物《京報》（《北華捷報》
將之譯為 Peking Gazette，一度每月摘譯）借了一套粗木板印刷
機，所以《中外紀聞》的版式與《京報》相類。[30]該報有四葉，從

26　*North-China Herald and Supreme Court & Consular Gazette*, vol. 45 (Nov. 22, 1895), p. 851.

27　《萬國公報》原本是1889年春節創辦的一份月刊，由美國人林樂知（Dr. Young J. Allen）主編。參見 Richard, *Forty-five Years in China*, p. 218。

28　同上註，第232頁。

29　R. S. Britton, *The Chinese Periodical Press, 1800–1912*, Shanghai: Kelly & Walsh, 1933, p. 91. Ma Te-chih 稱該刊為 *Chung-wai shih-wen*，見 Ma Te-chih, *Le Mouvement réformiste et les* événements *de la cour de Pékin en 1898*, Lyon: Bosc frères, M. & L. Riou, 1934, p. 28。吳其昌稱之為《中外公報》，見吳其昌：《梁啟超》，重慶：勝利出版社，1945，第64頁。姜馥森稱之為《中外公論》，見姜馥森：〈章太炎與梁任公〉，《大風》，第79期（1940），第2652頁。戈公振與 Britton 一致，戈是該領域的專家，見戈公振：《中國報學史》，第124頁。

30　戈公振：《中國報學史》，第124頁。

《京報》中選擇部分訂戶免費派送。發行量的說法從一千到三千
都有。[31]

　　梁啟超除了發表國內外新聞，還每天寫一篇主張變法的短
文。在三個浙江人的熱情幫助下，他的報刊出版了一個多月。梁
啟超晚年回憶說儘管有印刷和其他種種技術問題，以及日報的壓
力，「雖在極端艱難困苦之中，而興趣極高」。[32] 來自上層的敵意叫
停了出版。陰曆十月（公曆 11 月 17 日至 12 月 15 日），御史楊崇伊
在某大臣的授意下，上書彈劾強學會。[33] 之後報紙遭受譴責（1896
年 1 月 22 日），被關停，楊崇伊又上書參劾文廷式，3 月 29 日皇帝
下旨將文廷式革職，驅逐回籍。[34] 這意味著強學會壽終正寢。

　　梁啟超繼續使用學會的場地學習。在被切斷了與大眾聯繫的
那段時間裏，他依舊能通過談話循循善誘。年輕的哲學家譚嗣同
幾個月前來到京師拜訪康有為，但康已經回了廣州。梁啟超寫
道：「余方在京師強學會任記纂之役，始與君相見，語以南海講
學之宗旨，經世之條理，則感動大喜躍，自稱私淑弟子，自是學
識更日益進。」[35]

31　Britton 認為發行量一千份，戈公振認為兩千到三千份，吳其昌認為有
　　三千份。

32　吳其昌：《梁啟超》，第 64 頁。

33　〈楊銳傳〉，《碑傳集補》，卷 12，第 10 頁。

34　朱壽朋編纂：《光緒東華續錄》，卷 132，第 19b–20 頁。*Peking Gazette*, 1896,
　　pp. 38–39 上登的英譯版給出的帝詔日期是 3 月 30 日。

35　〈譚嗣同傳〉，《碑傳集補》，卷 12，第 18 頁。

《時務報》

不過到此時，世界上已無力量能夠阻止梁啟超進軍出版業。北京強學會解散時，上海分會及其日報《強學報》[36]也受到波及。不過雖然北京實體已死，但它在上海又轉世復活；人員、經費、熱情的精神迅速注入時務報館及其刊物 —— 因梁啟超而得大名的《時務報》。

陰曆三月（公曆 4 月 13 日至 5 月 12 日）梁啟超應黃遵憲之邀來到上海，黃一直是上海強學會的活躍分子，希望「續其餘緒，開一報館，以書見招」。[37]梁並未謙虛推辭，立刻同意擔任主筆，汪康年任經理。汪、黃、麥孟華、徐勤擔任主要編務。[38]接下來是幾個月的預熱推廣活動，終於在 1896 年 8 月 9 日，《時務報》（常被譯為 *The Chinese Progress*）問世，此後每十天出新刊，大約持續了兩年之久。

23

36　《強學報》創刊於 1896 年 1 月 12 日，由維新派在公共租界南京路附近跑馬場的強學會書局出版。張之洞等人捐款一千五百兩白銀。《強學報》採用了兩種紀年，第一種是「孔子降生……」，第二種是「大清光緒……」，充分糅合了西方形式和中國內容。

　　該報開啟了使用「學報」為名彰顯刊物維新色彩的風潮（例如 1896 年上海的《通學報》，1897 年上海的《農學報》，1897 年上海的《史學報》，1898 年上海的《工商學報》等等）。見 Britton, *The Chinese Periodical Press*, p. 91，以及吳其昌：《梁啟超》，第 65 頁。

37　梁啟超：〈三十自述〉，第 26b 頁。

38　吳其昌：《梁啟超》，第 65 頁。

　　該報的文字風格是文言夾白話，每冊二十多葉，分成許多欄目，石版印刷，刊載完整帝詔、大臣上的奏摺、科學藝術新聞、國內外政治社會時事評論等。[39] 梁啟超呼籲工業化，普及中西課程結合的新式學堂，翻譯書籍，立憲政府，等等。他提供了多樣化的內容，如喬治·華盛頓的生平，英國鐵路的歷史以及鐵路法規。每一期都有編譯內容，多譯自英語、法語、俄語、日語。[40]《時務報》最受歡迎的欄目之一是《歇洛克·呵爾唔斯筆記》*的連載。[41]

24　　該報問世後廣受好評。兩江總督劉坤一將之推薦給他轄區內的下屬和學者閱讀，[42] 陰曆四月（公曆5月13日至6月10日），湖廣總督張之洞、直隸總督王文韶、大理寺少卿盛宣懷「連銜奏保」。[43]《時務報》的非凡影響在於，它刺激了知識界不斷投入有組織的出版活動。在許多省份，以學習綜合知識或技術為目的的學會紛紛成立，它們發起了一系列反對纏足、抽鴉片等社會陋習的運動。每個學會都有機構出版物發聲。[44]

39　Ma, *Le Mouvement réformiste et les* événements *de la cour de Pékin en 1898*, p. 30.

40　Wen Ching, *The Chinese Crisis from Within*, London: Marshall, 1901, pp. 43–44.

*　譯註：現通譯為《福爾摩斯探案集》。

41　Lyon Sharman, *Sun Yat-sen: His Life and Its Meaning*, Stanford: Stanford University Press, 1934, p. 53.

42　Britton, *The Chinese Periodical Press*, p. 93.

43　梁啟超：〈三十自述〉，第26b頁。

44　戈公振：《中國報學史》，第125頁。

梁啟超在長沙

長沙逐漸成為活動中心。之前提到的維新派人物黃遵憲於1897年出任湖南長寶鹽法道，並代理湖南按察使。湖南巡撫陳寶箴深受其長子影響，也支持維新變法。[45] 在他的大力支持下，譚嗣同主編的《湘學新報》於1897年4月22日刊行，[46] 譚、黃、熊希齡在長沙創辦時務學堂。[47] 梁啟超應邀任總教習。

梁已準備好離開上海。因《時務報》倚賴張之洞資助，張自感有權插手編務。幾個月來，他認為報紙對民權觀念過度強調，干預越發頻繁。梁啟超在這種壓力下變得很不安，開始認識到他與張之洞之間不過是勞工和資本家的關係。[48] 1897年的陰曆十月（公曆10月26日至11月23日），他將編務轉交汪康年，奔赴長沙。[49]

在長沙他與唐才常等人合作，組織了南學會，致力於協調南方諸省學人的政治科學研習。[50] 報紙依然是他的關注點，在長沙他再次感到張之洞的干預。[51] 張之洞寫給陳寶箴和黃遵憲的一封

45　胡先輔：〈詩人陳三立〉，《天下月刊》，第6卷，第2號（1938年2月），第134–137頁。陳三立向父親陳寶箴推薦了梁啟超。

46　A. W. Hummel, ed., *Eminent Chinese of the Ch'ing Period, vol. 2*, Washington: U.S. Government Publishing Office, 1944, p. 703.

47　梁啟超：《清代學術概論》，第62頁。

48　吳其昌：《梁啟超》，第65頁；梁啟超：〈初歸國演說辭〉，《飲冰室文集》，卷57，第1b–2頁。

49　梁啟超：〈三十自述〉，第27頁。

50　〈譚嗣同傳〉，《碑傳集補》，卷12，第24頁。

51　陳鑾：〈戊戌政變時反變法人物之政治思想〉，《燕京學報》，第25期（1939年6月），第62頁。

信 (1898年5月11日，其時梁啟超已離開長沙) 中，先是讚揚了湖南「人才極盛，進學極猛，年來風氣大開，實為他省所不及」，但是他接著寫道：「似亦間有流弊，《湘學報》中可議處，已時有之。至近日新出《湘報》，其偏尤甚。近見刊有易鼐議論一篇，直是十分悖謬，見者人人駭怒。」張之洞繼而要求「請速檢查一閱」。[52]

不過梁啟超的主要精力還是集中在時務學堂上，致力於中學和西學的結合。他每天講課四小時，晚上寫作。第一班只有40個學生，但其中有幾位高材生——李炳寰、林圭和蔡鍔(日後梁與之在雲南組織反對袁世凱的護國運動)。[53] 八位學生成了熱情的革命者；有幾位跟隨唐才常在漢口起義反對慈禧太后(1900)；還有幾位成為創建中華民國的重要人物。梁啟超將學堂視為變革的中樞，「新舊之哄，起於湘而波動於京師」。[54]

「百日維新」

1898年變法大潮洶湧澎湃，梁在京師趕上了頂峰。他早春抵達北京時，剛生了一場大病。[55] 4月，他再度參加了三年一次的進士考試。這是他最後一次求取功名的嘗試。

52　張之洞：《張文襄公全集》，北京：文華齋，1928，卷155，第20頁。
53　梁啟超：《清代學術概論》，第62頁。
54　吳其昌：《梁啟超》，第54頁。
55　梁啟超：〈三十自述〉，第27頁。

　　雖然他試圖通過最傳統的路徑進入體制，但也在試圖改變之。他借學者集會之機炮轟八股文——科舉考試的一大特點，舊式教育之僵化的代表；不過梁啟超在徵集大型請願簽名時，幾千人中只有不到一百人被他說動。[56] 陰曆四月（公曆 5 月 20 日至 6 月 18 日），康有為代表梁啟超和其他簽名者就此問題上書。[57]

　　這次上書沒有得到回應，但康梁離權力更近了。6 月 11 日清帝頒發詔書，迎來百日維新，宣佈要支持軍事和教育改革，培養外交方面的人才。[58] 帝師翁同龢說康、梁、譚的才幹勝過自己十倍。[59] 在新的權力分配之下，維新派順理成章地進入核心圈。

　　6 月 11 日的詔書引起了許多反響。翰林院學士徐致靖上書建議效仿日本，明治天皇為了實施維新計劃，提拔賢能不問出身；清帝若能以日本為榜樣，就應該提拔康、梁、譚等才幹擔任要職。[60]

　　出使過美國的總理衙門（清朝外交部，1861–1901）大臣張蔭桓為維新派贏得了皇帝的好感。[61] 6 月 13 日的帝詔回應了徐致

56　O. Franke, *Ostasiatische Neubildungen*, Hamburg: Veelag von C. Boysen, 1911, p. 76.

57　麥仲華編：《南海先生戊戌奏稿》，清宣統三年（1911）鉛印本，第 3b–8 頁；以下稱《奏稿》。趙豐田認為上書是在陰曆三月（公曆 4 月 21 日至 5 月 19 日）。

58　*Peking Gazette*, 1898, pp. 32–34；朱壽朋編纂：《光緒東華續錄》，卷 144，第 16b–17 頁。

59　吳其昌：《梁啟超》，第 78 頁。

60　沈桐生輯：《光緒政要》，卷 24，第 12b–13 頁。

61　Wen, *The Chinese Crisis from Within*, p. 55.

靖的奏請，預備召見康有為和張元濟，黃遵憲和譚嗣同「送部引
見」，最後是：「廣東舉人梁啟超，著總理各國事務衙門察看具
奏。」[62]

梁啟超是局內人。多年來他一直倡導翻譯西書的必要性；[63]
7月3日光緒帝命梁啟超負責譯書局，[64] 每月預算一千兩銀子。很

28

---

62 朱壽朋編纂：《光緒東華續錄》，卷144，第18b頁；同見沈桐生輯：《光
緒政要》，卷24，第13頁。詔書在 *Peking Gazette*, 1898 有翻譯版，但最後
的「察看具奏」意思翻錯了。

63 可參考以下梁氏作品：一、〈西學書目表序例〉：「故國家欲自強，以多譯
西書為本。」見《飲冰室文集》，卷3，第54頁；二、〈大同譯書局敍例〉，
梁啟超認為譯西書應促進變革創新，可惜「京師同文館、天津水師學堂、
上海製造局，始事迄今，垂三十年。而譯成之書，不過百種。近且悉輟
業矣」，見《飲冰室文集》，卷4，第3頁；三、〈《西書提要農學》總序〉，
梁啟超斷言中國農業之病在於參考書太少，只有一本《農學新法》被譯成
了中文，見《飲冰室文集》，卷4，第5頁；四、〈讀《日本書目志》書後〉，
見《飲冰室文集》，卷4，第8b–11頁，通篇談譯書之緊要，第9頁：「然
泰西之強，不在軍兵炮械之末，而在其士人之學、新法之書。」

64 趙爾巽等：《清史稿·本紀》，卷24，第7b頁。朱壽朋編纂：《光緒東華
續錄》，卷145，第8頁：「賞舉人梁啟超六品銜，辦理譯書局事務。」劉盼
遂說梁啟超除了負責譯書局之外還受任京師大學堂，實際上孫家鼐才是
大學堂的主事。劉盼遂的錯誤可能由於這兩項任命在同一天，並一齊記
入《清史稿·本紀》所致。Ma, *Le Mouvement réformiste et les événements de la
cour de Pékin en 1898*, p. 54 說，7月26日是梁啟超的任命日，他可能草率地
使用了7月26日的一封奏摺和詔書，而它們只是在重複前一份詔書的內
容 (梁啟超受任負責譯書局) 而已；參見朱壽朋編纂：《光緒東華續錄》，
卷146，第5b–6頁及沈桐生輯：《光緒政要》，卷34，第31b–32頁。H. F.
MacNair, *China in Revolution*, Chicago: The University of Chicago Press, 1935 一
書中說梁的任命是8月16日，他明顯誤讀了8月16日詔書的內容，那份
詔書是要求梁的譯書局盡快向京師大學堂提供西文書籍；參見朱壽朋編
纂：《光緒東華續錄》，卷146，第16b–17頁及 *Peking Gazette*, 1898, p. 54。

快梁啟超就發現他主管的部門奇缺有能力的譯者。7月，他通過
法國駐華公使，邀請江南教區主教倪懷綸 (Monsignor Garnier) 授
權馬相伯在北京開設一處編譯學堂。倪懷綸同意了請求，並授命
馬相伯，但馬提出條件，學堂應在上海設立，徐家匯的耶穌會士
也應參與。這些條件都被接受了，[65] 孫家鼐上書稟奏了梁啟超欲
辦編譯學堂的想法，疏通了官方渠道，8月26日的帝詔准許梁的
請求，並准學生出身所編譯之書籍、報紙一律免稅。[66]

梁啟超對譯書局事業十分投入，無法分身回歸《時務報》的　　29
編務。7月17日御史宋伯魯上書奏請將《時務報》改為官報，光
緒帝當日向內閣下詔，指示孫家鼐「酌核妥議奏明辦理」。[67] 宋伯
魯薦梁啟超任主編，但孫家鼐上書指出梁已在7月3日受命負責
譯書局事務，恐怕無力接任《時務報》。他推薦了康有為，7月26
日的帝詔確認了康的任命。[68]

有理由懷疑孫家鼐的動機不是考慮梁的任務太重，而是想把　　30
康有為調到上海，遠離權力中心。反動情緒正在蓄積，即便是在

65　d'Elia, "Un Maître de la jeune Chine: Liang K'i T'ch'ao," p. 254.

66　朱壽朋編纂：《光緒東華續錄》，卷147，第5b頁；*Peking Gazette*, 1898, p. 61。
　　矢野仁一認為是梁啟超直接上書，但帝詔只提到了孫家鼐的奏請，參見矢
　　野仁一：〈1898年變法與政治變化〉，《史林》，第8期 (1923)，第449頁。

67　朱壽朋編纂：《光緒東華續錄》，卷145，第29頁；*Peking Gazette*, 1898, p. 44。

68　朱壽朋編纂：《光緒東華續錄》，卷146，第6頁；同見沈桐生輯：《光緒政
　　要》，卷34，第31b–32頁。《時務報》改為官報導致了一些怨恨。汪康年
　　極為不滿，他將報紙改名為反對維新的《昌言報》，任梁鼎芬為主編，與
　　新《時務報》打筆仗 (戈公振：《中國報學史》，第126頁)。梁啟超寫了一

傾向維新的圈子也在詆毀康有為對皇帝的影響。設立立憲局的鬥爭暗潮洶湧。

這是變法者最重視的目標之一。1898年正月（公曆1月22日至2月20日）康有為就此問題第一次上書。他奏請成立制度局，引用了他國改良的典範案例以及守舊而亡的案例——明治天皇、彼得大帝、波蘭、安南、印度。「變法而強，」他寫道，「守舊而亡。」日本變法而強的早期基礎動作就是建立了立憲局。[69]

陰曆七月（公曆8月17日至9月15日）他再次上書，強調了日本先例。[70] 其他奏摺由宋伯魯和楊深秀遞交；梁啟超做了最後的嘗試。他通過岳父*、禮部尚書李端棻遞交了一份奏摺敦促諸大臣建立某種中央計劃機構——開懋勤殿議制度、改定六部則

篇尖銳的〈創辦《時務報》原委記〉加入論戰，以駁斥汪康年在報紙上刊登的一則聲明——「康年於丙申秋在上海創辦《時務報》，延請新會梁卓如孝廉為主筆……」，梁啟超詳細敘述了《時務報》的緣起，旨在掃除汪康年一人創辦報紙，後被康梁團夥接管的印象。梁文在戈公振的《中國報學史》有抄錄，大致事實如下：1896年陰曆九月，康有為在上海辦強學會，以母壽之故不能久駐上海，所以叫汪康年從湖北來滬接辦。汪到滬時，強學會已停辦。尚餘銀七百兩，退租房屋、變賣書籍器物等又得五百兩，報館當時出於政治考慮不提資金真正來源乃強學會餘款，只說是汪康年等人捐集，黃遵憲又將之改為「汪康年和梁啟超等」（同上註，第137頁）。

　　Britton, *The Chinese Periodical Press*, p. 92記述了這些資金操作。他概述了梁文但有所簡化，所以沒有體現出汪康年的狡猾。梁將《時務報》的創建功勞歸於黃遵憲、吳季清、鄒殿書和他本人，貶斥汪康年為「自稱《時務報》為彼所創辦」（戈公振：《中國報學史》，第138頁）。

69　沈桐生輯：《光緒政要》，卷24，第4–7頁。
70　《奏稿》，第46–48b頁。
＊　譯註：此處原作有誤，應為內兄。

例、派朝士歸辦學校。孫家鼐阻撓了計劃的實施，康的政敵説他的目的是為了「盡廢六部九卿衙門」。[71]

9月11日湖南守舊黨人曾廉上書請殺康梁。[72] 光緒帝頂住了這種壓力，9月12日的帝詔頌揚了西方文明。[73] 康有為已經連續數週每夜與光緒帝秘密會晤，梁啟超和其他人時常陪侍。他們坐在皇帝身邊的長椅上，拋卻一切繁文縟節，策劃真正的改革，不光要破除成見，也要破除到官僚階級的物質利益。[74] 8月30日至9月16日的一系列帝詔大膽地取消了掛名制度，改革了軍隊，引入預算制度。然而反動勢力的回擊也十分迅速。

一位學者在北京見證了戲劇性的9月，他在10月的日記中寫道：「然則康梁之案，新舊相爭，旗漢相爭，英俄相爭，實則母子相爭。」[75] 9月21日，反對改革的慈禧太后宣佈垂簾聽政，軟禁養子光緒帝，發佈新詔令廢除了之前的維新舉措。[76]

71　趙豐田：〈康長素先生年譜稿〉，第203–204頁。

72　〈劉光第傳〉，《碑傳集補》，卷12，第86頁。

73　朱壽朋編纂：《光緒東華續錄》，卷147，第22–22b頁；*Peking Gazette*, 1898, pp. 74–75。

74　*Peking Gazette*, 1898, pp. 78–79。

75　葉昌熾：《緣督廬日記抄》，上海，1933，卷7，第73–73b頁，1898年10月23日條。

76　葉昌熾提到的英俄相爭在10月21日條有解釋，見同上註，卷7，第73頁。他提及天津傳來的小道消息說康梁變法是英國和日本出於自身目的而資助的，慈禧太后背後是俄國。所以當驚人的政變發生後，英國和日本不敢插手干預。（「子靜自津來，云康梁變法意在聯英日以自固，此次皇太后訓政，俄國實為之主謀。故倉促變發而英日未敢出而干預，此則京師所未聞也。」）

9月22日慈禧下令逮捕康梁。[77]康有為當時不在北京，但梁啟超仍在城內，隨時可能被逮捕處死。不過在尋找避難所之前，梁啟超還參加了譚嗣同和李提摩太的私下會面，討論光緒帝受到的威脅。他們決定讓已是美國公民的容閎[78]去見美國公使，梁啟超去見日本人，李提摩太去見英國人，勸說他們出面營救光緒帝。可惜美國公使在西山，英國公使在北戴河。[79]

只有日本公使在。他無法為光緒帝斡旋，但在使館為梁啟超提供了庇護，在此梁與譚嗣同最後一次談話，之後這位年輕人就踏上了烈士之途。譚嗣同的住處已有人設伏準備圍捕，他等了一天一夜才俟機溜出，到日本使館與友人道別。梁祈求他一同東渡日本，譚嗣同回答，除非有人為國捐軀，不然國家永遠不會有希望。他離開使館後等待抓捕，之後從容就義。[80]

為防維新黨逃走，城門都關閉了，但梁啟超設法到了天津。日本駐天津領事陪他到了大沽，於是梁啟超在日艦「大島」號上開始了流亡生涯。[81]

慈禧在9月22日、10月1日、12月5日接連下詔，使梁啟超的處境越發艱難，她不斷要求逮捕他，沒收他的財產，還重金懸

77　趙爾巽等：《清史稿・本紀》，卷24，第9b頁。

78　容閎是第一位在美國受教育的中國人。

79　Richard, *Forty-five Years in China*, p. 266.

80　〈譚嗣同傳〉，《碑傳集補》，卷12，第20b–21頁；〈譚嗣同傳〉，載趙爾巽等：《清史稿・列傳》，卷470，第5b頁。

81　梁啟超逃亡的進一步討論見本書第三章。

賞捉拿。[82] 不過還是9月29日的那份諭旨最直截了當地告訴梁啟超他是多麼受北京當權人物的眷顧：「還有舉人梁啟超，乃是康有為忠實的追隨者及同謀。梁氏文風向來險惡浮誇，他也應被抓捕並斬首。」[83]

《京報》的英文翻譯沒有準確地體現出反動派如何看梁啟超。他只是被判砍頭，而康有為被判凌遲；更忠實的翻譯應該是「舉人梁啟超完全倚仗康有為」。[84]「完全倚仗」就是「狼狽」，狽是一種腿較短的動物，需要趴在狼身上。這可不是什麼英雄形象，也不完全準確。梁啟超的確重複了許多他老師的話，但即便是在1890年代，你也能看出日後分道揚鑣的苗頭。康有為終結了經典傳統。梁啟超終結了傳統，並向著黑暗邁出了下一步。

<hr>

82　三條詔書分別見趙爾巽等：《清史稿‧本紀》，卷24，第9b頁；卷24，第9b頁；卷24，第10b頁。

83　*Peking Gazette*, 1898, p. 85。諭旨原文是：「舉人梁啟超與康有為狼狽為奸，所著文字，語多狂謬，著一併嚴拿懲辦。」

84　朱壽朋編纂：《光緒東華續錄》，卷148，第8頁。

第二章

儒家世界的崩塌

梁啟超的寫作是一種文化被另一種文化滲透、取代的過程，以及技術、制度、價值、態度之改變的記錄。文化滲透有四種條件：對改變的需求、改變的範例、改變的手段，以及改變的正當性。梁指出前三種條件已然存在，他要嘗試做到的是第四條。我在〈導言〉裏已經提過，他每次迫切要求變革時，幾乎都會從經典中尋找正當性。他忠於老派知識觀，因為奉行先例從而將自身行為合理化[1]是植根於以史為鑒的中國思想的。然而梁啟超的傳統知識框架卻令他得出了非傳統的結論。這是怎樣的過程？儒家的禮法如何掩蓋了儒家的解體？

---

[1]　這種方式用中文術語來說是「託古改制」。

重新審視傳統及社會變遷

在1896年的一篇文章中,梁啟超描述了西方的歷史經驗:由世襲的統治貴族實施階層分級。消滅世襲制是西方一直想做卻沒有做到的,而這一點一千多年前的孔子就主張過了。梁堅稱頌揚孔子有理,儒家經典有用。但是中國思想繁衍出了過度的修飾和枯燥的訓詁,如果我們將之與現代思想相比的話,中國人怎能不顯得弱?

35　　出路是有的。梁啟超叮囑,讀經典、哲學和歷史的時候,腦子裏要有一定的主見。他說如果傳統中國思想要成為現代人的工具,應當明瞭:孔子之為教主;六經皆孔子所作;孔子之前有舊教;六經皆孔子改定制度以治百世之書;秦漢以後皆行荀卿之學,荀子說儒家相信人性本惡,是孔教孽派;孔子口說,皆在傳記;東漢「古文經」為劉歆所偽造;偽經多摭拾舊教遺文。[2]

這些話頗有意思。有些觀點重複了康有為《新學偽經考》(1891)中對傳世經典真實性的批評,[3]也預見了康在《孔子改制考》(1897)中將孔子視為改革者。這種將主題、破壞偶像與改革結合在一起的重要特徵,越是深入閱讀梁的作品就越清晰,也揭示了他為何要如此拔高《春秋公羊傳》。

2　　梁啟超:〈西學書目表後序〉,《飲冰室文集》,卷4,第2–2b頁。

3　　梁啟超和陳通甫幫助康有為出版了這部作品。見趙豐田:〈康長素先生年譜稿〉,第188頁。

　　《春秋》是一部記載公元前721至前481年大事的編年史，傳統上被認為是孔子寫的，也是他最重要的成就。康梁並不反對這點。他們要駁斥的是《左傳》為《春秋》真實傳註的說法，因為《左傳》是古文經，而康梁認為古文經都是偽作。他們進一步聲稱，《公羊傳》才是《春秋》唯一的真實傳註。現如今，《公羊傳》石破天驚的事實是：一方面，它是孔子撰《春秋》的真實意圖，被幾百年來遵奉的《左傳》給遮蔽了；另一方面，它提供了可能是要號召一種急劇社會變革的文本。

　36

　　這裏，公羊派在文本和社會上的非正統性聯繫起來，我們看到了兩種歷史之流的匯合，聯合起來消解了傳統的華夏中心主義。神聖經典被剝除了經典屬性後，外來制度便可長驅直入。西方創新與顛覆中國教義在文化滲透過程中總是相輔相成。如果一種文化中迄今被視為永恒的元素（比如經典）成了短暫的，那麼人們可能也會接受其他方面的變化。梁啟超渴盼變革，由現代西方的侵吞和現代西方的範例所要求的變革。[4] 對本土資源的懷疑會滋養對外國的期待，梁啟超逐漸變成了西化派，拋棄了中國正統。數十年的西方入侵本身沒有改變他，然而在注入對幾百年經典文獻的批評後，他作好了準備。

4　中日甲午戰爭和歐洲列強的威脅使得梁啟超感受到了中國危難的緊迫
　　感，見梁啟超：〈南學會序〉，《飲冰室文集》，卷4，第15b–18頁。

梁啟超說康有為結束了「今古文之爭」。[5]將兩漢與清代的今古文之全案進行全面考察並有決定性發現的,正是康有為。[6]《新學偽經考》將劉歆的作偽與王莽篡位(公元8至23年王莽立「新朝」)關聯,在哲學界掀起了大浪。《孔子改制考》和《大同書》激起了更大的波瀾。梁啟超寫道:「若以《新學偽經考》比颶風,則此二書者,其火山大噴火也,其大地震也。」[7]

兼容:中國語境中的西方「進步思想」

康有為的這兩部著作達到了將中國考證傳統與引入西方改革的衝動結合起來的效果,對梁啟超的思想形成有很大影響。在《孔子改制考》中,康有為堅稱孔子**發明**了堯舜的黃金年代,但並不是真的要向回看,而是要將儒家重新導向未來。如此西方的進步思想便可以順理成章地登場,而這一思想,在19世紀

5　「今古文之爭」的歷史詳見本書「附錄」,這是康梁思想的出發點。

6　梁啟超:《清代學術概論》,第54–55頁。實際上,康有為的發現遠遠無法蓋棺定論,他的激進結論很難站得住腳。對康有為論經典真偽的駁斥,可參考錢穆:〈劉向歆父子年譜〉,《燕京學報》,第7期(1930年6月),第1189–1318頁。

7　梁啟超:《清代學術概論》,第57頁。《新學偽經考》被朝廷下令焚毀。1894年給事中余晉珊上書請焚康書,稱之「惑世誣民,非聖無法」。御史安曉峰也上書請禁毀此書(蘇輿:《翼教叢編》,卷2,第1–1b頁)。清廷命兩廣總督李瀚章(李鴻章之兄)查覆(同上註,卷2,第1b–2b頁)。印版被銷毀。當時梁啟超在北京試圖幫助康有為,未果。見趙豐田:〈康長素先生年譜稿〉,第189頁。

的西方是與科學和社會成就息息相關的，也正是維新派想要借鑒的。

《大同書》更為集中地闡述了儒家的進步觀念。康有為從《春秋公羊傳》中擷取了「三世說」，第三世就是康有為描述的大同世界，其中有民治主義、國際聯合主義、婦女解放、兒童公育主義、老病保險主義。[8]「三世」至此成為梁啟超的文字中最常出現的符號。

梁啟超筆下的「三世」有多重定義，分別是「據亂世」、「升平世」和「太平世」。[9] 在1898年的〈讀孟子界說〉中，梁啟超又將三世說與民性聯繫在一起。

38

> 孔子之言性也，有三義。據亂世之民性惡，升平世之民性有善有惡，亦可以為善可以為惡，太平世之民性善。荀子傳其據亂世之言，宓子、漆雕子、世子傳其升平世之言，孟子傳其太平世之言。[10]

這裏我們需要重申的是，人的可完善性這一觀念是西方進步思想的基石，該觀念在18世紀十分盛行，對於李提摩太以及他最

8　梁啟超：《清代學術概論》，第58–59頁。

9　梁啟超：〈讀《日本書目志》書後〉，第8b頁，又稱第一世為「撥亂之世」。康有為在自己的著作中編織了一張典籍之網，說《公羊傳》的「升平世」相當於《禮記·禮運》中的「小康」，「太平世」相當於《禮運》中的「大同」。康稱過去兩千年的中國都處於小康之世。如果中國執迷於過去而不尋求變革，就是違背孔子的理念。這是康有為在戊戌變法之前的理論。變法失敗後，他認為中國還沒有達到第二世，仍舊在第一世。見郭湛波：《近五十年中國思想史》，北京：人民書店，1936，第8–9頁。

10　梁啟超：〈讀孟子界說〉，《飲冰室文集》，卷1，第14b–15頁。

欣賞的史家馬懇西這樣的人來説是不可或缺的,他們從對科技進步的讚譽中引申出一種對人類命運的無條件樂觀。如果人本性非善,那麼科學技術就只能放大人類撕裂社會的能力。所以梁啟超相信科學的仁善並不奇怪,這與孟子的人性本善可以相輔相成。下文我們會看見,孟子成為梁啟超的人本主義思想的首要中國資源,維新派將之與西方技術文明聯繫起來,整個論證圓環便完滿了。

梁啟超用三世説的倫理解釋來反對纏足。他説「《春秋》之義,以力陵人者,據亂世之政也」,「地球今日之運,已入升平,故陵人之惡風漸銷」。[11] 在另一篇文章中,他具體闡釋了這一道德進步的有序模式。他説,「據亂世以力勝,升平以智、力互相勝,太平世以智勝」,「世界之運,由亂而進於平;勝敗之原,由力而趨於智」。[12]

梁啟超還將三世説用於解釋經濟和政治。在討論富國問題時,他聲稱「觀時變者,據亂以至升平世之事也,若太平世必無是,何以故?」

> 所謂時變者,生於市價之不一。市價之不一,生於不平之齊。不平不齊,生於商之不相通,或道路阻於轉運,或關稅互生區別……[13]

11　梁啟超:〈戒纏足會敘〉,《飲冰室文集》,卷4,第23b頁。

12　梁啟超:〈變法通議〉,《飲冰室文集》,卷1,第28–28b頁。

13　梁啟超:〈《史記.貨殖列傳》今義〉,《飲冰室文集》,卷1,第10頁。

但此文中梁啟超已經將「觀時變者」和「盡地力者」作為經濟活動的兩種形式，而後者的定義是「農礦工之事」。[14] 這恰好是維新派希望發揚光大的，此類經濟活動是太平世應該有的，而投機活動則無法進行，因為太平世沒有「時變」。這裏我們可以看到飽受痛苦的論證過程，將「進步」與一種近似儒家的烏托邦哲學拴在了一起。

金融投機行為在太平世將不再可能，是因為干擾自由市場、導致不平不齊的國族壁壘將被取消。梁通過將《公羊傳》的三世說應用於政治，得出了如此結論。第一世是多君為政，第二世一君為政，第三世民為政。梁啟超使用這種框架概述了中國、日本、俄國、英國和法國史。他說西人多君之運長，一君之運短，而中國則多君之運短，一君之運長。

這裏梁啟超到了論證關鍵：壁壘。他問今日的美國和法國是否可謂「太平」？他說，也許表面看來這兩國是「民政之世」，但無論在一國境內達到何種程度的人民統治，只要大家還是「各私其國」，從世界全域看就仍然是多君為政的據亂世，遠未達到太平境界。[15]

梁啟超的這一宏大體系雖然有一定的想當然成分，但亦有相當的連貫性。公羊三世說這條大路可以通往科學、民主、繁榮、

14　同上註，第9b頁。

15　梁啟超：〈論君政民政相嬗之理〉，《飲冰室文集》，卷3，第1–4b頁。亦可參梁啟超：〈說群序〉，《飲冰室文集》，卷3，第45b頁：「有國群，有天下群。泰西之治，其以施之國群則至矣，其以施之天下群則猶未也……太平之世，天下遠近大小若一。」

41 和平，與李提摩太所倡導的價值並無區別 (並非得益於孔子教誨)。[16] 不過這只是梁式兼容的一個方面。梁氏三世進化說有兩大特徵，都顯示出儒家傳統被腐蝕的徵兆。一大特徵是它與梁氏其他文字有明顯的不一致性；另一特徵是該理論暗示了儒教的普世性。要討論這兩點就會離題太遠了。

文化生長模式的類比與文化價值的類比

梁氏論證的內在矛盾源於他將創新與中國傳統聯繫時的模棱兩可。梁啟超一直以來關心的是如何保護中國文化免於失敗。所以，借用西方元素時必須要轉化成本土傳統中的天然元素。在使用進化論色彩的三世說時，梁將這些元素置於未來——孔子所期待的真正的中國未來。我們可以把這種合理化稱為「文化生長模式的類比」。中國歷史順著本土儒家指引的方向，一樣可以達到西方已經達到的目標。

但在其他時刻，梁啟超用一種「文化價值的類比」維護中國時又有所不同：他要找的不是歷史進程的相似處，而是相同的關鍵理念，並堅稱中國亟需的創新並不是新東西，而是在古代中國

---

16 前文提到過的徐致靖在舉薦梁啟超的上書中說到「窮變通久」(《易經》)，這是梁啟超從經典借用的術語之一，用來描述歷史的大勢所趨。又見梁啟超：〈讀《日本書目志》書後〉，第8b頁，他引用了「窮則變，變則通」作為孔子的世界觀。

已經存在的。他幾乎自創了一套黃金時代的傳說，説後來偏離了
黃金時代，如今必須恢復昔日光輝。在本章引用的第一篇文章
〈西學書目表後序〉中我們已經看到了這一想法的大略，讀者會記
得他説古代對異端學説的拒斥，傳統思想方法的效用，只是後來
被糟糕的學術給阻塞遮蔽了。

這代表了梁啟超調和歷史與價值的努力付諸東流。我會引用
兩段文字來解釋時代強加給梁啟超的智識弱點。一段的論點明顯
與另一段相矛盾，但考慮到梁啟超的歷史處境，在邏輯上又是可
以想見的。

1896年梁啟超在與人討論「中國歷古無民主，而西國有之」
的觀點時説：

> ……啟超頗不謂然。西史謂民主之局起於希臘、羅馬，啟超以
> 為彼之世非民主也。若以彼為民主也，則吾中國古時亦可謂有
> 民主也。

接著他又用了三世説，斷言「凡世界，必由據亂而升平，而太
平」，才能有真民主。[17]

在同年的另一篇文章中，梁啟超説古代中國也有民主。他寫
道，西方之強在於議會民主，其標誌是法律高於君主。古代中國

_____

17　梁啟超：〈與嚴幼陵先生書〉，《飲冰室文集》，卷4，第27頁。亦可參梁
　　啟超：〈論君政民政相嬗之理〉，第3–3b頁，梁不認為古希臘的議政院可
　　以等同於現代議會制度。他懷疑由王族世爵主持的議政院跟中國古代封
　　建諸侯壟斷權力相近。希臘、羅馬諸國雖有議院，依然是「多君之政」。

雖然缺少成形的制度，但也有這種思想。他節引了《孟子》中的段
落，說明國君不應該聽信左右、官員，而應該傾聽百姓的意見：

> 左右皆曰可殺，勿聽；諸大夫皆曰可殺，勿聽；國人皆曰可
> 殺，……然後殺之……如此，然後可以為民父母。[*18]

43　　　他還引了《易經》、《尚書》來支撐中國曾經有過民主理想的
論點，「故雖無議院之名，而有其實也」。[19]

　　很明顯這兩篇文章的立論有邏輯分歧。它們都在討論歷史與
價值，但兩種論證從相反的假設出發。前一篇他說代議制政體有
價值，因為它也在中國歷史脈絡中。孔子說過它會到來，那麼真
儒家就應該期盼它到來。而在後一篇裏，他認為代議制政體有價
值，所以將之置於中國歷史脈絡裏。西方經驗表明這是好東西，
但是中國人不必覺得自己就想不出這樣的好東西。

　　梁啟超由此同時開啟了兩個方向。一方面，他是決定論者，
但既不堅信也不太能說服他人，因為他的決定論由迥然相異的信
念構成：變革發生是因為歷史必將走向「太平世」這一終點，變

---

*　　譯註：《孟子・梁惠王》。此處據列文森所引回譯為中文，梁啟超原文引
　　述為「國人皆曰賢，然後察之；國人皆曰不可，然後察之；國人皆曰
　　殺，然後殺之」，略有出入。

18　　採用理雅各的《孟子》譯文，見 James Legge, *The Chinese Classics*, vol. 2 (Oxford:
　　Clarendon Press, 1895), pp. 165–166。

19　　梁啟超：〈古議院考〉，《飲冰室文集》，卷 1，第 1–1b 頁。

革發生又因為生活本身存在變異的有效自然原因。[20]這是一種偽 44
儒家目的論和偽達爾文科學的結合，也是哲學花名冊上能找到的
最不穩定的同盟。另一方面，他是唯意志論者。他無法相信中國
歷史已被決定，因為那將把孟子這樣的中國文化整全性的見證人
給排除出去。他必須回答的問題是：為何在中國歷史上的某個時
刻，這些古代價值在社會中消失了？梁啟超從未將近代中國浪漫
化，他知道價值已逝：「孟子言民為貴，民事不可緩……泰西諸
國今日之政，殆庶近之。惜吾中國孟子之學絕也。」[21]

如果中國歷史的僵化進程遮蔽了孟子的理想，那麼這種歷史
發展出的社會肯定也無法把孟子作為典範來展示。如果中國歷史
只能通過既定的途徑進入現代階段，那麼兩種文明的差異、被賦
予更高價值的西方道路將把中國人的文化輾為塵土。對捍衛者來
說只剩下道德解釋這一條路可走了：責怪腐敗，責怪愚昧，抱怨

20　生物學解釋在梁氏作品中並不少見，即：一、「凡在天地之間者，莫不
　　變……上下千歲，無時不變，無事不變，公理有固然，非夫人之為也。
　　為不變之說者……可不謂大惑不解者乎！」(〈變法通議〉)；二、他引用
　　的康有為語具有社會達爾文主義的色彩：「天下後起者勝於先起也，人道
　　後人逸於前人也。泰西之變法至遲也，故自倍根至今五百年，而治藝乃
　　成。日本之步武泰西至速也，故自維新至今三十年，而治藝乃成。」(〈讀
　　《日本書目志》書後〉)

　　　有種族主義味道的歐洲社會達爾文主義相關論述，可參見梁啟超：
　　〈論中國之將強〉，《飲冰室文集》，卷3，第8頁：「棕黑兩種，其人蠢而
　　惰，不能治生，不樂作苦，雖芸芸總猶昔，然行屍走肉，無所取材。」
21　梁啟超：〈讀孟子界說〉，第14頁。

那些人力可以補救的問題，但絕不能說自帶永恒法則的中國文化無法包容文化修養、民主或科學。

於是我們看到梁啟超說議會的努力在中國失敗了，因為「議院者，民賊所最不利也」。[22] 他還說中國積弱之根源在於「君權日益尊，民權日益衰」，「其罪最大者，曰秦始皇，曰元太祖，曰明太祖」等等。[23] 梁啟超在別處還說過西方創新往往來自偶發的普通事件。「神州人士之聰明，非弱於彼也，而未聞有所創獲者，用與不用之異也。」[24] 在同一篇文章(對長沙學校師生的講話)中，他清楚地表明：「今二三子儼然服儒者之服，誦先王之言，當思國何以蹙，種何以弱，教何以微，誰之咎歟？」[25]

接著他強調是腐化破壞了制度，而不是滋養腐化的制度本身有問題。例如他可以雄辯有力地為婦女教育請願，出於道德勸誡的動力，也可以出於同樣的前提為工業化張本，這兩者之間除了同屬「太平世」之外沒有任何相同點。他從未看到婦女教育可能帶來工業化的發端，而後者將成為粉碎儒家家庭制度的第一步。梁啟超不承認是制度剝奪了婦女受教育的機會，所以他在一篇文章

22　梁啟超：〈古議院考〉，第2頁。

23　梁啟超：〈西學書目表後序〉，第3頁。

24　梁啟超：〈湖南時務學堂學約〉，《飲冰室文集》，卷4，第41b–46頁。英文取自 E. Morgan, *Wenli Styles and Chinese Ideals*, Shanghai: Christian Literature Society for China, 1931, pp. 228–229。

25　同上註，英文取自 Morgan, *Wenli Styles and Chinese Ideals*, p. 214。

中主張婦女教育時，表示這本來就是傳統的一部分，並用《孟子》
的話說，無教者，謂之禽獸。[26]

誇大其詞

梁啟超對人性弱點的必要強調是他的儒家普世應用理論的 ⟨46⟩
一大要素，而這一理論是前文提到的三世說的第二大特徵。他
說過，儒學的衰落是學者不解其真義導致的；儒學應該得到拯
救。[27]一位能從體制角度而非道德角度來考量的觀察者從同樣的
數據中可能會得出完全不同的結論：儒學的衰落不是因為中國人
不再服務於它，而是因為它已經不能再服務於中國人；儒學應該
被報廢了。不論用哪種解釋，儒學的衰落是顯見的，而梁啟超帶
著最良好的願望，卻幫了倒忙。

他認為儒學的真義是要治天下。「孔子作《春秋》，治天下
也，非治一國也；治萬世也，非治一時也。」[28]「今宜取六經義
理制度，微言大義，一一證以近事新理以發明之，然後孔子垂
法萬世……」[29]信徒應立志廣為傳播儒家天下太平、四海一家

26　梁啟超：〈變法通議〉，第17b–34頁。亦可參考梁啟超：〈倡設女學堂
　　啟〉，《飲冰室文集》，卷4，第48–49頁。

27　梁啟超：〈湖南時務學堂學約〉，英文取自 Morgan, *Wenli Styles and Chinese
　　Ideals*, pp. 234–236。

28　梁啟超：〈《春秋中國夷狄辨》序〉，《飲冰室文集》，卷3，第49b頁。

29　Morgan, *Wenli Styles and Chinese Ideals*, pp. 234–236.

的理想。他引用了《論語》的「子欲居九夷」和「道不行，乘桴浮於海」[30]來證明。能夠服務於雙重目的 (讓世界歷史符合儒家模式，將儒家中國納入世界歷史) 的三世說是儒家普世主義的突出應用。

47　　當然，普世主義是儒學無力承擔的重擔。對於一個中國人來說，儒學值得拯救的特殊意義在於它是中國的。梁啟超是轉型時期的完美象徵，他要讓儒學適應現代生活並深深扎根。

　　當儒學被賦予了將世界融為一體的種種偉大使命後，中文世界的狹隘壁壘就不應繼續存在。梁氏在向湖南學者描述儒家使命時用了佛教術語：「非有入地獄手段，非有治國若烹小鮮氣象，未見其能濟也。」[31]這裏儒釋界限不清並不奇怪，一種傳統將死之際採取折衷主義是很自然的。一個社會在自足的狀態下可以允許多種互相排斥的信仰共存，然而當外來信仰猛攻時，就得把所有資源集中起來合力抵抗。

抱殘守缺和妄自菲薄

　　在面對外力猛攻時，有兩種反應是梁啟超希望避免的。一種是抱殘守缺、拒絕變革；另一種是妄自菲薄，這可能會導致

30　Ibid., pp. 234–236.
31　Ibid., p. 218. 佛要下地獄才能度人。

全盤西化。他用現實主義來對抗抱殘守缺；[32] 為了對抗妄自菲
薄，他先是在中國傳統中夾帶西方價值，再召喚一種對等的、
相反的、可以出售的中式體制模式作為回擊，以期重構思想貿
易之平衡。梁啟超相信科學的普遍性，他也一樣相信孔夫子能
教化天下。

　　在梁啟超宣揚的儒家普世性中，我們可以看到物質—精神
二分法的端倪，用這種簡單化的公式區分歐洲氣質和中國氣質暗
示了後者更高級。但此時尚未充分表露，因為這個階段的梁啟超
還從未用「物質主義」來貶低西方文化，他依然相信兼容的可能

32　這一論證分兩個層次：一、變革無可避免；二、需要行動來糾正顯而易
　　見的弱點。例證：一、〈變法通議〉（第18頁）：「上下千歲，無時不變，
　　無事不變⋯⋯為不變之説者，動曰守古守古，庸詎知自太古⋯⋯以至
　　今日，固已不知萬百千變。今日所目為古法而守之者，其於古人之意，
　　相去豈可以道里計哉！」二、《波蘭滅亡記》（《飲冰室文集》，卷1，第
　　16–17b頁），開篇就說波蘭「再亡於俄也」，他追溯了波蘭的歷史，17世
　　紀時波蘭曾是歐洲雄國，其衰敗的原因是：政府不思改革。在〈《沈氏音
　　書》序〉（《飲冰室文集》，卷3，第46b頁），梁啟超表達了對中國文盲率
　　的憂心。德國和美國的識字率在百分之九十六七，日本也在百分之八十
　　以上。「中國以文明號於五洲，而百人中識字者，不及二十人。」
　　　　此文中梁啟超還預見了白話運動。他從儒家經典研讀方式的變化去
　　解釋文盲率漸高的原因。早期各地學者（齊儒、魯儒）用各自的方言讀經
　　典，好比「英、法、俄、德各以其土音翻切西經」。後世學者「棄今言不
　　屑用」，所以梁啟超認為口語和書面語之間的鴻溝是根本原因，「文言相
　　離之為害，起於秦漢以後。去古愈久，相離愈遠，學文愈難」（〈《沈氏
　　音書》序〉，第47–47b頁）。注意這裏暗示了有人應為高文盲率承擔道德
　　責任。

性。[33] 不過正如本章的重點所示，他極為關心的是，在兼容時，

49　中國文化不應自慚形穢，更不能被現代西方文化簡單替代。為此他必須精挑細選。

　　他想從西方價值中挑選一些，但又意識到在任何一種文明中，許多體制都僅是通過傳承而保存下來，並不具有內在價值。如果一種文化陷入妄自菲薄，就會把別的文化中毫無價值的累贅物當成好東西吸收，這就是徹底墮落的標誌。雖然曾國藩和梁啟超都支持有選擇地吸收，但梁的緊迫感更極端，二人調門的不同展現了一個代際之間儒家思想的衰竭程度。曾國藩很肯定自己能夠挑選並做決定，梁啟超則沒有這種自信。二人都擔心外國征服的實際危險，但只有梁啟超看到了內在崩潰的陰霾。

> 且也學堂之中，不事德育，不講愛國，故堂中生徒，但染歐西下等人之惡風，不復知有本國。賢者則為洋庸以求衣食，不肖者且為漢奸以傾國基。[34]

33　梁啟超多次提到兼容應基於中西方經驗的關聯性，例證：一、在〈湖南時務學堂學約〉中，他堅持「居今日而言經世」，「必深通六經製作之精意，證以周秦諸子及西人公理公法之書」，還要「博觀歷朝掌故沿革得失，證以泰西希臘羅馬諸古史」等等（Morgan, *Wenli Styles and Chinese Ideals*, pp. 232–234）。相同的論點還可見〈與林迪臣太守書〉（《飲冰室文集》，卷4，第33b頁）、〈覆劉古愚山長書〉（《飲冰室文集》，卷4，第39–41b頁）。二、在討論中國的外交政策時，梁啟超引用了《孟子》「福禍無不自己求之者」，如果只想倚賴他人，就是求禍。「故有以聯俄拒英之說進者，吾請與之言波蘭；有以聯英拒俄之說進者，吾請與之言印度。」（〈論加稅〉，《飲冰室文集》，卷3，第20頁）

34　梁啟超：〈政變原因答客難〉，《飲冰室文集》，卷3，第23頁。

　　西人以兵弱我者一，以商弱我者百。中國武備不修，見弱之道一，文學不興，見弱之道百。[35]

　　當然梁啟超絕不是說中國應該閉關鎖國，正相反，他嚴厲批評了中方沒有認識到洋人一開始既不是要「得地」也不是要「滅國」，他們只想通商而已，通商的好處萬國皆同，「客邦之利五，而主國之利十」。但中國人「處暗室，坐眢井，懵不知外事」。[36]

拒斥傳統

　　日本爬出了自家的枯井，是維新派眼中十全十美的典型。[37]　50實際上，梁啟超能夠用對日本文化的崇拜來調和與其政治上的對立，就已經是西化侵蝕的另一個反映了。對早期的洋務派官員

35　梁啟超：〈《適可齋記言記行》序〉，第45b–46頁。

36　同上註，第46頁。

37　日本崇拜的例子在本書中已經多次出現。我再總結幾例梁啟超的類似表述，在〈政變原因答客難〉（第24b頁），他將日本的改革作為中國的模板，但中國的積弊要比幕末之際的日本嚴重得多。在〈《日本國志》後序〉（《飲冰室文集》，卷3，第52b頁），他說黃遵憲的日本史（1887年完成）很有教益，梁強調了日本之強大僅用了30年而已（第53頁）。在〈上南皮張尚書書〉（《飲冰室文集》，卷4，第25頁），他讚揚了日本融合東西之成功，「故日本變法，以學校為最先，而日本學校，以政治為最重，採泰西之理法而合之以日本之情形」。在〈知恥學會敘〉（「知恥學會」的口號之一就是「恥不如日本」）（《飲冰室文集》，卷4，第18–19b頁），梁列舉了物質發展滯後、國民識字率低等中國之恥，文章以排比修辭結束：「聖教不明，民賊不息，太平之治不進，大同之象不成。斯則啟超之恥也。」

來說，這一態度是不可想像的，他們根本無法將中國的民族利益與文化自豪感分割開。除非打破民族優越感，否則一個民族無法在思想上脫離其生活方式，因為生活方式完全主宰了審視它的思想。只有當一種文化擺脫教條的制約，生活在其中的個人才能退後一步去審視它，也只有等到那時，它才能與其他選項同台競技。

一旦個人被拆離他所身處的傳統文化，他就可能會被視作站到了傳統的對立面。現今的中國革命者常常持這一觀點，但對年輕的梁啟超來說是不可想像的，他盡最大的努力要把維新派同儕擊碎的傳統在哲學上重新黏合起來。這一努力內在的不和諧之前已經提及，總的來說，它們是無解的。當梁啟超把變法與儒家經典的權威性聯繫起來，他腳踩的沙地已經在流動，因為他積極推動的變法最終會摧毀那個尊崇經典的社會。

第二編

1898–1912：美麗新世界

第三章

流亡日本與西方

1898年10月：

　　來自上海的一條快訊說維新黨領袖梁啟超仍在逃。據信他得到了某種勢力的保護。[1]

　　日本領事的船隻在天津被一名中國武官搜查，除了條約等考量之外，他還帶有某種搜查證，因為據稱近日從大沽返回的日艦「大島」號上有一個外國人，大概是中國人。坊間謠傳不斷，看上去日本官方無疑幫助了一個中國名人逃逸，但此人身分尚未披露。幾天前的一封電報宣佈「大島」號為日本帶來了「一份貴重的禮物」。[2]

　　兩位著名的中國流亡者已抵達東京……[3]

1　*Kobe Chronicle*, Oct. 8, 1898, p. 301. 梁啟超名字的日語讀法是「Ryo Kei-cho」。

2　Ibid., Oct. 22, 1898, p. 338.

3　Ibid., Oct. 29, 1898, p. 369.

逃亡日本

　　當慈禧太后突然與維新黨翻臉，身在北京的伊藤博文伯爵收
到密信令他幫助康有為和梁啟超逃離。[4] 政變時康有為不在京城，
之後幾度輾轉到了香港，與日人宮崎寅藏見面，後者護送他去日
本。[5] 在北京，負責幫助梁啟超逃出國的日本人叫平山周。他去
日本公使館幫助梁啟超和王照換上日本服裝，送他們上了停泊在
大沽的軍艦「大島」號。[6] 當日艦到達內海的宮島，日本外務部的
高橋橘太郎前來迎接。梁氏一行到達東京後，入住已經安排好的
住所。幾天後，宮崎寅藏把康有為帶到了同一住所。[7]

　　那麼宮崎和平山這些好心人究竟是誰呢？他們是日本泛亞
主義者，1897年成了大隈伯爵的心腹犬養毅的手下。大隈重信
時任松方內閣外相 (通稱「松隈內閣」，可見大隈的政治地位之
高)。[8] 1898年6月，在經歷了一段私生活插曲後，大隈重信再

4　　葛生能久：《東亞先覺志士記傳》，東京：黑龍會出版部，1933–1936，上
　　　冊，第624頁。該書根據黑龍會檔案所編，是重要史料。
　　　　春畝公追頌會編：《伊藤博文傳》，東京：春畝公追頌會，1942，卷
　　　3，第394–401頁，記載1898年9月14日至9月29日伊藤在北京，但又説
　　　他去中國是自發的，沒有提到任何關於康梁的指示。不過該傳記説伊藤
　　　與李鴻章交涉，為救維新派張蔭桓的性命説情。
5　　宮崎寅藏：《三十三年落花夢》，東京：出版合作社，1926，第155頁。
6　　馮自由：《革命逸史》，重慶：商務印書館，1943，初集，第48頁。
7　　葛生能久：《東亞先覺志士記傳》，上冊，第624頁。
8　　同上註，上冊，第612頁。

度出任外相。這次犬養毅也進入了內閣，孫逸仙的一個老戰友曾稱他最希望看到中國有新政府的日本領導人。[9]

　　那年夏天，孫逸仙在多年四海遊歷謀劃反滿的間歇造訪日本，犬養毅派宮崎寅藏和平山周去橫濱迎接他。二人陪孫去東京與犬養會面，這第一次會面極為親切友好。犬養介紹孫逸仙給大隈重信，孫終於和日本政治圈建立了聯繫。[10]

　　孫逸仙選擇橫濱作為總部，宮崎寅藏稱，見孫氏安置妥當，他就和平山周動身去上海。[11] 他們這次行程的目的為何？據黑龍會檔案，他們急於幫助孫逸仙保住中國的關係，推進革命事業。[12] 馮自由則認為他們另有動機：在孫逸仙聽聞康梁的困境後，敦促宮崎和平山去中國幫助他們脫險。[13] 但從宮崎的敘述中得不出這一結論。他動身時，康梁尚未陷入明顯的麻煩。他寫道，他離開孫時，光緒帝正對康有為言聽計從，打算實施變法。[14] 宮崎路過廣州時，提到康有為在北京。[15] 之後他寫了從耳聞政變到證實，但從未提及與孫逸仙談過應採取什麼行動，連電報都沒有，更別

9　馮自由：《中華民國開國前革命史》，重慶：中國文化服務社，1944，中編，第110頁。

10　孫逸仙：〈自傳〉，《中山全書》，上海：三民圖書，1926，第1集，第19頁。「中山」的日文讀作「Nakayama」，是孫在日本用的名字。

11　宮崎寅藏：《三十三年落花夢》，第133頁。

12　葛生能久：《東亞先覺志士記傳》，上冊，第622–623頁。

13　馮自由：《革命逸史》，初集，第48頁。

14　宮崎寅藏：《三十三年落花夢》，第133頁。

15　同上註，第135頁。

說交談了。[16] 馮自由明顯在添油加醋，他這麼做的理由也很容易分析。他企圖把康梁放到孫逸仙的道德對立面上去，因為雖然孫起先很積極地想與維新派聯手，但維新派只反慈禧不反朝廷，對孫的提議不屑一顧，從此這兩派開始互相攻擊，在彼此流亡期間也不例外。

革命黨和維新黨的關係

58

在相當長一段時間裏，梁啟超並沒有強烈的感覺要與孫逸仙為敵。在百日維新之前，這兩派已經有了一些聯絡，是康有為突然與革命黨決裂。一種說法是，1894年孫和康都在廣州，孫遞話求見康。康回話說如果年輕人想見他，應該正式遞交書面申請入學堂拜師。[17]

到1896年，維新黨和革命黨之間建立關係已不再是遙不可及的神話。那一年，酈汝盤、馮鏡如等人在橫濱開了一間華僑子弟學校，橫濱也是當時孫逸仙的總部。他們與孫商議從中國請一些老師來日授課。孫覺得康梁的抱負與自己相近，又知康有為辦學堂之成功，於是寫信延請康有為。酈汝盤將信帶到上海，面見了「南海聖人」，不過康聖人婉拒了邀請，推薦了其他幾位。其

---

16 同上註，第138頁。

17 Carl Glick and Hong Sheng-Hwa, *Swords of Silence: Chinese Secret Societies—Past and Present*, New York: McGraw-Hill, 1947, p. 113.

中的一位徐勤去了日本，與孫逸仙會面，孫認為他能夠勝任。然而當徐勤接管了學校後，他逐漸開始挖孫的牆角，把許多中國人引到了維新黨陣營。[18]

同樣在1896年，孫逸仙還試圖在教育之外與康有為建立不那麼思想性的聯繫。孫的手下謝纘泰在香港向康有為的弟弟康廣仁提出了聯合各派救國的想法，次年他又重提了這點，但康廣仁回覆說其兄長專注於和平變法，寄希望於張之洞這樣的官員支持，而不想與革命黨扯上關係。1898年謝再度致信康梁，依然沒有得到答覆，不過他還是沒有放棄。[19]

1898年康梁流亡東京後，孫逸仙第一時間就主動聯繫，希望建立關係。孫、陳少白、康、梁安排了一次會面，但康沒有出席。梁啟超解釋說，康因不得已之原因無法脫身，已委託他代言。三人各抒己見，徹夜長談。

幾天後，孫派陳少白和平山周拜訪康有為。這次康總算出面了，陪同的有王照、徐勤、梁鐵君和梁啟超。陳少白談到清王朝的腐朽，改良無望，更無法救中國。他懇請康轉向革命，但康申言他的觀點不會改變。突然，王照起身，滿腔怒火地抗議自從康有為到東京之後，就開始限制他的行動和言論自由。康有為勃然大怒，馬上命梁鐵君把王照推出了會場。康對這種

———————

18　李劍農：《最近三十年中國政治史》，上海：太平洋書店，1930，第68–69頁。

19　馮自由：《中華民國開國前革命史》，上編，第38頁。

叛變行徑感到震怒,而這一次不過是未來更多類似行為的預兆而已。[20]

　　接下來的幾年裏,康有為也有理由懷疑梁啟超是否絕對忠誠。1899年春,梁啟超重拾報紙編輯老本行,發表了〈佳人奇遇記〉,這是一篇日語文章的譯文,帶有反滿言論。康有為看到後禁止該文重印,並嚴厲訓斥了梁啟超。[21] 不過要等到這次報紙插曲後康有為啟程去歐美遊說,梁啟超與對立派系不大自在的眉來眼去才有了真正的份量。

60　　不斷的引誘來自孫逸仙的革命黨,起先梁啟超舉棋不定,欲拒還迎。1898年6月6日,維新派在橫濱辦的《清議報》(梁啟超承擔主要工作)的名義主編馮鏡如將孫逸仙老部下謝纘泰的密友楊衢雲介紹給了梁啟超。在橫濱見面後,楊給謝去信說梁啟超太早對結盟沒有太大興趣;他覺得各黨派應該先注重各自的運動,以待來時間機聯合。楊衢雲注意到康黨有過度自大的傾向,建議放棄結盟的想法,他覺得這有害無益。謝纘泰本來很熱衷於結盟,現在也沒了勁頭。[22]

　　不過孫逸仙還不甘心,直接與梁啟超商議。他們還真商量了一個結盟計劃。在新團體中,孫逸仙當會長,梁啟超當副會長。那將康有為置於何地呢?據說孫以另一個問題回答了梁的問題:

20　馮自由:《革命逸史》,初集,第49頁。

21　同上註,初集,第63頁。

22　馮自由:《中華民國開國前革命史》,上編,第38頁。

「弟子為會長，為之師者，其地位豈不更尊？」[23] 梁似乎感到滿意，但要是他以為康有為會讓出領導權，安於鑽故紙堆、回憶往事，把孫逸仙尊他為大師的虛情假意當真，那他就大錯特錯了。

梁先起草了一封信，委婉向康提議，由康的13位弟子聯名簽署。很快梁又進了一步，他去香港見了孫的手下陳少白，建議陳作為革命派代表與維新派代表徐勤共同起草一份聯合章程。但徐勤的熱情很快冷卻，他和老維新黨人麥孟華一齊給當時在新加坡的康有為寫信，說梁已經落入他人圈套。[24]

此時康已收到13位弟子聯署的信，正怒不可遏，徐和麥的來信不啻於火上澆油。康不但沒有退居二線，還重申了自己的領袖地位：他下令梁拋開孫逸仙離開日本，去檀香山繼續效力於維新黨的大業，那裏有許多華人和許多錢。[25]

梁奉命去了檀香山，但從他留下的材料中無從看出這次行程是幕後鬥爭的結果。他兩度解釋去檀香山是應美方邀請，因康有為的倡議，美國華商圈中同情維新派的華僑創建了「中國維新會」，希望請一位維新派要人來訪；不過受條件限制，他只在夏威夷諸島逗留。[26] 不過，馮自由回憶的那段往事是合情合理的（他

23　馮自由：《革命逸史》，初集，第64–65頁。

24　同上註，二集，第31–32頁；李劍農：《最近三十年中國政治史》，第69頁。

25　馮自由：《革命逸史》，二集，第32頁；李劍農：《最近三十年中國政治史》，第69頁。

26　梁啟超：〈三十自述〉，第27b頁；梁啟超：《新大陸遊記節錄》，《飲冰室文集》，卷38，第2頁。

當時在日與這幾位大人物來往緊密），梁啟超故意不記的動機也
是如此。這段時間梁和孫無疑有密切聯繫，孫給梁寫了介紹信，
讓梁去見自己在夏威夷的胞兄孫德彰，這封信能讓梁進入孫在當
地的「興中會」關係網。[27] 孫對梁如此信任（否則不會如此表示），
康有為不可能不知道，他只能在兩種姿態中選一個：要麼把梁逐
出師門任其受污染，要麼發配他去遠方傳教補過。於是 1899 年
12 月 20 日，梁啟超動身首度遊歷遠東之外的世界。他在日本已
經待了一年多，他的努力並未限於徒勞無功的對話。

梁啟超在日本，1898 至 1899 年

62　　　　梁啟超在日本時出版了一系列報刊，在海外僑民中影響極
大，中國本土許多人也會違禁偷看，《清議報》[28] 是其中的第一
份。梁啟超在自傳中寫他於 1898 年陰曆十月（公曆 11 月 14 日至
12 月 12 日）創辦《清議報》，得到了橫濱商界同仁的支持。[29] 該
報的宏旨是助光緒帝收復大權，不遺餘力攻擊慈禧、榮祿和袁
世凱。在諷刺、謾罵北京保守勢力的文章之外，梁啟超也發表
了大量政治和社會哲學的文字。麥孟華在梁啟超去夏威夷後接

27　李劍農：《最近三十年中國政治史》，第 69 頁。

28　「清議」一詞源於東漢時士大夫品評人物、批評朝政的風氣。

29　梁啟超：〈三十自述〉，第 27 頁。

手了報紙。[30] 1900年冬橫濱印刷廠的一場火災導致《清議報》停刊。[31]

　　梁啟超主要關心的還有正規教育問題。1899年9月，他從橫濱華商中募得三千墨西哥鷹洋，在東京創立了「高等大同學校」。他任校長，犬養毅的一個手下柏原文太郎任幹事。課程中有很多英法政治哲學的內容。學生中有11位曾是梁啟超在湖南時務學堂的老學生，7位曾在大同學校（1898年春末於橫濱創立）裏學習過。[32] 梁去檀香山後，該校不斷更名，1902年改名為「清華學校」，[33] 指導思想也隨之變化；其最後階段是清駐日公使蔡鈞接管後成了一所教傳統學問的學校。[34]

　　清政府很清楚梁啟超和其他維新黨人的一舉一動。1899年12月20日的一份上諭直接煽動刺殺——懸賞捕殺康梁。之前提到1894年的一份御史上書，康有為已被控「惑世誣民」（見第二章註7），此道上諭還說「聖慈訓政乃得轉危為安」。不過康有為及同黨梁啟超此時已經逃脫追捕，無性命之虞，並且仍在海外不停搗亂。「該逆等狼心未改……」[35]

63

30　馮自由：《革命逸史》，初集，第63頁。

31　Britton, *The Chinese Periodical Press*, p. 119.

32　馮自由：《革命逸史》，初集，第72頁；馮自由：《中華民國開國前革命史》，中編，第110頁。橫濱大同學校，亦可參考 *Kobe Chronicle*, Oct. 15, 1898, p. 305，日語讀為「Daido-Gakko」。

33　梁啟超：〈三十自述〉，第27b頁。

34　馮自由：《革命逸史》，初集，第72頁。

35　朱壽朋編纂：《光緒東華續錄》，卷157，第5–5b頁。

他們的人頭越來越值錢。在內陸四處流傳的《清議報》令清廷大為恐慌，1900年2月14日的上諭懸賞十萬兩白銀（或升遷）緝拿康梁，不論死活。[36] 兩週後，各報都聽到了慈禧派出刺客前去刺殺康梁的傳聞。[37]

從大局上看，梁啟超對清廷來說不是什麼大人物。日本政要更看重他。只要大隈重信的進步黨在台上，康梁就能得到日本政府的資助。[38] 事實上康有為在大隈家寄住過一段時間，在1899年赴美歐前他有半年時間住在早稻田大學，其創始人正是大隈。[39] 康有為離開早稻田赴美國和歐洲時，大隈給了他七千兩白銀當路費。[40] 1899年6月梁啟超在神戶的華商會籌備迎接大隈侯爵的歡迎會，[41] 無疑他是朋友。

36　朱壽朋編纂：《光緒東華續錄》，卷158，第3b頁。此道上諭在Britton, *The Chinese Periodical Press*中有概述，部分內容在林語堂的 *A History of the Press and Public Opinion in China*, Chicago: The University of Chicago Press, 1936中有翻譯。林語堂莫名其妙將日期寫成1月15日。趙豐田也搞錯了時間，寫成1900年陰曆五月（公曆5月28日至6月26日）。

37　*Kobe Chronicle*, Mar. 15, 1899, p. 156。

38　馮自由：《革命逸史》，初集，第48頁。

39　大隈侯八十五年史編纂會：《大隈侯八十五年史》，東京：原書房，1926，卷2，第536頁。

40　*T'oung Pao*, vol. 5, p. 328.

41　*Kobe Chronicle*, June 7, 1899, p. 446。1904年梁啟超翻譯了大隈的一次重要演講「論遠東和平」。這次演講是10月，重申了他在5月的演講「日俄戰爭與世界和平」的主旨，通常被海外稱為「大隈主張」。梁翻譯的演講強調了中日在種族和文化上的親緣性，堅持只有日本才能引領病弱的中國恢復健康。參見大隈侯八十五年史編纂會：《大隈侯八十五年史》，卷2，第436–438頁。

梁啟超在日本有許多朋友。他還取了個日本名字吉田晉。
1899年12月19日，離開橫濱的前一天，他在日記中寫道：「吾於
日本，真有第二個故鄉之感。」[42]

夏威夷之行

梁啟超乘坐的「香港丸」號很快就碰上了風浪，他為這段航
程留下了一段極其傳統的記述：「風浪漸惡」、「船搖胃翻」、「風
益惡」、「濤聲打船，如巨壑雷」、「浪花如雪山脈」。他好轉之後
與兩位曾在甘肅長期傳教的耶穌會士日夜相談。[43]當年的最後一
天，「香港丸」號抵達檀香山。因島上有黑死疫病，經過的人不
許登岸，但梁啟超還是上了岸，住進了同事為他安排好的亞靈頓
酒店。他的首要任務似乎是去日本領館報到。[44]

維新運動在檀香山已經有相當一批同情者，其中幾位當晚便　65
去酒店見了梁啟超。元旦日更多人前來拜謁，不過到了1月2日梁
啟超意識到並不是所有華人都帶著善意。比如清廷領事就給美國
外交部寫信要求驅逐梁啟超，是日本領事齋藤幫梁辦妥了身分。
梁由衷感謝美國法律保障了他的自由，使他免受清廷的侵壓。[45]

42　梁啟超：〈夏威夷遊記〉，《飲冰室文集》，卷37，第58頁。

43　同上註，第59b–62b頁。

44　同上註，第62b–63頁。

45　同上註，第63頁。

　　1月7日當地政府為了防疫，開始歸罪於華人，並放火燒毀他們的房屋和店鋪，還禁止集會，所以梁啟超無法公開演說。[46] 儘管有此種不便，梁啟超依舊給當地華人留下了深刻印象。美國人燒了碼頭，給華商生意造成了巨大損失，華人民族情緒高漲，於是梁啟超說服了許多人，只要光緒帝重新掌權，中國就能走上強國之路。他得到了大筆捐助，康梁在橫濱成立的維新黨組織「保皇會」收穫了許多新成員。[47]

　　孫逸仙的組織被嚴重侵害了。孫的哥哥和叔叔在毛伊島熱情接待了梁（這是馮自由的版本，梁本人對此話題保持沉默），興中會圈子起先也很歡迎他，因為他有孫的引薦信。[48] 沒多久，興中會在夏威夷華人中的人氣一落千丈，保皇會則竄升至首位。孫意識到情況變化後，給梁寫了一封惡毒的信，斥責他背信棄義。[49] 梁未回信。他們之間出現了難以彌合的鴻溝，再也無法共事，直到1915年梁啟超開始反對孫的宿敵袁世凱。

46　同上註，第64b頁。

47　馮自由：《革命逸史》，初集，第16頁；李劍農：《最近三十年中國政治史》，第69頁。李劍農說梁啟超在檀香山成立了「保皇會」，但掛羊頭賣狗肉，其實是革命黨團體。梁在〈夏威夷遊記〉（第64b頁）中寫前往當地保皇會領袖府上拜會，而這次會面是他到美一週之後，似乎說明保皇會早已存在。不過，梁在〈三十自述〉（第27b頁）有令人迷惑的表述，說他在夏威夷島上創立了「夏威夷維新會」。如果這不是「保皇會」的別稱，那它肯定也複製了「保皇會」的功能。

48　馮自由：《革命逸史》，初集，第15–16頁。

49　李劍農：《最近三十年中國政治史》，第70頁。

梁啟超在夏威夷待了半年。他本打算遊歷美國大陸，但
1900年夏的義和團運動導致了列強干預。中國可能有了新的機
會。各種時事謠言滿天飛，日本有多封信件和電報催促他早日
返航。[50] 7月13日他收到了一封來自上海的重要電報。7月16日
他便動身前往上海。[51] 唐才常的漢口起義蓄勢待發，這是保皇會
第一次也是最後一次起兵，梁啟超必須在場，在南方等待掌權
的機會。

漢口起義

梁啟超早在湖南時務學堂時就認識唐才常和林圭。在長沙，
唐才常成了譚嗣同和畢永年的密友。1989年9月譚嗣同等「戊戌
六君子」就義，成為百日維新失敗後慈禧太后的血腥報復對象，
唐才常陷入絕望，開始考慮武裝起義。彼時畢永年已在日本，與
孫逸仙、宮崎寅藏、平山周聯繫緊密。1899年初唐才常赴日與
康梁討論起兵計劃，畢將他介紹給孫，孫企圖拉攏他。雖然他留
在了康梁陣營，不過內心有過動搖。

1899年林圭也來到日本，在大同學校學習。是年冬，唐、
林帶領二十多個中國學生回國，計劃在湖南、湖北、長江流域起
兵造反。梁等人為他們設宴餞別。

50　梁啟超：〈三十自述〉，第27b頁。

51　梁啟超：《新大陸遊記節錄》，卷38，第2頁。

　　唐、林在上海秘密成立了「正氣會」（後改名「自立會」），作為運作機關。接著林圭去了漢口。畢永年當時在香港、廣州一帶為孫逸仙工作，他認為唐才常的策略和宣言很不徹底，只是改良而已，並非革命，勸他跟康梁劃清界限。但這時唐不僅與康梁思路接近，而且完全依賴康梁在海外華商中募得的資金運作，這些錢（其中重要來源是梁啟超在檀香山募得的）讓唐聽話，還挖走了幾個畢派去香港的幹將。

　　義和團起義給孫逸仙黨人（在惠州）以及唐才常同時提供了機會。唐的計劃是8月9日在漢口（關鍵地點，由唐、林親自領導）、大通（安徽）、安慶（安徽）、常德（湖南）及新堤（湖北）同時起兵。因康梁的匯款遲遲不到位，起義時間被延後了兩三次。8月7日清廷開始在大通地區調查，大通的策劃者試圖在9日單獨起義，自然沒有成功。這次慘敗暴露了漢口的主謀，張之洞知悉謀反計劃後，鎮壓了叛黨，處決了唐才常和19名同謀。梁啟超在上海孤立無援，畢竟並沒有人請他專程回國。[52]

梁啟超在海外及日本，1900至1903年

　　梁啟超花了很長時間返回他的「第二故鄉」日本：先南下去香港、新加坡、錫蘭；然後去澳大利亞，應當地「中維新會」之

52　李劍農：《最近三十年中國政治史》，第70–72頁。

邀，用六個月時間環遊了澳洲；再去菲律賓，最後於1901年晚春抵達日本。[53] 接下來的兩年，他積極投身新聞和寫作事業。

1901年夏，梁啟超在日僑中籌集資金創立了「廣智書局」，請中國學生翻譯西方文獻以供出版。[54] 次年冬天，他同友人創辦文學雜誌《新小說》，強調小說的重要性並進一步鼓勵翻譯作品。[55] 他本人的作品也開始以更經久的形式出現，1902至1903年間，為了方便在中國發行，他從《清議報》的專欄文字和「大同學校」的講義中選取了一部分在東京結集出版，稱為《飲冰室全集》。[56]

這幾年中，梁啟超首要關心的是在橫濱新創辦的半月刊《新民叢報》。每期約40頁，內容包括文學作品、時事評論以及關於中國文化過去與未來之種種問題的專論。梁似乎對一切西方思想都有所涉獵，從前蘇格拉底哲學的隻言片語到《純粹理性批判》都能浮光掠影地信手拈來。他評論過從亞歷山大到拿破崙的軍事將領，也不忘瑞典王亞多法士（古斯塔夫‧阿道夫〔Gustavus Adolphus〕），如有青年學子開始思考條頓人的賢人會議

69

53　梁啟超：〈三十自述〉，第27b頁；亦見梁啟超：《新大陸遊記節錄》，卷38，第2、74頁。

54　馮自由：《革命逸史》，初集，第54頁。

55　Tsung Hyui-puh, "Chinese Translations of Western Literature," *Chinese Social and Political Science Review*, vol. 12 (1928), p. 369.

56　Leon Wieger, *La Chine moderne*, vol. 1 ("Prodromes"), Hsien-hsien: Imprimerie de la Mission catholique, 1931, p. 8.

（Wetenagemot）或是荷蘭之維廉額們（William of Egmont）的勇敢，《新民叢報》隨時準備提供相關細節。該報在中國本土及海外發行量巨大，過刊也不斷重印。[57] 但在1903年，《新民叢報》停刊，梁啟超再度啟程。

梁啟超在美國

1903年2月20日，梁啟超再一次從橫濱啟航，3月4日在溫哥華上岸。[58] 在加拿大西部短暫停留後，他便橫跨大陸來到渥太華，保守黨領袖邀請他參觀國會議堂。梁描述了議院的構造及建築之雄偉。他說，所有這些建築細節都有教育意義，「亦可見英人之視立法重於行政也」。[59]

蒙特利爾的法語區人口令他大感興趣，他說「未嘗至法國，觀此亦可以見法人社會之一斑焉」。下一章我們會討論他對所見

57　Britton, *The Chinese Periodical Press*, p. 119；Lin, *A History of the Press and Public Opinion in China*, p. 98；以及見於《飲冰室文集》多處。刊名取自《大學》，「湯之盤銘曰：『苟日新，日日新，又日新。』〈康誥〉曰：『作新民。』」英譯見Legge, *The Chinese Classics*, vol. 1, p. 361。

　　　梁在《新民叢報》發的文章有時會犯不準確的毛病，對馬爾薩斯理論的討論即為一例。梁用2–4–8–16來解釋算數級數，其實這是幾何級數；他用2–4–16–32來解釋幾何級數更是莫名其妙，這串數字前面是二次方，後面又變成了乘2。見梁啟超：〈論民族競爭之大勢〉，《飲冰室文集》，卷18，第2–2b頁。

58　梁啟超：《新大陸遊記節錄》，卷38，第2–2b頁。

59　同上註，第11頁。

所聞的思考，與中國有一定關係，他問倘若加拿大不是以「宏毅慎重之條頓人種為其中心點」，而像巴西或秘魯那樣任由「輕儇浮傲無經驗之拉丁人種主持」，[60] 會變成什麼樣。

70

5月12日他抵達紐約，接下來的一個半月以紐約為據點，他遊歷了華盛頓、波士頓和費城。在紐約會見J. P. 摩爾根 (J. P. Morgan) 先生似乎令梁啟超極度著迷。他以滿懷敬畏的口吻描寫了摩爾根的權勢之大及其商業決斷之效率。梁事先寫信道明來意，求五分鐘之晤談。等到他真的到了摩爾根在華爾街的事務所，自感本無所求，也不想浪費對方寸秒寸金的寶貴時間，談了三分多鐘就結束了。[61]

梁啟超談及社會黨人更加直言不諱。他在北美期間，社會黨人來拜訪過四次，分別在不同的地方。他們表達了想與梁的維新黨聯絡的意願，並想用維新黨在內地與海外的數家報刊作為宣傳社會主義思想的機關報。梁啟超收下了客人贈送的社會主義宣傳小冊子，但以中國人現在之程度還不足以接受如此進步的思想而婉言謝絕了合作。[62]

5月底，他去哈佛，見了一小群中國留學生。他本打算也去耶魯參觀，但時間過於倉促，只能過門不入，直奔麻省劍橋。[63]

60　同上註，第11–11b頁。

61　同上註，第31b–32頁。

62　同上註，第30b–31b頁。

63　同上註，第32b–35頁。

梁啟超在波士頓地區待了九天，部分時間遊覽名勝古跡，還感慨地將波士頓茶黨傾茶與1839年林則徐虎門銷煙相比較。[64]

梁的到訪得到了波士頓媒體的大幅報道，其報道之文風如此別致突出，任何改寫都會顯得唐突。且允許我摘引幾段：

71

唐人街為強大共和國之夢想而振奮

梁啟超描繪新中國圖景喚起溫順的黃種人心底的愛國情緒

———————————

東方的馬克·安東尼告訴中國人他們只當過奴隸

———————————

梁啟超在發佈會現場被一大群熱情的中國佬團團圍住，一看到這位極具魅力的政治鼓動家，他們平日裏的麻木遲鈍一掃而空。梁啟超的回應是拉開一面嶄新的大旗……

四個幫忙的中國佬像拉開一張救生網般在他面前展開大旗，這位年輕政治家站上演說台，以激昂雄辯的語氣描述了老大帝國早已被腐朽的制度拖垮，現在只需一面旗幟便足以免於崩滅，建立一個理想之新政府。旗幟是白色的，鑲紅邊，當中是三顆紅星。

他用中文說：「第一顆星，是修身。中國人極少有堅持己見的精神，往往服從於種姓制度，如綿羊般聽從統治者驅遣。我們需要足夠的自我教育，然後可以說：『我是我自己。』」演講者捶著胸膛大聲疾呼，接著像愛默生般親切微笑。

———————————

64 同上註，第37b頁。

　　他彎下身來，用細長的手指劃過身前的旗幟，像馬克·安東尼指著凱撒染血的長袍上被捅破的洞那般，說：「第二顆星，是團結。」他不像滿大人一樣低眉順眼地宣讀聖旨，而是轉而宣揚美式自由的思想。「單獨行動無法爭取自由。我們必須同舟共濟，群策群力。團結才有力量。」

　　要不是親眼看見一群高顴骨、眯眯眼（一笑起來眼睛就不見了）的中國佬在那兒歡呼，我肯定以為是幫美國人在嚷嚷呢。

　　「第三顆星是平等。醒來吧，爭取你的自由，與你的統治者享受平等的權利。我們已經廢黜了磕頭，慈禧太后手下的官員經過時，我們再也不用以臉貼地去吃土。統治者不比臣民高，人人皆平等。」

　　這次演講在聽眾的高聲歡呼中結束。波士頓街頭尋常所見的那些綿羊似的面無表情、木然冷漠的中國佬，都爭先恐後地與演講者握手。[65]

　　昨晚的聚會有三四百個中國人參加，今晚據說人會更多。今天下午唐人街的所有商舖都擠滿了中國佬，安靜等著這位偉大的維新派領袖到來。許多店舖看上去像極了新英格蘭郊區的轉角雜貨店，總有一群人坐在那兒等著什麼事兒發生；只不過折疊刀削東西、咀嚼煙草換成了東方的呆滯遲鈍以及吞吐竹製管身、小斗缽、一會兒就抽完的煙斗……

　　梁啟超據稱畢業於英國最好的大學之一，卻以英語不熟練為由，讓秘書代他說話。[66]

65　*The Boston Herald*, May 26, 1903.

66　*The Boston Evening Transcript*, May 26, 1903.

又一次中國人入侵警報

薩姆・S・舒伯特是舒伯茨＆尼克森＆齊默爾曼公司的紐約劇院經理，音樂劇《中國蜜月》出品人，此劇正在殖民地劇場上演，薩姆昨天專程從紐約趕來面見梁啟超——「保救大清光緒皇帝會」的領袖，他正在波士頓與當地的保皇會分支接洽。舒伯特先生……希望與這位中國報人商討將《中國蜜月》帶去中國巡演的可能性……[67]

對「波士頓的杏眼外國人」來說，這肯定是思潮澎湃的一週。[68]

在華盛頓，梁啟超與美國國務卿海約翰 (John Hay) 會談兩小時，海約翰說他向來持中國可以扶植之論，常被同僚嘲笑。西奧多・羅斯福總統也接見了梁，沒有深談，只是禮節性地祝維新會能影響美國華僑之風俗。[69]

費城海軍造船所和獨立廳是梁啟超的興趣所在。[70]他在巴爾的摩對當地華僑發表演說，接著向西深入美國腹地：[71]7月1日匹茲堡(因物價太貴無法送洗衣物)，匹茲堡至辛辛那提，新奧爾良，聖路易，芝加哥(大學和屠宰場)，堪薩斯城(對兩百位華僑演講)。他乘坐大北鐵路去蒙大拿(順便寫了大北鐵路的發展史)，在比林斯市發表演說，遊歷了蒙大拿州另外幾個有華僑居

67　Ibid., June 2, 1903.

68　*The Boston Herald*, May 26, 1903.

69　梁啟超：《新大陸遊記節錄》，卷38，第42b頁。

70　同上註，卷38，第53–54b頁。

71　同上註，卷38，第58頁。

住的城鎮，最後來到蒙州首府海倫納。在愛達荷，他思考了印第安人歷史，之後去瓦拉瓦拉，再到西雅圖。[72]

在波特蘭，他從報上讀到巴拿馬宣告從哥倫比亞獨立，美國承認其獨立並巧取豪奪巴拿馬運河之開鑿權。美政府以兩百萬鎊為報酬，並每年向巴拿馬新政府支付五萬鎊，便輕易掌握了一國之命脈。他將之與昔日英國對蘇伊士運河的攫取、埃及的妥協相比。「余至日本，余乃見吾國革命家所出之報紙，謳歌巴拿馬革命者，不可勝數。僉曰：吾同胞何不如巴拿馬！吾同胞其學巴拿馬！」此時梁啟超發揮了精彩絕倫的暗諷水平，他寫道：「嗚呼！吾同胞而欲學巴拿馬也，則亦何難之有？新政府之歲給，尚可以什伯倍於五萬鎊，吾敢斷之。」[73]

在波特蘭寫下評語後，梁啟超南下，去加州待了一個月。在洛杉磯他受到了隆重歡迎。許多名流參加了市政廳為梁舉辦的歡迎會，市長發表了漂亮的演說，不過也間接流露出對梁啟超政治身分的某些誤解。市長說，兩年前洛杉磯曾歡迎過麥金萊總統，接著歡迎過羅斯福總統，現在歡迎梁啟超先生，他在做排比的時候聲調越來越高。「保皇會」的隨行代表發表簡短演說表示感謝。[74]

74

72　同上註，卷38，第58–73b頁。

73　同上註，卷38，第76–76b頁。

74　同上註，卷39，第19頁。

　　梁啟超的遠遊將近尾聲。10月31日，他在溫哥華登上一艘中國船，一百多位友人去碼頭送行，他還收到了96封送別電報。11月11日，他在老據點橫濱上岸。[75]

75　同上註，卷39，第19頁。有一段帶有喜歌劇色彩的小插曲發生在梁啟超赴美期間，對此他隻字未提，但在多種他人敘述中有不同版本。馮自由說，梁在舊金山時，一位退休美軍軍官法肯伯格 (Falkenberg) 表示願意為「保皇會」效力。梁以「中華總理」的身分封他為「中華維新軍大元帥」。然而後來軍事評論家荷馬李 (Homer Lea) 來找梁時，梁又把同一浮誇的頭銜許給了荷馬李。法肯伯格聽說後，對梁大為惱火，並公開向另一位「大元帥」叫板。梁用來封官的大印被公開了，荷馬李的委任狀上除了蓋章還有梁的簽名。於是荷馬李得到了這職位，但1911年他對「保皇會」心生厭惡，在美國見過孫逸仙後，提出要與革命黨合作。革命成功後，荷馬李在南京做過一段時間孫逸仙的顧問 (馮自由：《中華民國開國前革命史》，中編，第107頁)。

　　Carl Glick 和 Hong Sheng-Hwa 在 *Swords of Silence* (第131頁) 中講了另外一個故事，相當誇張，但至少為梁氏的行為提出了解釋。這個版本說荷馬李於1899年在日本結識孫逸仙，與他策劃回美國，佯裝加入美國的康黨，其實是孫的間諜。1900年荷馬李在日本與康會面，加入保皇會，受封中華帝國維新軍總司令。

　　1903年梁啟超遇見法肯伯格時，已經聽說了關於荷馬李忠心與否的傳聞。梁任命了法肯伯格，蓋上了所謂玉璽 (慈禧太后在拳亂中丟失的)，還告訴法肯伯格不要聲張。一旦有關荷馬李的傳聞被證實，法肯伯格將領命接收荷馬李正在訓練的華人青年部隊 (Glick and Hong, *Swords of Silence*, p. 166)。

　　1904年，孫逸仙在美國四處活動，似乎又佔了保皇會的上風。康有為於是開始發動法肯伯格。後者要求荷馬李辭職，但他自己的任命書上的玉璽大印被證明是偽造的，荷馬李繼續留任。法肯伯格在美國法庭起訴梁啟超，但從未庭審。孫逸仙接管了「中華帝國維新軍」(Ibid., pp. 183–184)。

　　Glick 和 Hong 的書據稱是基於未公開的中文檔案以及事件參與者的口述回憶。可惜的是，Glick 在另一本書 *Double Ten*, New York: Whittlesey House, 1945, pp. 137–175 中，對此事件又講了另外一個版本，此書混亂至極，所述毫無根據，很難取信。此版本說法肯伯格於1905年參與到帥位競爭中，康與他劃清界限，而荷馬李本來是出於好心為保皇會效力，只在1905年為孫逸仙秘密工作過一年。

　　梁啟超的北美遊記並非只是行程流水賬。沿途見聞引發了他 75
對許許多多問題的評論，包括革命、君主制、共和國等，對此我
們將專闢一章進行討論。他對托拉斯的利與弊、政府對其之政策
以及公眾的擔憂都有評價。他還論及美國在全球的資本積累，
作為世界商業中心的紐約、移民與人口增長、移民群體的特點、
尤其關心了猶太族裔的生存問題。他對紐約交通、賓館、中央
公園、自由女神像、白宮、國會大廈、國會圖書館都有活潑的描
寫。梁啟超還勾勒了西奧多·羅斯福的事業生涯。在描述門羅 76
主義及其發展時，他提及羅斯福巡行太平洋沿岸的演講使得門羅
主義所向無敵。美國非戰主義傳統的衰落令他擔憂，而黃石公園
及其著名的「老忠實間歇泉」給他留下了深刻印象。梁啟超討論
了英國殖民地的背景，分析了南方的社會組織方式。他知曉各州
的權利問題，例舉過太平洋航運數據，對聖路易世界博覽會亦有
興趣。認為美國政府官員好用庸材。制度制衡、內閣薪酬、美國
新聞、中國僑民在白人社會中的生活模式、太平洋海底電纜、哥
倫比亞特區的特殊地位，所有這些話題以及許多其他話題都是他
的寫作素材。[76] 梁充分利用了在美的時間，等回到日本時，他已

　　Frederic L. Chapin 和 Charles O. Kates 在一份暫定名為 "Homer Lea and
the Chinese Revolution"（〈荷馬李和中國革命〉）的手稿中對該事件進行了
最合理的描述，他們基於私人採訪以及對美國圖書館和檔案庫的大量檢
閱，清晰地說明荷馬李與保皇會的合作始於 1900 年，法肯伯格則斷斷續
續直到 1905 年，那一年法肯伯格先是企圖接管荷馬李正在訓練的華人兵
團，失敗之後便將其摧毀。

76　梁啟超：《新大陸遊記節錄》，全文各處。

經是一個見識更廣、更有智慧的人了。他原先身處並思考的那個
處處受限的舊中國，與現在的他之間的距離已經不可以道里計。

最後幾年的流亡

1904年，孫逸仙在給友人的一封信中寫道：

> 我與在美國各地的維新黨一番苦戰，在五六處小勝。我打算遍
> 遊有華人僑居之地，三四月之內便能掃除維新黨勢力。維新黨
> 勢力最強是梁啟超在美之時，現如今已日漸式微，自信應不難
> 對付。[77]

1903年在赴美途中，孫經過檀香山時，遭到梁啟超友人辦的《新
中國報》的猛烈攻擊。[78] 在舊金山入境時，他又被一個海關譯員
百般阻撓，此人是保皇會會員。[79] 梁啟超的旅行及文字處處加劇
了革命黨和維新黨之間的衝突，梁回到日本，也回到了在過去幾
年中越演越烈的派系鬥爭中。

　　1905年11月《民報》創刊，新近成立同盟會的孫黨有了與梁啟
超對決的傳媒利器。創刊號刊登了介紹甘必大(Gambetta)生平的
文章、亨利‧喬治(Henry George)文章的中譯，還全文發表了一

77　Stephen Chen and Robert Payne, *Sun Yat-sen: A Portrait*, New York: John Day
　　Company, 1946, pp. 64–65.

78　馮自由：《革命逸史》，二集，第102頁。

79　馮自由：《中華民國開國前革命史》，上編，第43頁。

位廣東學生在10月6日紀念1898至1900年犧牲烈士的集會上的演講，該生憤慨地譴責了康梁，說他們應為烈士之死負責，他們是假維新，圖的是一己私利而不是國家。[80] 之後的《民報》持續對康梁進行人身攻擊，在思想領域與《新民叢報》針鋒相對地論戰。[81]

1907年7月梁啟超與幾位會友成立了「政聞社」，並發表〈政聞社宣言〉。該刊的文字闡釋了政聞社的四大綱領：一、實行國會制度，建設責任政府；二、釐定法律，鞏固司法權之獨立；三、確立地方自治，正中央與地方的權限；四、慎重外交，保持對等權利。[82]

政聞社的第一次大會在東京的錦輝館召開，近十位日本名士參加，犬養毅也在列。[83] 這還不夠，因梁啟超得知革命黨計劃來搗亂，還帶了一支日本武裝衛隊到錦輝館負責保護。在幾人發言後，無人打岔，梁啟超才起身發言。他說到清政府已預備立憲並定了日期，大家應「歡喜踴躍」時，《民報》的副主編張繼（後來成

78

80　*North-China Herald and Supreme Court & Consular Gazette,* vol. 78 (Jan. 19, 1906), pp. 126–127. 該演講是胡衍鴻在「戊戌庚子紀念會」上發表的，參見馮自由：《中華民國開國前革命史》，中編，第4頁。

81　鄒魯：《中國國民黨史稿》，上海：民智書局，1929，第438–439頁，詳列了一份《民報》駁斥梁啟超諸文的文章目錄，這些文章的標題都很類似，如〈駁新民叢報最近之非革命論〉、〈就論理學駁新民叢報之革命論〉、〈再駁新民叢報之政治革命論〉、〈雜答新民叢報〉、〈新民叢報雜說辨〉、〈土地國有與財政——再駁新民叢報之非難土地國有政策〉、〈斥新民叢報論土地國有之謬〉、〈雜駁新民叢報第十二號〉。

82　李劍農：《最近三十年中國政治史》，第131–132頁。

83　馮自由：《中華民國開國前革命史》，中編，第10頁。

為國民黨要人) 用日語大罵:「笨蛋!笨蛋!」幾百人衝上前圍毆,梁啟超躲過混亂,悄悄消失在夜幕中。革命黨人佔領了大會。[84]

張繼登上講壇,恢復秩序,發表了演講。他說梁啟超在1898年政變後得到革命黨人幫助,但如今卻忘恩負義,攻擊革命黨人,雖然他表面上支持立憲政府,但背地裏還在為專制皇權服務。觀眾掌聲雷動。[85]

儘管在日本遭遇了此種反對,政聞社還是產生了廣泛的影響。他們開始在上海出版月刊《政論》,在七期後被關停。[86] 在中國其他地方,支持立憲、模仿政聞社的學生團體如雨後春筍般湧現,北京也不例外。官方發佈了一系列禁令,從1907年12月起,至1908年8月達到頂峰,嚴諭各省督撫查禁政聞社,對社員一律嚴加緝捕,毋任漏網。於是政聞社銷聲匿跡,但一些有著類似目標的團體如「預備立憲公會」的領袖與康梁看似沒有公開的關聯,未受牽連,得以繼續活動。[87]

百折不撓的梁啟超又有了新的事業。在另一次長途海外旅行後,他於1909年回到日本,創辦了《新小說報》。該刊發表的內容不時帶有革命色彩。在其中一個短篇〈新中國未來記〉中,中

84 李劍農:《最近三十年中國政治史》,第134頁。

85 *North-China Herald and Supreme Court & Consular Gazette,* vol. 85 (Nov. 1, 1907), p. 293.

86 Britton, *The Chinese Periodical Press*, p. 117; Lin, *A History of the Press and Public Opinion in China*, p. 98.

87 李劍農:《最近三十年中國政治史》,第134–135頁。

國成了共和國，名為「大中華民族國」。這稱呼與之後的「中華民國」相差無幾，而該文的許多細節似乎也預示了接下來幾年的事件走向。[88]

1910年，梁啟超辦了革命前的最後一份報紙。《國風報》在上海創刊，每十天出一期。[89]梁發表了論內閣政府、代議制、官僚制以及其他立憲和議會制理論的文章，頗有影響。[90]

偉大的1911年之初，梁啟超從日本去台灣尋求指引。他感到研究日本的殖民技術有必要也有用處，因為日本對滿洲里和新疆亦有所圖謀。日本在台灣的貨幣改革經驗或許也適用於中國的貨幣問題。[91]在台北，他拜訪了政府機構，得到當地華僑的熱烈歡迎。[92]在回日途中，輪船經過中國海岸時，梁啟超回望故國，被鄉愁淹沒。[93]

隨著國內局勢不斷發酵，梁啟超的流亡生涯即將告一段落。早在1904年，清廷就已宣佈大赦百日維新的參與者，但自然不包括叛黨之首，康梁被排除在外。[94]他重回政壇，要等到國會

80

88　Britton, *The Chinese Periodical Press*, p. 120. 此書把「shuo」字印錯了。

89　Lin, *A History of the Press and Public Opinion in China*, p. 98.

90　李劍農：《最近三十年中國政治史》，第154–155頁，列舉了《國風報》此類文章的目錄。

91　梁啟超：〈遊台灣書牘〉，《飲冰室文集》，卷44，第1–2頁。

92　同上註，第3頁。

93　同上註，第5b頁。

94　趙爾巽等：《清史稿‧本紀》，卷24，第21b頁（1904年7月3日）。《光緒東華續錄》此日無記載。

請願運動；1911年10月，辛亥革命成功，清王朝被打得苟延殘喘，只剩下赦免的力氣而再也無法去定誰的罪。梁啟超終於可以回家了。

上海一份革命派刊物《民立報》於11月16日刊登了對梁啟超的採訪，說他正離日赴京。「滿政府今已失其中心，」該文報道梁這樣說，「臣民已均解體，皇帝蒙塵或將不免。」[95]

但梁啟超並沒有去北京。他去了奉天，與友人議事，然後回到了日本。《民立報》的訪談語帶諷刺和詛咒，好像梁啟超去北京無異於送死，編者按說：「汝將為汝皇殉城耶？」[96] 1912年10月梁啟超終於回國，他已經沒有了國王或皇帝，不過還得與孫逸仙鬥爭，還要出版刊物，要保持地位 —— 他用了20年時間不斷刺激中國思想界，得來新中國第一思想家的名聲。

梁啟超在日期間的影響

20世紀初，日本的中國留學生增長速度之快令人吃驚。《日本紀事報》報道，至1905年人數接近三千，1906年九千，兩三年後漲至一萬三千，之後才慢慢退潮。[97]儘管孫逸仙在吸納政治擁

81

95　J. Darroch, "Current Events as Seen Through the Medium of the Chinese Newspaper," *Chinese Recorder and Missionary Journal*, vol. 43 (Jan. 1912), p. 31.

96　Ibid.

97　*The Japan Chronicle*, Nov. 23, 1905, p. 685; Aug. 24, 1911, p. 320.

護者的競爭中整體佔了上風，但梁啟超的思想見解影響了這些留日學生。早在1902年，清廷駐日公使蔡鈞就注意到了梁氏影響的威脅，建議朝廷不要再派學生留日。[98] 同年，一個留日歸國學生組織在上海成立，並以梁啟超的文字和刊物為知識源泉。

慈禧太后召見留日學生總監督、貝勒載振，詢問留日學生的維新派顛覆傾向。載振自己就受了梁啟超影響，力主留日學生對朝廷的忠心。不過他還說，精英階層可以對西方有好奇心，但這種好奇不應下放至普通大眾。[99]

在介紹西方思想上，梁啟超的確異常活躍。流亡日本之前，他對闡述一種思想體系不那麼重視，而更關注於採納外國模式的合理性，對何為外國模式只有概括性的描述。到日本後，他能夠看到日譯西書，教育目標也發生了改變，他能或多或少地向飢渴的學生受眾解釋任何歐洲思想流派。他對中國思想家——墨子、王安石等人能夠重新闡釋，用非傳統的標準去評價，並由此引介了研究中國史的新方法；史家不應只寫王侯將相，普通百姓和文化的命運成為了真正的主題。

82

98　*The Japan Weekly Chronicle*, Apr. 2, 1902, p. 295.

99　Albert Maybon, *La Politique chinoise*, Paris: Giard et Brière, 1908, p. 152. 1902年9月，載振對留日學生的講話聽上去很像早年的梁啟超。他說西方學問的精神可以總結為「知己知彼，百戰不殆」，這與古代聖人的教誨沒有任何抵牾之處。伊斯蘭教、佛教、基督教和儒教有著共同的基礎：「知己」。見 *North-China Herald and Supreme Court & Consular Gazette,* vol. 69 (Sep. 17, 1902), p. 573。

　　這段時期裏，康有為的角色不那麼重要了，據一個留學生說，從1898年的戊戌變法到1919年的五四運動，梁啟超是自鴉片戰爭以來中國前所未見的智識領袖；1902至1911年，也就是從《新民叢報》創刊到辛亥革命，是他的黃金年代。[100] 胡適的自傳也印證了這一點。胡適寫到在上海求學時，讀到梁啟超一派人的著述時的激動之情。[101] 他認為1902至1903年是梁氏最有影響力的階段。嚴復（翻譯過穆勒、赫胥黎及其他西方思想家的著作）也有很多讀者，但他無法像梁啟超那樣影響青年人，因為他的文字太古雅。而梁啟超的文章在明白曉暢中帶著濃摯的熱情，胡適指：

　　　　他引起了我們的好奇心，指著一個未知的世界叫我們自己去探尋……

　　　　《新民說》諸篇給我開闢了一個新世界，使我徹底相信中國之外還有很高等的民族，很高等的文化；〈論中國學術思想變

100　陳端志：《五四運動之史的評價》，上海：生活書店，1935，第170頁。朱其華：《中國近代社會史解剖》，上海：新新出版社，1933，第242頁，有相似論斷。這兩位作者都是馬克思主義者，朱其華更是用全套馬克思主義分析了梁啟超，他說梁氏真正重要的時期是1902至1904年，他代表新興中產階級第三階級對抗舊秩序（第274頁）。但因為中產階級在中國無法發展，他那新鮮而有朝氣的精神只得消散了；他攻擊舊統治的問題，後來自己也犯了這種錯誤。朱其華亦說梁氏思想蓬蓬勃勃的充滿了朝氣的時代是非常之短，完全反映了中國中產階級的幻滅的命運，見朱其華：《中國近代社會史解剖》，第303–304頁。

101　胡適：《四十自述》，上海：亞東圖書館，1935，第93頁。

遷之大勢〉也給我開闢了一個新世界，使我知道四書五經之外中國還有學術思想。[102]

我們得知梁啟超的文字成為胡適決心研究中國哲學的種子。[103] 不過我們首要關心的不是梁啟超啟發了誰，而是理解梁啟超代表了什麼。如果他的文字能說服人，那麼它們也透露了一些東西，那些認為他的文字有意義的同時代人很難在當時看透意義背後的意義。

102　同上註，第100–105頁。其他人的自傳中也有對梁氏影響力的證明，如蔣夢麟在《西潮》中提及：「梁啟超的文筆簡明、有力、流暢，學生們讀來裨益匪淺，我就是千千萬萬受其影響的學生之一。我認為這位偉大的學者，在介紹現代知識給年輕一代的工作上，其貢獻較同時代的任何人為大，他的《新民叢報》是當時每一位渴求新知識的青年的智慧源泉。」見Chiang Monlin, *Tides From the West*, New Haven: Yale University Press, 1947, p. 51。

103　胡適：《四十自述》，第107–108頁。

第四章

傳統的替代物

中國傳統的破產

梁啟超在其智識生涯的第一階段曾明確肯定過中國傳統的價
值。然而一種無可避免的信念也開始浮現：傳統主義者的世界已成
南柯一夢。舊法已百無一用。梁氏勇敢地嘗試去彌合價值與歷史的
鴻溝，讓西化匯入儒家的連貫性之河流；但中國面臨的是新狀況，
如果將梁氏對儒家的試驗與耶穌會士相比較，那麼你也能感受到
儒家在挺過這許多世紀之後終於枯涸，與中國現實失去了關聯。

約兩百年前，耶穌會士首次嘗試將儒家與歐洲傳統相結
合。他們拋開了幾百年的註疏傳統，直達純正的原典，堅信基
督教與真正的中國古典精神能完全兼容。耶穌會士與維新派都
嘗試令西方理念看上去適用於中國。那麼他們各自進行的合理
化有何區別呢？

其間幾個世紀的衰落造成了差異。對耶穌會士而言，兼容對
西方思想來說至關重要，以有效地進入中國思維框架；而到了梁

啟超的時代，兼容對中國思維框架是至關重要的，以緩解西方思想長驅直入的打擊。前一種情況中，中國傳統依然強勢，外來者需要披上中國傳統的外衣以尋求認可；而後一種情況，中國傳統已在崩壞過程之中，其繼承者若還想保住些碎片，就不得不在西方入侵的語境下對之進行闡釋。產生衝突的已經不再是兩套同等重要、哲學上同時代發生的思想體系，而是一套有生命力的思想體系對陣一套不合時宜的空想。1890年代的中國仍舊有不少傳統思想下的思考者，但傳統思想還是死了。我們必須從思想去理解思想者。一種活的思想，不光要有人在思考它，而且要與客觀現實有切實的關聯，19世紀的中國史就是其意識形態從具有客觀意義退守至僅具主觀意義的歷史。

　　一些傳統主義者攻擊維新派的方式恰恰暴露了前者身處於一個逝去的世界中。「Reform」的近代中文表述是「變法」，字面意義是「改變法律」。但變法這一概念隱含的前提對儒家政治理論來說是陌生的，因為儒家講的是人治/德治而不是法治。反對變法的人會說，如果惡行四處蔓延，要改變的是人心而不是制度；這種頑固派採用了古代儒法辯論的語匯——德治對法治，這一爭論被銘記在公元前1世紀的《鹽鐵論》中。[1]

1　陳鑋：〈戊戌政變時反變法人物之政治思想〉，第80–81頁。亦見蘇輿：《翼教叢編》，卷4，第16頁，葉德輝痛斥變法之無用，「與其言變法，不如言變人」。曾於1898年上書請求處死梁啟超的曾廉，是在儒法辯論中質疑變法最力的人物之一，他搬出儒家理想典範周公，說「中國一切，皆非為制度之不良，而但為人心之敗壞而已」（陳鑋：〈戊戌政變時反變法人物之政治思想〉，第81–82頁）。此種分析似乎與梁氏早期思想中的道

在頑固派看來，中國還是自成的世界，不是世界的一部分。　86
他們把西方及一切西方作品都放在中國語境中看待。我們知道在
政治實踐領域，西方曾經被這樣看待 —— 傳統中國的外交關係
只有朝貢關係，西方國家僅僅是中國政治體制的一部分，他們作
為乞求者來到天朝，跟朝鮮和安南差不多。多次戰爭及和約徹底
抹除了這種政治觀念，但中國的思想認識還是落後於政治變化，
在 20 世紀即將到來之際還是有中國人堅信中國的普遍性，對整
體的西化或「變法」思想不屑一顧，他們的理由是兩千年前中國
傳統的鍛造者們早已打贏了思想之戰。

　　梁啟超決意讓這些人認識到，他們的觀念在哲學上已經和政
治上一樣奄奄一息了。唯我獨尊是沒有希望的。他知道西方思想
不再能被當作儒家的棄物輕易抹殺，就像西方使節不能被當成進
貢者一樣。法家代表御史大夫和儒生代表（《鹽鐵論》中的辯論主
角）辯論的日子已經過去了，中國不再能以和氣而挑剔的口吻決
定誰贏得辯論。因為巨變已無法阻止，中國傳統最好能把自己詮

德主義並無二致。那麼它又怎麼會看起來像是與梁氏理念相對抗的情緒
呢？這其中的差異微妙卻關鍵。梁氏雖然重視傳統價值，但感受到了外
來力量的壓力；他相信傳統必須正名，他自己就用道德主義作為主觀工
具為他正在擺弄打扮的傳統正名。而曾廉則認為傳統本身就是一切合理
性的根源，他的道學說教直接來自未受挑戰的傳統本身。

　　這裏還有另一種考量。梁、曾都認為中國體制在道理上（de jure）應
該是儒家的，在這個意義上他們都是傳統主義者。但曾還認為實際上（de
facto）也是如此。所以曾提到的人心之敗壞特指體制的參與者，而梁則認
為腐敗是體制設計者導致的。曾實際上渴求的是改善今人之道德狀況，
制度還是好的；梁希望修復昨日之人的不道德導致的體制之疾。

釋為樂於接受變法；如果中國人無法變自己的法，別人會來幫他
們變。梁啟超在1902年仍覺得有必要強調西方帝國主義絕非匈
奴、女真或蒙古之比。[2] 中國在真實世界中的道路絕不能為過去
之成見所左右。

梁啟超的儒家傳統主義的最後階段

1898年之前，梁氏文字中出現「孟」字幾乎無一例外是指「孟
子」；在流亡日本時期，「孟」往往是孟德斯鳩。隨著他對西方的
認知越發全面準確，就越無法將之塞進他在1890年代打造的那
個雜糅了儒家和西方的不大可靠的體系。最終，他找到了另一種
立足點看待中國與歐洲文化的關係，徹底拋棄了之前的儒家兼容
幻想。西化的日本為他提供了思路，不過該過程並非一蹴而就，
尤其在1899年，他的思想裏還有不少舊理論的殘餘。

在以日本為例時，他呼籲中國取法西方，但又告誡要以孔子
之學為本源。[3] 他還說過，孔子預示了西方學者對世界人類的三
種劃分：野蠻之人、半開之人、文明之人，也就是《春秋》裏的

87

2 　梁啟超：《新民說》，《飲冰室文集》，第14節，第13頁。《新民說》的部
　　分以及梁啟超一些其他文章由 Leon Wieger 自行翻譯，發表於 Wieger, *La
　　Chine moderne*, vol. 1。本書的直接引用都是來自梁氏的中文原文。
3 　梁啟超：〈日本橫濱中國大同學校緣起〉，《飲冰室文集》，卷44，第
　　45–46頁。

據亂世、升平世和太平世。[4] 他在勾勒了梁氏版本的真正儒家教義後，還特別呼籲了一番周秦古學復興能夠使人智發達。[5]

梁氏寫道：「周秦之間思想勃興，才智雲湧，不讓西方之希臘，但自漢之後兩千餘年，每下愈況，至於今日，衰萎愈甚。誤六經之精意，失孔教之本旨，賤儒務曲學以阿世，君相託教旨以愚民，遂使兩千年來孔子之真面目湮而不見，此實東方之厄運也。」

「故今欲振興東方，不可不發明孔子之真教旨，而南海先生所發明者，則孔子之教旨。」梁啟超繼續用文本考據的老辦法，多次提到荀子的有害影響，而孔子是進步的、民主的，還有「三世說」的神奇配方。[6]

1902年他又大讚良知的指導作用，再次作了牽強的比喻。梁說，良知好比「內心之光」，是羅馬天主教的奠基原則（在神學上犯了個錯），而這一原則也是儒家的，他還引用了《詩經》和王陽明來證明。這一點上說東西方教義並無差異。[7]

西方思想的一個樣本被中國傳統俘獲，似乎萬事大吉了。但在儒家兼容西方的光滑表象之下，害蟲已經鑽進了蘋果核。下面我們會看到，1902年的梁啟超在將天主教會與儒家相聯繫時既沒有籠統地支持前者，對後者也並無特殊敬意。外來思想要靠儒家

88

4　梁啟超：《自由書》，《飲冰室文集》，卷45，第6b頁。

5　梁啟超：〈論支那宗教改革〉，《飲冰室文集》，卷28，第52頁。

6　同上註，第47b–48頁。

7　梁啟超：《新民說》，第14節，第35–36頁；Wieger, *La Chine moderne*, vol. 1, pp. 40–42。

譜系來贏得敬重的日子已經結束了。雖然梁氏文字中不時引用儒家經典，但它們看上去更像裝飾而非核心。比如，在上文引用的《新民說》中另一處他說，《大學》討論了一個引人關注的重要問題：勞力者和不勞力只分利者的比例，關係到社會是貧窮還是富裕。梁從《大學》中引用了一句話，然後就轉向歐洲古典經濟學家對土地、勞動力、資本之關係的陳述了。[8]為什麼要引《大學》呢？梁並沒有說它是穆勒或李嘉圖的先驅，也沒有說對社會運作的討論一定要引經據典才有合法性。實際上，在這個部分，梁關心的是經濟上的實踐性，而不是文化上的合理性，引用《大學》只是修辭上的需要而已。[9]

在1902年的另一篇講述中國學術思想史的名文中，我們同樣可以看到經典在被引用時喪失了合法化的功能。梁啟超再次闡釋了著名的「三世說」，不過這次有了更詳盡的解說，在大三世中又套了小三世，各自名稱不變。雖然這是所有經典主題中與梁氏早期兼容的主張關聯最密切的配方，之前每次引用時必提變法、遵從真孔子教旨及其為現代中國開出的藥方，但是這

8　梁啟超：《新民說》，第13節，第46頁；Wieger, *La Chine moderne*, vol. 1, pp. 87–88。《大學》：「生財有大道，生之者眾，食之者寡，為之者疾，用之者舒，則財恒足矣。」

9　同年（1902）的另一篇文章裏亦有清晰表現。梁啟超大幅描述了經濟理論的歷史，說國人尚不知此學之重要，故發明其與國種存滅之關係。他說經濟學理論在西方發源，並只在西方發達，見梁啟超：〈生計學學說沿革小史〉，《飲冰室文集》，卷11，第1b–4b頁。

一次提到僅是作為儒家體系概述的一部分，純歷史描述，沒有附加要求。[10]

顯而易見的事實是，「三世説」對變法已成陳腔濫調。它似乎墮落成了一種俗套、一種例行的回應，梁啟超完全是生搬硬套，而且出於慣性才會提及。回溯到1899年，我們會發現即便用慣性去解釋也不夠，梁對這一配方如何起作用的記憶都已經退化了。

在「論強權」時，梁啟超化用了三世的解釋框架，但起初沒有直接引用。他説在野蠻世界，強者全看體力之強；在半文半野世界，強者是體力與智力的結合；在文明世界，強者全看智力。[11]我們可以看到中國舊傳統與梁氏早年思想相處甚歡。當然，不到幾頁的篇幅，三世説就出現了，不是定義強權的要素，而是定義誰擁有強權。第一世是統治者對人民，第二世是貴族對人民、男子對婦人，第三世是被統治者也就是以前的弱者漸有強權。[12]

梁啟超明顯也對這一配方感到厭倦，厭倦到他改變了前兩世的順序（第一世是多數統治，第二世是單數統治）。這一疏漏意義重大。它直接表明了梁心中的儒家已慢慢崩塌，並間接

10　梁啟超：〈論中國學術思想變遷之大勢〉，《飲冰室文集》，卷5，第35b頁。

11　梁啟超：《自由書》，卷45，第23頁。

12　同上註，卷45，第25頁。

表明梁不光被西方思想滲透，也逐漸接受了西方思想的語境。
他在此處設定的三世順序正好符合英國歷史，貴族出於自身目
的用《大憲章》壓制王權，為民選政府鋪了路。在所有西方國
家中，梁啟超最敬仰英國，對英國的研究也最花力氣。在日本
期間，他漸漸從為中國的失敗開脫轉向了解釋英國的成功，此
處我們有了這一重心轉移的早期樣本。如果歷史世代真如他所
謂的三世次序一般，那也只能以英國史為例證，與中國毫無關
聯。只有據亂世和升平世與封建和帝國專制 (這是無可爭議的中
國歷史序列) 相關，梁啟超宣揚的太平世先驅「變法」才能成為中
國歷史進程自然而傳統的頂點。如果前兩世的次序不符合中國
歷史，那宣揚第三世就落了空，梁氏的變法立場就得在傳統之
外另找理據。

於是，舊理性終於被拋棄了。1902年他在寫到中國封建制
度的衰落和中央集權的開始時，沒有提從據亂世到升平世的轉
折[13]——要是幾年前他可不會錯過這樣的機會。當他說現代歐洲
是古希臘的放大，[14] 雅典文明是現代不列顛文明的原型和精神之
父，[15] 也含蓄地拒絕了三世說；因為別人會記得，他信仰的三世說
曾令他在頌揚英國時低估了希臘，以為古代西方不比古代中國更

13　梁啟超：〈中國專制政治進化史論〉，《飲冰室文集》，卷35，第4頁。

14　梁啟超：〈新史學〉，《飲冰室文集》，卷34，第37頁。

15　梁啟超：《雅典小史》，《飲冰室文集》，卷36，第15b頁。

接近太平世。[16] 最後他坦言：歷史是種群鬥爭互相排斥，非大同太平之象。[17]

梁啟超與過去之我的決裂在這之前就已經完成了。1901年他寫道： 92

> 堯舜禪讓，為中國史上第一盛事。非特尋常舊學所同推贊而已，即近世言民權言大同者，亦莫不稱道堯舜，以證明中國古有民主制度，其意不可謂不善。吾以為民主制度，天下之公理。凡公理所在，不必以古人曾行與否為輕重也。故堯舜禪讓之事，實與今日之新主義無甚影響，既使堯舜果有禪讓，則其事亦與今日民主政體絕異。[18]

梁啟超可沒說「我錯了」。但這段文字是他對自己過去思想的毀滅性評論，也是通向一種新式眼光看中國史的里程碑，也就是在歐洲入侵的現代世界中，全面受到歐洲影響後的中國眼光。考據學已經物盡其用了。如果守舊派的儒家傳統已經是無源之水，那麼維新派的「真正」儒家傳統也一樣，中國只有調整以適應現代

16　參見梁啟超：〈論立法權〉，《飲冰室文集》，卷20，第47b–48頁。這篇文章徹底與梁氏自己早期兼容的努力決裂，既不否認希臘有議院精神，也沒有確認中國曾經有過此類精神：「泰西政治之優於中國者不一端，而求其本原，則立法部早發達，實為最著要矣。泰西自上古希臘，即有所謂長者議會『Gerontes』……」接著梁繼續介紹了歐洲代議制度的歷史。

17　梁啟超：〈新史學〉，卷34，第33b頁。

18　梁啟超：〈堯舜為中國中央君權濫觴考〉，《飲冰室文集》，卷35，第25頁。

世界才能保全尊嚴和自主，而這一調整必須倚仗外來意識形態的
庇護。

梁在多年後寫道，自己30歲之後便絕口不談「偽經」。[19]

與傳統決裂

他終於有了一種新立場。中國之災難並非由於對文化天才
聖人的背叛，或是對經典權威的隨意對抗，而是因為對經典權威
的固守。解放是當務之急——從「偽經」中解放，從「真經」中解
放，從來自過去的任何垂死之手的掌控之下解放。他寫道，進化
是生命法則，即便世界中最濡滯不進的中國——思想、風俗、
文字、器物都千年不變，也有一種特殊的進化不容置疑，那就是
專制政治之進化。[20]「一洗數千年之舊毒。」[21]

梁啟超一再寫道：「今日之中國，過渡時代之中國也。」中國
自數千年以來，皆停頓時代 (他用了許多辭藻的堆砌，意思都是
「停滯不動」)。今日之中國，是「扁舟離岸」，人民對舊的政治、
學問和風俗充滿憤恨。但不是所有人，梁啟超將全國人分成兩
種：一是「老朽者流」，為過渡之大敵；二是「青年者流」，為過
渡之先鋒。[22]

19　梁啟超：《清代學術概論》，第63頁。
20　梁啟超：〈中國專制政治進化史論〉，《飲冰室文集》，卷35，第1頁。
21　梁啟超：〈十種德性相反相成義〉，《飲冰室文集》，卷15，第52b頁。
22　梁啟超：〈過渡時代論〉，《飲冰室文集》，卷16，第14b–16b頁。

這的確是新的梁啟超。他早年思想中沒有提過絕對化的代際衝突，也從未說過年輕人與老朽之間的鴻溝。反倒是期待老人擁抱變法，因為變法還得披著真傳統的外衣。當時他認為，中國的重生要靠全力拉攏傳統思想家。不過，現今的中國有了截然不同的要求。他終於宣稱，蓋欲社會之進化，在先保其思想之自由。[23] 要理解梁啟超如何想到「思想自由」這一西方口號，我們還得再次討論他與康有為的思想聯繫。

康有為最後的政治行動是1917年企圖幫助清帝復辟。對他的判斷可以用他1898年之前的工作為依據；他對傳統的發掘也就到此為止，並未走得更遠。但梁啟超的思想變得越來越獨立，1921年他指明了他與康分歧的根源：

> 中國思想之痼疾，確在「好依傍」與「名實混淆」。若援佛入儒也，若好造偽書也，皆原本於此等精神。以清儒論，顏元幾於墨矣，而必自謂出孔子；戴震全屬西洋思想，而必自謂出孔子；康有為之大同，空前創獲，而必自謂出孔子……此病根不拔，而思想終無獨立自由之望。[24]

梁啟超首次直白地表達此一觀點是在日本和大世界的知識氛圍中，但即便在他逃離中國前，也就是他還是康有為的分身之時，就已經有跡象顯示梁可能會鬆脫儒家的繩索並最終離開康有

23　梁啟超：《王荊公》，《飲冰室合集・專集》，冊7，卷27，第114頁。
24　梁啟超：《清代學術概論》，第65頁。

為。1898年梁寫了文章〈讀孟子界說〉(前文第38頁〔邊碼〕已提及)呼應康有為的「三世說」思想。梁為三世中的每一世分配了不同哲學家的作品和學說。為了讓三世配方更容易被人接受,梁啟超還認為這些作者們應該被區別對待:

> 亦可見古人之學,各有家數,不相雜廁。後世學者不明乎此,強拉合為一,以讀群書,非疑古人,則誣古人矣。[25]

95　　對於康有為的助手來說,這樣的想法真是太危險了!梁是一個極有說服力的宣傳家,他說服自己只是遲早的事。

梁在1901年寫過,康有為是「天稟之哲學者也」。這看上去是誇獎,但話中已經帶了俯就,因為梁接著說康不通西文,不解西說,不讀西書,而只靠聰明思想之所及,自成一家之哲學。[26]這篇長文的調門從頭到尾都像是悼詞,梁一邊歌頌一邊埋葬,好比「歡呼,永別」(ave atque vale),「即以今論,則〔康〕於中國政治史、世界哲學史必能佔一極重要之位置」。[27]

梁啟超給康有為的死亡之吻是1902年的一篇文章。梁評價康強調三世說有進化論色彩,用了這樣的筆法:「南海之倡此,**在達爾文主義未輸入中國以前**(著重是我所加),不可謂非一大發明也。」[28]這是對康氏學說的最後一擊,康學在思想戰場上短暫

25　梁啟超:〈讀孟子界說〉,第15頁。

26　梁啟超:〈南海康先生傳〉,第68b頁。

27　同上註,第81頁。

28　梁啟超:〈論中國學術思想變遷之大勢〉,卷6,第34頁。

亮相後就進了博物館，現在它成了歷史，不是當下的現實。西方
思想已取而代之。達爾文比孔子更能解釋社會變革的合理性。不
過達爾文還不是康有為唯一的歐洲原型，在他寫的康傳中，梁啟
超還説：「先生者，孔教之馬丁路得也。」[29]

　　終於，我們可以理解梁啟超如何掙脱了儒教──不論是正
統的還是重新詮釋過的。梁啟超運用的達爾文和路德成了他解放
的象徵。達爾文代表了知識，和梁在日本期間首次認真探索的西
方思想新世界。達爾文主義作為一種比康氏解釋下的孔教更為
全面、融貫、不容置疑的系統，自然應該成為開明人士的選擇。
隨著梁啟超（以及中國）接觸到越來越多中國之外的知識，中國
傳統吸收了如此多新內容、如此多無可救藥的外來內容，在這樣
的重壓之下必然會斷裂，因為感情用事也只能支撐一時的差異矛
盾，沒法永遠撐下去。

　　不過，僅僅接觸了西方知識，抑或已有的中國理論解釋力不
夠都不足以構成梁氏偏離傳統的理由。文化滲透的過程，對傳統
生活方式、傳統信仰的侵蝕，從來都不是假想中的思想自由競爭
的產物。梁啟超不是簡單選擇了真或假，理性或荒謬，達爾文
或康有為。他是如何變得開明的？人所相信的不是他們必須相信
的東西，而是他們能夠相信的東西，梁啟超並不比其他人更能適
應從獻身傳統到否定傳統的大轉變，除非是出於對傳統的關切。

96

29　梁啟超：〈南海康先生傳〉，第64b頁。

1898年以前堅信中國與西方對等是必須的，現在也還是必須的。起初，為了維護這種對等性，他得緊緊抱住一種簡單的信仰：如果西方傳統看似能解答一切問題，那麼中國傳統裏的某些地方一定也能提供解答。只要前提不動搖，對其謬誤的任何抽象的憂慮都無法動搖這一結論。我們已經看到，梁氏在早期階段至少已經模仿過庸俗化的達爾文主義，他的整個兼容主義充滿了邏輯錯亂，儘管如此，他當時是個傳統主義者。對西方知識的不斷瞭解本身並不會使他拋棄中國立場。

但對西方增進瞭解能夠說服他，他所看重的那些西方事物不是來自於對所謂西方傳統踐行，而是來自於拒斥傳統。歐洲有過中世紀正統，梁也知道其伴隨著停滯。歐洲的發展曾因思想上的專制而受到抑制，基督教各派大聯合的自負與儒教徒不相上下。如果歐洲進步取決於擺脫此一傳統，那麼中國之進步也可以通過相同的方式。歐洲宗教改革是學習的關鍵。雖然改革者堅持他們是真正的傳統主義者，但他們挑戰了體制化的正統宗教，間接地引入了思想自由和世俗進步的可能性，這些都是梁氏所傾心的。梁是如何詆毀康有為的呢？說他是傳統的俘虜，思想自由的障礙。梁又是如何讚美康有為的呢？把他比作馬丁‧路德。

這明顯還不是追尋一種新對等原則的全部，但說明梁啟超已經開動了。雖然解決方案遠非完滿，理論難題處處可見，他終於在情感上能夠放棄一種缺乏智識安全感的立場了。如果他能將歐洲傳統拉低到和中國一樣的無用，那與將中國傳統抬高到歐洲一樣成功具有同等的撫慰功效。與其比較歐洲活力與中國停滯，還

要為後者開脫，不如比較歐洲活力與歐洲停滯。這樣中國就不用
再去為過去贖罪了！如果西方價值的成功有賴於坦然承認之前的
西方教條是噩夢，那中國人肯定也可以犧牲一下儒家經典，而不
用感到自己特別沒出息。

這樣看來，梁啟超開始讚美思想自由就不奇怪了，他的雙刃
劍一邊藐視歐洲中世紀，一邊譴責中國崇古。他在以思想家英雄
的勝利概括西方歷史時，直接忽略了中世紀，他最欽慕的現代歷
史，從文藝復興開始。在古希臘知識復興滋養下的文藝復興大大
開拓了思想的疆域，引發了歐洲精神的大變局；而這也是路德和
宗教改革帶來的。培根和笛卡爾跟著路德進了萬神殿。

> 此二派行，將數千年來學界之奴性，犁庭掃穴，靡有孑遺，全
> 歐思想之自由，驟以發達，日光日大，而遂有今日之盛。[30]

98

在別處梁稱培根和笛卡爾是近世文明的兩大英雄，一洗尊古的奴
性，成為會思考的人。[31] 傳統學說往往有迷惑性。

> 又前人之學說，亦往往為謬見之胎。蓋凡倡一先生之言者，常
> 如傀儡登場。[32]

30　梁啟超：〈論學術之勢力左右世界〉，《飲冰室文集》，卷6，第38–39b
　　頁；Wieger, *La Chine moderne*, vol. 1, pp. 140–142。

31　梁啟超：〈近世文明初祖二大家之學說〉，《飲冰室文集》，卷9，第20
　　頁；Wieger, *La Chine moderne*, vol. 1, p. 117。

32　梁啟超：〈近世文明初祖二大家之學說〉，第13b頁；Wieger, *La Chine moderne*,
　　vol. 1, p. 113。

他怒斥舊書、舊教育無法開礦、造大炮、造鐵路。要摧毀舊中國體制，進步才有可能。路德、培根、笛卡爾、斯密、哥白尼這樣的人讓歐洲走上了進步的道路。[33]

但在下面這段話中，可以最清晰地看到他在強調歐洲的反傳統主義：

> 保教之論何自起乎，懼耶教之侵入，而思所以抵制之也。吾以為此之為慮，亦已過矣……科學之力日盛，則迷信之力日衰；自由之界日張，則神權之界日縮。今日耶穌教勢力之在歐洲，其視數百年前，不過十之一二耳。[34]

這裏展示出梁如何從中國的過去中解放出來。他所需要的，就是中國和西方保持對等的信念，無論中國要為進步付出何等代價，西方也一樣付出過。

因此，梁啟超一邊慢慢地謹慎地、準備著向前邁進，一邊鞏固防禦。邏輯大軍可以盡情猛攻，他在把情感立腳點準備好之前決不讓步。他的中國口號依然是西化而不投降，兼容的老立場還沒有完全拋棄，這原本意味著中國歷史的終結，同時它也在蛻變，變化的同時保留了中華文明的延續性。當創新不再能被解釋為適用於中國，那文明就死了，中國的歷史腳步也停了。一旦讓人覺得創新只對中國有用，且只因其價值而必不可少，且只有西

99

33　梁啟超：《新民說》，第13節，第30–33頁；Wieger, *La Chine moderne*, vol. 1, pp. 74–76。

34　梁啟超：〈保教非所以尊孔論〉，《飲冰室文集》，卷28，第58b頁。

方才有它的歷史，那麼中國就會變成歐洲的附庸。其文明會變成中國人的歐洲文明，那些新兵對自己的真實歷史不會有感情，就像托勒密王朝結束後的埃及人一樣。所以，當梁啟超號召拒斥儒家傳統時，他的口徑依然是與歐洲保持同等距離，以顯示他並不是要中國真的與過去一刀兩斷，而是要做加法。他尚未與自己的過去決裂，只是小心地越過，身上還背著大部分老裝備。「文化生長模式的類比」與「文化價值的類比」還用得上。

　　前一種類比，梁啟超用在了今文公羊學派———一個「偽經」考據家的群體，梁是其中的最後一員———上面，稱它復興了儒家基義，它與新中國思想的關係好比文藝復興時期重振古希臘學問之於歐洲現代思想的關係。[35] 這裏我們可以清楚地看到梁氏思想連續性中的辯證特點。今文經學講「三世說」，憑此梁氏可以說現代進步已包含在中國歷史的脈絡中。這一理論宣稱所有社會都要經歷相同的歷史階段，這是中國允許西式改革的全部基礎，也就是文化生長模式的類比。今文經學已經提供過解釋歷史事實的框架配方；現在要再進一步，今文經學自己成了解釋框架中的一個事實。今文經學教會梁啟超中國歷史與西方歷史並行，而絕不會只是消融、代入後者，事實證明還真是這樣。

　　文化價值的類比使得梁啟超又一次關鍵性地轉化了傳統主義，新瓶裝舊酒，與他強調的中國獨立無縫銜接。以這一類型

100

35　梁啟超：〈論中國學術思想變遷之大勢〉，卷6，第32b頁。又見梁啟超：《子墨子學說》，《飲冰室文集》，卷7，第41b頁：「近世泰西之文明導源於古學復興時代，循此例也……」

的類比所做的論證很容易被銘記，因為可以將中國過去與歐洲引以為傲之人事對應起來。梁啟超就把西方的耶穌與中國的孔子匹配，而且他判定孔子更好，因為孔子不像耶穌那樣宣講專制學說。教會實踐耶穌的思想導致了中世紀——世界史上最黑暗的時期。把威權主義學說視為儒家觀念是錯誤的，這不是孔子的教誨，孔子厭惡威權主義，這也正是他為何值得尊敬的原因。[36]

這一段值得咀嚼玩味。這裏有兩位並列冠軍，一如梁在1890年代時會用的類比。不論當時還是現在，進行比較的邏輯只能是：一、梁承認一些原則、精神或成就有價值；二、大部分人（包括孤陋寡聞的中國人）認為這些原則、精神或成就是與西方歷史相關的；三、實際上在中國傳統裏能找到對等甚至更高明的例子，所以現代中國去復興這傳統就再合適不過了。但中國傳統在這裏認可了什麼？認可了對中國傳統的拒斥。梁説，別聽過去的聲音。不聽就對了，過去的聲音叫我們不要聽。

多重重擊：歷史文化不該作為比較的基礎

梁啟超對腐朽的正統的中國傳統的攻擊只有在他同等攻擊相對應的西方正統時才能快速前進。只要他所珍視的理想屬於作為單一整體的西方，那麼中國也可以被看成一個偉大的整體，其

36　梁啟超：〈論中國學術思想變遷之大勢〉，卷5，第43–43b頁；Wieger, *La Chine moderne*, vol. 1, pp. 155–156。

過去的一切種種都能有所解釋，要麼被讚頌，要麼被怪罪，要麼得以開脫。如此艱巨的任務帶來的無法承受的壓力，可以隨著整體西方這一概念的解體而得到消除。對基督教傳統的攻擊將西方從時間上切分，梁啟超在這段時期的研究中還發現了如何從空間上切分西方。

曾經被他視為一個巨大的同質文化的「西方」，現在有了區分，有些粗鄙，有些精雅，簡單「西方」的概念不復存在了。如今取代單一文明的，是幾個種族，許多國家，或者許多個人。單一西方的視角在這些碎片中消失了。未來的梁啟超將再度面對將中與西作為不可化約的整體進行比較，但在這一階段，梁和許多其他人都已準備好改變中國文化的面貌，只有當「歐洲文明」變成無意義的抽象物時，他們才能擺脫對自身文化傳統的忠誠義務。

梁氏文字中時常有對種族差異的評價；其中最普遍的差異就是膚色，前文已經提及（第二章註20）。到了1902年，他直言白種人好動，他種人好靜；白種人不辭競爭，他種人好和平；白種人進取，他種人保守；所以白種人能傳播文明，他種人只能發生文明。[37]

梁氏進一步解析了人種類型，在另一篇文章中用分支表說明各人種及其分佈。他最欣賞的是白種人裏的雅利安人，其在古代

102

37　梁啟超：《新民說》，第12節，第43頁；Wieger, *La Chine moderne*, vol. 1, p. 29。

的代表是希臘人，而希臘羅馬時代之後，世界史之主位，全由雅利安人所佔，尤其是條頓人這一支。「今日全地球之土地主權，其百分中之九十分，屬於白種人；而所謂白種人者，則阿利安人而已；所謂阿利安人者，則條頓人而已。」[38]

梁還說，條頓民族在自治力方面遠勝拉丁民族，[39] 在逐條比對種族特性時，從殖民地管理特色可見一斑：拉丁民族之殖民地，首置酒庫；條頓民族之殖民地，首修道路。[40]（前文我們已經可以從梁啟超對加拿大人種的討論中看出端倪。見第69–70頁〔邊碼〕）而在分析條頓民族時，他認為其中最優的是盎格魯—撒克遜人。[41] 梁認為，盎格魯—撒克遜人種固有自由之特性，[42] 也只有適合自治的盎格魯—撒克遜人才能進行一場革命而不陷入暴民統治。[43]

103　　　梁啟超的種族主義傾向使他把焦點縮小到某個整體文明之下。不過梁氏的小於整體文明的新等價單位不是種族，而是國

38　梁啟超：〈新史學〉，卷34，第34b–39頁。

39　梁啟超：《近世第一女傑羅蘭夫人傳》，《飲冰室文集》，卷42，第57b頁。

40　梁啟超：〈歐洲地理大勢論〉，《飲冰室文集》，卷37，第55–55b頁。

41　梁啟超：《新民說》，第12節，第41b–43頁；Wieger, *La Chine moderne*, vol. 1, pp. 29–30。

42　梁啟超：〈答某報第四號對於本報之駁論〉，《飲冰室文集》，卷30，第6b頁。

43　梁啟超：〈中國萬不能實行共和論〉，轉引自 Tseng, *Modern Chinese Legal and Political Philosophy*, p. 128。此文1906年發表於上海，但沒有收入之後結集的梁氏作品集（1916年的《飲冰室叢書》、1925年的《飲冰室文集》或1936年的《飲冰室合集》）。

家。把西方分解成國家，如此嚴整的小型單位就能用政治哲學進行抽象概括了；那麼歐洲就只不過是一種地理表述，不再有文化內涵。

當然梁啟超一直很清楚，西方不是一個政治單位。他甚至寫過幾個歐洲國家的小史。不過他將這些國家視作一個統一文化體的各個部分，正是這個文化體的挑戰讓他覺得必須要去直面。他的方法若剝去所有偽裝，就是在內心最深處承認中國沒有足夠與西方匹敵之物，所以他必須為中國虛造一些勝利，使她膨大到西方的尺寸。現在他對西學有了更深的瞭解，便意識到自己無法再去誤導或虛構中國的過去；與其抬高中國，不如根據他學到的知識拉低西方。梁啟超首度對國家進行了系統的劃分，政治制度成為區分諸國的指標。所有國家包括中國在內，都被視為普遍的、文化上中立的多種類型的歷史例證。你就不用再把沒有科學精神的中國社會和充滿科學精神的歐洲社會比了，而是把中國這個君主專制的國家和諸如底比斯之類的貴族專制的國家比。如此比較就不會顯得太不得人心，底比斯看上去也不是那麼強勁的對手。這樣，中國和西方之間巨大且令人尷尬的區別，比如科學不科學的對比，就比較容易迴避了，當等價單位不是社會而是國家，而國家的衡量標準又是政治制度，那麼中國和一些歐洲國家的區別就無異於兩個歐洲國家之間的區別了。

1899年梁啟超試探性地用這種方式將世界打包分類歸檔。他說現代世界由兩種國家構成：共和國和君主國，後者又分為

104

專制君主、立憲君主兩小類。[44] 這一分類對梁來說只是初階。到
1905 年我們可以看出他的品味提升了。他說只有在國家基礎上
才能將權威進行制度化，接著對其中一系列差別作了精緻的闡
釋，那個所謂同質一體的西方看上去便支離破碎了。

　　梁認為，廣義上的國家可分為兩種，專制的和非專制的。非
專制國家可以進一步分為：一、君主、貴族、人民合體的非專制
國家；二、君主、人民合體的非專制國家；三、人民的非專制國
家。專制國家可分為：一、君主的專制國家(中國、俄羅斯、土
耳其)；二、貴族的專制國家(斯巴達和希臘羅馬史上經常出現的
寡人政治)；三，民主的專制國家(克倫威爾時代的英國；馬拉、
丹東、羅伯斯庇爾時代的法國；路易·波拿巴治下的法蘭西第二
共和國)。

　　但這些細化對梁來說還不夠。他既堅持自己的劃分，又擔心
這些分類不夠完善，於是不斷對細部進行定義。比如，他把「民
主的非專制國家」分為「人民全體直接參政」和「不直接參政而推
選代議士」，後者又再分為「普通選舉」和「限制選舉」，諸如此類
不一而足。[45]

105　　　這種把世界分隔為悲劇—喜劇—田園劇的做法能夠減輕全
盤西化之中國的負罪感。西方文化的成就無法用這種方式劃分；
所以也就沒有西方政治單元可以聲稱這些成就屬於自己。中國政

44　梁啟超：〈各國憲法異同論〉，《飲冰室文集》，卷23，第1頁。
45　梁啟超：〈開明專制論〉，《飲冰室文集》，卷29，第37–38頁。

治單元當然也沒法聲稱，不過這又有什麼可尷尬的，畢竟大家都差不多，不是嗎？梁啟超認為所有的個體國家中，英國是最接近於獨立創造價值的國家──比如他寫到英國是憲政之始祖，[46] 英國民權發達最早。[47] 梁啟超承認，中國落後於英國，但畢竟法國和德國也落後於英國，它們也並沒有因此感到羞恥。中國可以借鑒他國，而無須承受尋找本土血統創新的壓力，同樣也無須覺得除了貧舊破敗的自己，人人都有尊嚴。於是，那曾經令梁氏執迷（此時依然執迷）的文化挑戰就變得模糊了，因為世界被分成了國家，後面我們會看到，這種國家取向具有哪些特殊意味。

梁啟超對個人在歷史中角色的詮釋，要比他的種族和國家觀念更能將文化榮譽從西方剝離出去。1899 年他就此論題寫了一篇理論性的文字，討論了天才和大勢的互動，並提供了一種混亂的、不明不白的、沒什麼分析價值的學說。他的結論是偉人塑造了時代，但另一方面時代又決定了人能有何作為。梁既陳述了卡萊爾的英雄締造歷史論，也陳述了黑格爾的立場──英雄不過是既定的、不可阻擋的歷史發展進程的產物；面對這對矛盾立場，梁回到了簡單的兼容──頭腦疲憊時的老辦法。假裝成哲學而不用花哲學家的力氣，他的理論工作就像只要存在兩個極端，無論將任何雜亂無章的陳詞濫調擺在中間，都能既真實又清晰。[48]

106

46　梁啟超：〈各國憲法異同論〉，第 1b 頁。

47　梁啟超：〈愛國論〉，《飲冰室文集》，卷 15，第 21 頁。

48　梁啟超：《自由書》，卷 45，第 7b 頁。

不論他的抽象推理如何猶疑不定，在面對歷史解釋的實際問題時，梁還是表現出了卡萊爾精神。在同一篇文章中，他雖然理論立場不清不楚，但很清楚地宣稱如果沒有孟德斯鳩、盧梭，法國不能成革命之功，如果沒有亞當‧斯密之徒，英國不能行平稅之政（自由貿易）。[49]

如果歷史事件的主要動因是個人，就意味深長了。當我們說，如果沒有作為行動體的特定的人去推動，一件事就不會發生，那就是在說這個人的行動本身是自發的、無動因的；因為如果個體努力之外還有超出個體的歷史原因，那麼不論此人是生是死，同樣的結果依然會發生。所以，英雄造時勢論的假設前提是，天才不是社會文化事件的一種功能，也不是文化繁榮的產物，而是其原因。如果英雄不是渾然天成的，那麼你就得去檢驗他生活的文化歷史，尋找他出現的原因，比較諸種文化的價值就會側重於它們有沒有為天才出現提供土壤。但如果是天才造就文化成就，而不是反過來，那麼文化的問題就消失了。當偉業由偉人造就，這些英雄人物代表的不是他們的文化而是他們自己。如果梁欣賞的西方價值是英雄人物努力的果實，那麼中國文化就沒有失敗，因為那不是西方文化的勝利。那是人的成功，這些人的誕生是偶然的，而在東方也有人，東方也有聰明的頭腦。人們不必再說中國文化已為迎接西方成就做好了準備。就讓中國人做中國人，西方自會棋逢對手。

49　同上註，第45–47頁。

認識到梁啟超的歷史觀有極強烈的卡萊爾色彩，是至關重要 107
的。我們之前提到他對路德、培根、笛卡爾等人的引路之功大書
特書，他提到許多其他人時也有同樣的口氣，比如孟德斯鳩：

> 十八世紀以前，政法學之基礎甚薄，一任之於君相之手，聽其
> 自腐敗，自發達。及孟德斯鳩出，始分別三種政體……又發明
> 立法、行法、司法三權鼎立之説，後此各國，靡然從之……[50]

在另一篇文章中，梁啟超寫了獨立戰爭後美國的政府制度，英國
殖民地和美國的廢奴運動，俄國的廢除農奴制、刑法改革。每個
段落結束時，他都會加一句：「造此福者誰乎，孟德斯鳩也。」[51]

梁論盧梭：「曰盧梭之倡天賦人權……自此説一行，歐洲學
界，如平地起一霹靂，如暗界放一光明，風馳雲卷，僅十餘年，
遂有法國大革命之事。十九世紀全世界之原動力也。盧梭之關係
於世界何如也！」[52]

梁論伯倫知理（Johann Kaspar Bluntschli）：「自伯氏出，然後
定國家之界説，知國家之性質、精神、作用為何物，於是國家主
義乃大興於世……使國民皆以愛國為第一之義務，而盛強之國
乃立。」[53]

50　梁啟超：〈論學術之勢力左右世界〉，第39b頁；亦見梁啟超：〈論立法
　　權〉，第49b頁。

51　梁啟超：〈法理學大家孟德斯鳩〉，《飲冰室文集》，卷9，第25b–26頁。

52　梁啟超：〈論學術之勢力左右世界〉，第39b–40頁。

53　同上註，第41頁。

梁論伏爾泰、托爾斯泰和福澤諭吉:「苟無此人,則其國或不得進步。」[54]

108　　梁論克倫威爾:「無克林威爾,則英國無復今日之立憲政治;無克林威爾,則英國無復今日之帝國主義。」[55]

梁氏的早期文字中很少提到西方歷史中的具體人物。(畢竟他是接觸到日譯典籍後才知道了大量人名。)在1890年代,識字率、民主、效率這些文化面相是他的討論主題和探求中國傳統的方式,當孔、孟等人名出現時,其代表的是作為整體的中國文化的象徵。隨著年歲漸長,梁意識到這種捍衛中國的方式是沒有希望的。正當他的傳統主義—文化主義的說詞甚至在想像中都已失效(歐洲文化是高級的,必須被無條件地承認),對手卻從戰場消失了。本土文化在中國被拒斥、在歐洲被提純,只有全能的個人能留下了。中國缺少這樣的人物無須從文化上加以解釋,因為歐洲的成功人物也不是文化催生的,反而是他們創造了文化。

那麼中國該如何面對世界呢?我們已經提出了答案——國家對國家(以一種新的生活方式,沒有中式糖衣包裹),因為國家的終極價值畢竟是生存手段。梁啟超已經從文化主義一路奮鬥到了國家主義/民族主義,但他將表面拒斥中國文化作為忠誠的焦點,這恰恰弔詭地證明了他最溫柔的關切正是中國文化。

54　同上註,第42b頁。
55　梁啟超:《新英國巨人克林威爾傳》,《飲冰室文集》,卷42,第59頁。

一個人與生俱來的傳統是他最無法疏遠的東西。當這種傳統在
衰敗，他要麼幻想它還有活力（梁曾經如此），要麼假裝無所
謂。要麼他緊緊握住決不讓它死去，要麼他必須看著它死去，
這樣才能狠下心離開。不論哪種方法，都可以讓他免受將坦誠
與情感攪在一起的痛苦。如果一種生活方式難以為繼，那就怪
國家，然後敦促國家去改變。沒有必要大悲大慟。國家只不過
是與我相關，文化才是我自己。

109

文化主義和民族主義

我們已經看到梁啟超是如何把中國文化剔除出中西對等的基
礎，但還要考慮國家如何去扮演文化在過去扮演的角色。首先有
必要區分中國文化主義和民族主義，看前者是如何漸變為後者的。

中國的民族主義有時被簡單描述成「排外主義」，好像這就
是它的全部內涵，因為排外在中國是古已有之，傳統的文化主義
和現代的民族主義之間的區別可能看上去有些虛，或者說不好理
解。此外，歐洲人在民族主義初興時也普遍要面對不同的思想和
情感問題，而這種中國式的區分在歐洲史中體現並不明顯（除了
在一些邊緣地區），所以該問題一直沒有得到有效的定義。文化
和國家之間的基本差異，以及它們對身處其中的個人分別有什麼
要求，這些都必須歸類。

一個國家如同一個共同體，只有作為各部分的總合且在各部
分的同意下才能而存在。一種文化可以巨細靡遺地在個體身上展

現。一個人可以自視為中國文化的一分子，除了自己的利益無須他顧；但如果他認為作為中國國家的一員是最重要的身分，那麼他就必然覺得除了自己的生活還要參與到更廣大的世界中去。文化是與生俱來的，國籍是註冊的，一個國家需要國民以行動去服務，一種文化則是行動的內容。梁啟超一直相信有一種中華文化存在；他說無法看到國家的存在，因為中國人沒有群體意識，也就無法認識到有一種超越個體分歧的公德公利在。[56]

文化主義阻攔外來思想，但實際上可能會招來或不那麼積極地反對外來的物質力量。民族主義反轉了這些關係；它可能會容忍外來思想，但絕對抵制外來的物質侵略。在太平天國（1850–1864）叛亂期間，我們可以看到這兩種情緒的角力。叛軍鄙夷中國傳統，但堅稱反對外來的滿人統治者就是捍衛中華民族的利益。不過不論傳統還是清廷的捍衛者都知道，從文化上說，滿人的漢化水平太平軍永遠也趕不上。雖然導致太平軍叛亂和梁啟超與傳統決裂（這個話題我們將來還會談到）的環境有顯著差異，但最後它們殊途同歸：對文化和國家進行區分。就讓中國人做文化上不正統的事情吧，只要這對民族國家有用就行。[57]

56　梁啟超：《新民説》，第13節，第43–44頁；Wieger, *La Chine moderne*, vol. 1, pp. 84, 32–33。

57　梁啟超將民族主義取向作為此類行為的例證。他列舉了匈牙利的科蘇特、意大利的馬志尼、加里波第、加富爾作為中國可以學習的愛國主義人物。見梁啟超：《匈牙利愛國者噶蘇士傳》，《飲冰室文集》，卷41，第49b–69b頁，及梁啟超：《意大利建國三傑傳》，《飲冰室文集》，卷42，第1–47b頁。

　　當一個人有如此信念，就意味著他感到他的同胞有了敵人。
敵對感是民族主義的本質；一般人不會搖旗吶喊「我的祖國」，
除非他意識到有別的國家存在，有其忠實的人民，且有能力構
成威脅。而一個真正的老派的中國文化主義者是沒有這種敵對
概念的。中華文明就是天下的文明，我這樣想，所以我是中國
人。當這種想法佔據一切時，還有必要堅持什麼嗎？如果全世
界的其他人都如此徹底地不重要，中國人的命運又怎麼會成為如
此要命的話題呢？當然這種自信不是來自任何軍事上戰無不勝的
情緒。中國人都知道，蠻夷能佔領中國，但他們也知道野蠻不
能。侵略者通常被漢文化的吸引力所征服，迅速去除了自身的
民族性，這令中國人無法通過國族的角度去思考，所以作為民族
國家的中國不存在，而文化中國又對挑戰無動於衷，能夠刺激一
個中國人放手一搏的只有切身的個人利益。廣東沿海地區在鴉
片戰爭中受到英國大炮的威脅時，有當下的利益驅動，但雲南就
沒什麼人趕去百色保家衛國。在梁啟超看來，中國人對外來侵
略可以面不改色泰然處之。[58] 當世界只有中國及其附庸（中國和
能夠被漢化的蠻夷 —— 如果他們有機會和慧根的話）時，愛國主
義是沒法滋長的。

　　但若中國不是天下唯一，那麼傳統文化就不夠用了。梁啟
超知道中國有對手，雖然他最初的立場是兼容，其假設是沒有競

111

58　梁啟超：《新民説》，第13節，第6b–13頁；Wieger, *La Chine moderne*, vol.
　　1, pp. 50–54。

爭，但競爭這一概念本身的介入會終結中國自命的普世主義。當
中國對世界的認識增加時，中國也縮水了，很明顯在梁啟超的文
字中這一過程與中國文化的餘燼中出現的民族中國同步。

1900年他寫道，歐洲和日本誣衊中國人沒有愛國心。梁還
説，愛國心的薄弱就是國家積弱的最大根源。民族主義缺失是因
為忠誠的焦點歷來是朝廷而不是國家，也因為中國人不知自己的
小天下之外還有他國。[59]

112

後一論點梁啟超在1902年的名文《新民説》中有詳細論述。
他的關鍵陳述是，只有當人將世界視為分裂的，知道有他人的存
在並且尊重他們的時候，才會產生國家觀念。[60] 他繼續指出愛國
的民族主義沒有發展的原因。幾百年來外族佔領了中國領土的全
部或部分，「中國」的概念已經被抹殺了。在文人士大夫的影響
下，中國人開始用「天下」而不是「國家」去看待中國；民族主義
以及延伸的愛國主義被摧毀了。[61]

> 雖有無數蠻族，然其幅員、其戶口、其文物，無一足及中國。
> 若葱嶺以外，雖有波斯、印度、希臘、羅馬諸文明國，然彼此
> 不相接，不相知。故中國之視其國如天下，非妄自尊大也。[62]

---

59 梁啟超：〈中國積弱溯源論〉，《飲冰室文集》，卷15，第23b–25頁。

60 梁啟超：《新民説》，第12節，第51b頁。

61 同上註，卷12，第51–51b頁；Wieger, *La Chine moderne*, vol. 1, pp. 44–45。

62 梁啟超：《新民説》，第12節，第51b頁。

1911年也就是辛亥革命前，梁啟超依然堅持，若「舉天下僅有一國」，則不可能有國家意識或愛國主義。[63] 這是他比較中國和古羅馬後得出的結論：

> 而我國人愛國心之久不發達，則世界主義為之梗也。吉朋者，英國之良史也，所著《羅馬興亡史》[*]，歐洲有井水飲處非不誦之。其言曰：「羅馬自征服意大利以後，其人民無復愛國心，彼非不愛羅馬，然所愛者，羅馬之文化，非愛羅馬人，非愛羅馬國也。其人常以保存增長其文化為己任，以擴張其文化施於世界為己任。無論何族之人，有能完此責任者，則羅馬人奉權力以予之不稍吝，故羅馬歷代帝王，起於異族者居其半。」

梁説，這些都適用於中國。[64]

實際上在1899年也就是他這一階段的初期，他就已經充分認識到了中國民族主義的問題，他接下去寫了中國對外國強權低三下四。因為洋人相信中國人沒有愛國的觀念，所以他們覺得可以隨心所欲地表達侵略意圖。梁在此處再度解釋了國人缺乏國家觀念，是因為根據西方入侵之前的歷史經驗，中國接觸到的都是無法與中華文化匹敵的外來人；這導致了中國即是天下的推斷。他繼續説，愛國主義是歐洲獨立和繁榮的根源。一個國家若要強

113

63　梁啟超：〈中國前途之希望與國民責任〉，《飲冰室文集》，卷18，第49b頁。

*　譯註：現通譯為吉本《羅馬帝國衰亡史》。

64　同上註，第49頁。

大，大眾必有愛國心，受過教育，而中式愛國主義應該表現為甘
願採取西式改良。最後他滿懷感恩地引了一段光緒帝的變法詔
書。[65]

在這篇文章中，梁啟超充分理解了民族主義對中國的意
義。民族主義要求承認現實，承認外國人的強大，同時還要提
供與之對抗的手段。起先它被詮釋為一種有組織的憤恨，用以
讓中國人聯合起來反抗奴役；最後它成了一種精神，推動人們
採取非傳統的手段去化悲憤為力量。換言之，民族主義先要讓
人意識到有一種國家利益應該深入每個公民心中；其次要讓人
願意承認並採取措施(比如以國家效率為重，廢除舊陰曆)[66]使國
家興盛。前者未必會顛覆文化主義；但後者會。在一個國家為
存亡而鬥爭時，其人民的生活方式就沒有什麼神聖不可改變的。

在國家主義/民族主義的議題中，世界是分隔的，其界限是
國家，這種論述的必然推論是：中國必然不能分裂，只有其整
體才能成為一個國家。梁啟超在1911年寫道：「是故國家主義
也者，內之則與地方主義不相容，外之則與世界主義不相容者
也。」[67]如果梁要讓作為整體中之一部分的中國清晰可辨，就必須
把各部分之總和的一個中國的觀念進行誇張強化。

114

65　梁啟超：〈愛國論〉，第12–21b頁。

66　梁啟超：〈改用太陽曆法議〉，《飲冰室文集》，卷28，第29–30b頁。

67　梁啟超：〈中國前途之希望與國民責任〉，第49頁。

　　因此，梁氏不止一次哀嘆中國人只有部民資格而無國民資格，[68]他同意康有為所堅持的中國不可分割，以及反對地方自治。[69]他憤憤地引用了伊藤博文的話：「中國名為一國，實為十八國也。」[70]他分析了各省濫鑄銅元對國家權力造成的侵蝕，在討論中國是否可能實行間接選舉制時，他反對美國舊式的州議會選舉參議員的方式，理由是若施用於中國行省會加強地方勢力，代價是犧牲國家主義／民族主義。[71]

　　在梁眼中，中國既不是一個世界，也不是一種對互相接壤又無凝聚力的區域聚合的地理表述。事實是，中國不是一個世界，但除非中國人承認這一點，不然永遠無法邁出步伐去阻止第二種描述——唉，它實在太客觀真實了。中國必須先明白自己是一個國家，然後才能試著去成為一個國家。

115

　　現在我們可以看出從文化主義到民族主義的過渡是如何完成的。要等到文化主義的衰敗階段，人們才會開始欣賞外來價值。這是兼容的時期，中國和外國文化價值在嘗試融合。當這一嘗試明顯越來越沒有可能時，中國就必須走下高聳的神壇（「天下」的立場），這樣才有可能被推上另一座神壇（「國家」的立場）。當中

68　梁啟超：〈政治學大家伯倫知理之學說〉，《飲冰室文集》，卷10，第33
　　頁；亦見梁啟超：《新大陸遊記節錄》，卷39，第11b頁。

69　梁啟超：〈南海康先生傳〉，第78頁。

70　梁啟超：〈中國積弱溯源論〉，第30–30b頁。

71　梁啟超：〈各省濫鑄銅元小史〉，《飲冰室文集》，卷25，第41b–49頁；梁
　　啟超：〈中國國會制度私議〉，《飲冰室文集》，卷22，第31頁。

國成為一個國家而不再是天下，她就有了一種新的世界觀：歷史不是一個偉大社會的故事，而是許多個獨立自主的社會相互衝突的故事。這對中國信徒來說又是一次新撤退，但這撤退是有用的。如果守著老大帝國不放的頑固派死了，那麼「妄自菲薄」看不起中國的失敗主義者也一樣；因為如果中國不是傳統主義者自以為的偉大社會，那西方也不是。這裏依然有兼容論者的對等思路，不過等價物從文化變成了國家。

> 當你年歲漸老，
> 那過去彷彿已有了另一種模式，不再
> 只是一個結果——
> 或者甚至是一種發展：後者是部分的謬誤，
> 受到膚淺的進化論思想的慫恿，
> 而在常人的心目中變成否認自己的過去的一種手段。[72]

如果民族主義對中國是必要的鬥爭手段，那麼社會達爾文主義、適者生存、鬥爭的進化論解釋則強勢摧垮了奄奄一息的傳統主義者文化主義。梁啟超同意本傑明·基德 (Benjamin Kidd) 所言，進步的動因是死亡，移除無用和老朽之形式，[73]那麼正好可以名正言順與中國的過去脫離關係。當社會達爾文主義認定國家

116

72　T. S. Eliot, "The Dry Salvages," from *Four Quartets*. Quoted with the permission of Harcourt, Brace and Company, and Faber and Faber Ltd.（譯註：中譯引自湯永寬譯本。）

73　梁啟超：〈進化論革命者頡德之學說〉，《飲冰室文集》，卷10，第5頁；Wieger, *La Chine moderne*, vol. 1, p. 132。

是鬥爭的最高單位，就不光是民族主義作為行動精神代替了文化
主義，而且是國家作為行動的目的代替了文化。梁極為清楚地重
申，生存鬥爭是人的重大問題，全世界的國家就是戰場。1901年
他對適者生存的學說進行了簡單闡述，首先重申這些都是新的；
然後，一點一點推進——

> 凡人之在世間必爭自存，爭自存則有優劣，有優劣則有勝敗。
> 劣而敗者其權利必為優而勝者所吞併，是即滅國之理也。[74]

梁在《新民說》中斷言，按照自然選擇和生存競爭的普遍法
則，人與人、國與國必然會爭鬥。因為鬥爭存在於方方面面，而
國家之間的鬥爭天然地是忠誠度最大的聚焦點，它會讓其他所有
的鬥爭顯得渺小，所以愛國心是必需的。個人利益必須服從於公
共利益。此鬥爭是文明之母，進步之先決條件。[75]

他在別處還寫過：

> 吾思之，吾重思之，今日中國群治之現象殆無一不當從根柢處
> 推陷廓清……天演物競之理，民族之不適應於時勢者，則不能
> 自存。

74　梁啟超：〈滅國新法論〉，《飲冰室文集》，卷16，第28b頁。亦見梁啟超：
　　《自由書》，卷45，第30頁，他說有兩種原則，一種是「世界原則」，不提
　　倡戰鬥，屬於理論；另一種是「國家原則」，基於軍事對立，屬於現實。
75　梁啟超：《新民說》，第12節，第49–50頁；Wieger, *La Chine moderne*, vol.
　　1, pp. 43–44。

接著，他說中國千年來受困於小民，他們從未真正為中國留下印
跡。所以中國對外來強族的猛攻全然沒有準備。有人怪政府，有
人怪官吏；但這些都是錯誤的分析。真正的原因是：

> 我國以開化最古聞於天下，當三千年前歐西狉狉獉獉之頃，而
> 我之聲明文物已足與彼中之中世紀相埒。由於自滿自惰，墨
> 守舊習，至今閱三千餘年，而所謂家族之組織，國家之組織，
> 村落之組織，社會之組織，乃至風俗、禮節、學術、思想、道
> 德、法律、宗教一切現象，仍當然與三千年前無以異。

梁說這就是衰老之勢。如果得不到改善，那麼在自然選擇和生存
競爭的法則下，中國就會消亡。[76] 因為：

> 世界之中，只有強權，別無他力，強者常制弱者，實天演之第
> 一大公例也。然則欲得自由權者，無他道焉，惟當先自求為強
> 者而已。[77]

若中國被捲入爭鬥，那麼她不但要學會競爭，還要學會樂在
其中。梁啟超強烈抨擊了中國的和平主義傳統，他展示了民族主
義的「衝突」元素與前文提及的民族主義者時刻準備與文化正統
決裂之間的關聯。梁在讚揚日本時說，日本之詩，無不言從軍樂
者，而中國之詩，無不言從軍苦者。[78] 虛弱的根源之一是怯懦；

76　梁啟超：〈新民議〉，《飲冰室文集》，卷15，第2–2b頁；Wieger, *La Chine moderne*, vol. 1, pp. 102–103。

77　梁啟超：《自由書》，卷45，第24b頁。

78　同上註，卷45，第29頁；梁啟超：〈中國積弱溯源論〉，第32頁。

這部分導致了中國國民性尚文，相比之下歐西、日本人尚武，沒有怯懦的毛病。若中國人聽從孟子教誨，遵守孝道、躲避風險，那還有什麼指望呢？[79] 中國人似乎從來不知道，他們對國家的奉獻不應該比對父母少，因為是國家保證他的生命和財產。[80] 梁啟超很討厭老話「好鐵不打釘，好子不當兵」，[81] 如今中國有不尚武的名聲，是自得其咎，梁對此感到羞憤難當。[82]

他崇拜俾斯麥及其「鐵血」。沒有如此政策，一個國家無論有多偉大的文明和智慧、人口和土地，在世界之戰中都難逃毀滅厄運。在弱肉強食的叢林世界中，在雄鷹和猛虎的世界裏，最無用的態度就是順從。德國是對的——打造軍隊，掌握權力。再看日本，與中國相比只是小小島國，卻因武士道和大和魂（日本軍法和尚武精神）大昌其國。[83]

中國也曾經有過自己的武士道。在春秋戰國時代，群雄爭霸，尚武之風甚盛。[84]「名譽」的概念在現代日本已是俗常，在西

118

79　同上註，第31b頁。

80　梁啟超：《新民說》，第12節，第46b頁；Wieger, *La Chine moderne*, vol. 1, p. 32。亦見梁啟超：〈論教育當定宗旨〉，《飲冰室文集》，卷29，第13b頁：「一國之子弟，一國所公有也，父母不得而私之。」

81　梁啟超：〈中國積弱溯源論〉，第31b頁，亦見梁啟超：《新民說》，第14節，第15b頁。

82　梁啟超：《中國之武士道》，《飲冰室合集・專集》，冊6，卷24，第17頁。

83　梁啟超：《新民說》，第14節，第10b–14b頁。

84　梁啟超：《中國之武士道》，第21頁；亦見梁啟超：〈中國前途之希望與國民責任〉，第47b頁。

方也廣受認可，其實在早期中國也興盛過，就是人們常說的士可殺不可辱。[85] 梁訴諸這方面的先例，不應與他早先的文化主義嘗試混淆。梁說尚武精神對中國而言不陌生，不是要讓同時代人接受之，而是要使之看上去可能。這就是他說「今我國民於此種精神，萎悴誠甚矣，然吾固信其根器之本極深厚，而磨礱而光晶之，固甚易易」[86] 的意思。儘管他虛弱地嘗試從經典中摘取尚武的內容，[87] 但復興武德的首要理由還是為了保存今日的國家。如果古代聖人能被吸引加入大合唱，梁會欣然接受他們的幫助，但在這一問題上，梁過於直白地表現出功利主義的一面，讓人揣想，在追求目標的過程中，他會對傳統遺留的積塵蛛網手下留情。正如之前提到的，生存的手段是終極國家價值；如果堅持傳統與施用這些手段發生不兼容，傳統可以被拋棄。

　　梁接受了這些社會達爾文主義價值並運用於討論戰爭與和平，揭示了文化主義和民族主義之間最顯著的區別，比如之前提到過，中國傳統是鄙視戰爭的。當梁鄙視這一部分傳統時，必須看到在許多對西方發動的戰爭感到愧疚的西方人看來，簡直是把中國最有價值的好牌就這樣隨隨便便扔掉了。

85　梁啟超：《德育鑒》，《飲冰室合集・專集》，冊6，卷26，第13頁。

86　梁啟超：〈中國前途之希望與國民責任〉，第48頁。

87　梁啟超：《中國之武士道》，卷24，第1–2頁；他指出儒家提倡勇，如「《孝經》記孔子言曰：戰陣無勇，非孝也；《莊子》引孔子言曰：臨大難而不懼者，聖人之勇也；《孟子》引孔子言曰：志士不忘在溝壑，勇士不忘喪其元。」亦見梁啟超：《新民說》，第14節，第19–19b頁，他強調孔子絕非無保留地維護「軟弱」。梁還說武德並沒有被孔子哲學排除在外。

　　雖然社會達爾文主義是一方的核心，和另一方的溶劑，但民族主義由文化主義派生而來，無論從邏輯還是時間先後上都是如此。梁心中日漸式微的文化主義（換言之，就是他覺得有必要為自己所效忠的文化傳統找到合理性）與他主張的民族主義彼此聯繫，也彼此區別，兩者都預設了一種進步觀，但各自定義的進步卻不盡相同。在不到十年的時間裏，中國把從孔多塞到斯賓塞的歐洲思想歷程走了一遍。在社會達爾文主義的外衣下，梁的進步觀不再與一整套天然美好的，中國必須具有的，傳統諄諄教誨的，捨此不再有其他選擇的價值和目的綁在一起。現在他眼中的價值只有手段，讓一個民族國家昌盛的手段，而國家本身不過是參與到進化演變的盲目過程中去的一種手段。後者是我們知道或需要知道的唯一價值。現在，進步僅僅是時間的推移，但早期並非如此。彼時的進步，是選擇一個目標，然後抓緊時間去達到它。

　　梁啟超對演化的理解是很膚淺的，但他的確擺脫了過去。當時間和進步是一連串的衝突，那麼整個過去無非是一系列的衝撞被包裹成了現在，同時指向某種未來的解決，而這種解決究竟是什麼是唯一重要的問題。如果中國能被證實是所有國家中最適合生存的，其過去的所謂失敗就無須再去解釋或否認。如果中國無法生存，那也沒人會有興趣聽孟子對城市的規劃。民族主義者梁啟超用一種新的不同眼光重新審視了中國歷史上的偉大人物。他們依然偉大，但已不再是中國文化的不朽代言人了。現在他們成了中國國家的英雄，英雄和先知有著天壤之別。他們的差異就是民族主義與文化主義的差異。

120

　　英雄，是在某些特定時刻的想法或行動尤其見效的人。後世的仰慕者必定會效仿——未必要重複英雄的具體成就（那已屬於歷史），而是效仿他的精神。文化主義則倚仗先知，否認時間流逝的意義，其成就凌駕於一切後人之上。民族主義需要英雄人物，去啟迪而非主宰他人，他們為後世留下行動的普遍形式——英雄主義，由後世自行決定要填充什麼內容。梁在早年只推薦儒家所許可的，是個稱職的文化主義者，孔子就是他的先知。但後來他堅稱中國應該設想如果孔子活著會怎麼想，而不是只看孔子活著時怎麼想；孔子受人尊重的應是他的創造力，如果現代中國要復興他的精神，就應該拋棄他所創造的，自己去創造。孔子值得中國人民的每一份愛國虔誠，但中國國家並不欠他任何準宗教崇拜。他的學說不是不朽的。時代變了。

　　孔子地位的變化在梁啟超稍晚的文字中表現得十分顯著。我們已經提到過，他漸漸地不再援引儒家先例，不過在表述當下思想時還偶爾引幾句經典中恰切的話。在《新民說》中，孔子和摩西、耶穌、哥倫布、曾國藩、達爾文、孟德斯鳩等人一併被表彰，作為有勇氣有毅力之典型。[88] 那時在梁的腦海中，孔子已經由先知轉型為英雄——他所處時代中的好人之一而已。

　　在同一篇文字中，梁堅持進步的絕對法則，他不斷重複並認定，隨著時間推移，思想會達到新高度，智慧會達到新深度。最偉大的哲人未必完美，而後世會指出他們的不完美。

88　梁啟超：《新民說》，第14節，第2–5b頁；Wieger, *La Chine moderne*, vol. 1, pp. 97–98。

勿為古人之奴隸也。古聖賢也，古豪傑也，皆嘗有大功德於一群，我輩愛而敬之，宜也。雖然，古人自古人，我自我……[89]

　　他再度將中國的停滯歸因於同質性，缺乏競爭與衝突，這在「競爭為進化之母」的世界裏是致命缺陷。他將西方的勝利解釋為古希臘城邦間的不斷爭鬥在接下來千百年的歐洲得到延續。中國最接近這種狀態的是戰國時代，中國思想也在其時達到頂峰。秦大一統之後，中國就處於衰落之中，直到當下。[90] 梁這麼說的時候，隱含了對孔子作為一位有創意的思想家，和一種力量的讚美，他的哲學以及儒家學派如此有影響力，這些都證明了先秦時期的確是中國思想史上最活躍的時代，也最接近偉大的古希臘。然而，稱讚孔子是一位偉大的思想家，其中也包含了批評的意味：他的思想為後世運用，帝國的官僚機構也進一步集中。他的成功只能見證他所代表的時代的偉大，就他致力於結束那個時代這一點來說，他是不完美的人物，他活著的時候是英雄，但絕不是永世先知。

　　〈保教非所以尊孔論〉是他1902年寫的一篇文章，題目意味深長，其中清晰區分了民族主義和文化主義、英雄和先知。他寫道：

122

89　梁啟超：《新民說》，第13節，第19b頁；Wieger, *La Chine moderne*, vol. 1, p. 61。

90　梁啟超：《新民說》，第13節，第25b–29頁；Wieger, *La Chine moderne*, vol. 1, pp. 70–73。

> 竊以為我輩自今以往，所當努力者，惟保國而已……教與國不同……國必恃人力以保之。教則不然。教也者，保人而非保於人者也。[91]

此文的意圖毋庸置疑。民族主義興於英雄崇拜，在向中華民族之國家獻身時，他尊敬孔子。孔子是偉人，毋庸置疑。但對儒教，梁啟超已無太多敬意。孔子是偉人，僅此而已。

中國對陣西方

123　　然而，當民族主義代替文化主義時，被轉移到英雄譜上的不光是先知。只要能達到民族主義者施用的「偉大」標準，任何中國人都能變成英雄，甚至是那些被傳統忽略或譴責之人。因此，梁啟超表彰了許多非儒家的個人和體制（比如封建武士道），並將之與西方進行類比。雖然這些類比有時看上去像是文化對等的舊主張，但是其實有著本質的區別。這是民族主義者在表達對中國人成就的自豪，並勸導國民效仿，而不是日漸式微的文化主義者在將西方成就引入中國時假惺惺打出的幌子。梁啟超1904年的一篇文章明確進行了這一區分：

91　梁啟超：〈保教非所以尊孔論〉，卷28，第57–57b頁。對比魯迅的一段名言：「我有一位朋友説得好：『要我們保存國粹，也須國粹能保存我們。』」（Lu Hsun, *Ah Q and Others*, trans. Wang Chi-chen, New York: Columbia University Press, 1941, p. xviii）。

舉凡西人今日所有之學，而強緣飾之，以為吾古人所嘗有，此重誣古人，而獎勵國民之自欺者也。雖然，苟誠為古人所見及者，從而發明之、淬屬之，此又後起國民之責任也，且亦增長國民愛國心之一法門也……[92]

　　自豪和勸導者兩大主題出現在該文中，梁還認可了西方探險英雄的功勳，並指出中國也有此類人物。他講述了漢代張騫和班超的遠遊，呼籲復活他們的精神；梁還說，若中國停滯不前，「終不免以餌條頓民族，而自為其奴隸」。[93] 同理，在其他文章中，他半致敬半警示地褒揚了袁崇煥（1584–1630）──抵抗滿人入侵的明代將領，稱他為「千古軍人之模範」；[94] 還有鄭和，15 世紀的著名航海家、中國的移民殖民者，曾穿越太平洋尋找新土地。梁惋惜道，在哥倫布和達伽馬之後，西方還有許多偉大的航海家，但中國再也沒有過第二個鄭和。[95] 他還強調了西方殖民了黃種人的國家帶來的恥辱，華人曾經開拓殖民地，但現在只能自比於「牛馬」。[96] 原本由華人開拓之地，現在成了英人和荷蘭人的地盤。[97]

124

92　梁啟超：《子墨子學說》，第41b頁。

93　梁啟超：《張博望班定遠合傳》，《飲冰室文集》，卷41，第1–14頁。

94　梁啟超：《明季第一重要人物袁崇煥傳》，《飲冰室文集》，卷41，第20–37b頁。

95　梁啟超：《祖國大航海家鄭和傳》，《飲冰室文集》，卷41，第49頁。

96　梁啟超：《中國殖民八大偉人傳》，《飲冰室文集》，卷41，第41b頁。在〈論中國國民之品格〉（《飲冰室文集》，卷16，第7b頁）中，梁再次提及英人殖民傳佈自治制度，而中國人出洋，只能供他人之「牛馬」。

97　梁啟超：〈論中國人種之將來〉，《飲冰室文集》，卷16，第11b頁。

　　出於愛國自豪而不是文化主義的自辯，梁啟超致敬了先秦法家哲學家管子，管子當然超出了儒家所能接受的範疇。梁說，今日的政治現實，最重要的是民族主義、法治精神、地方制度、經濟競爭、帝國主義，人們腦海裏會將之與近二三百年的西方繁榮相聯繫，但其實中國早就有了。讀一讀管子。主權在國家之說（強國存在的基石），是西方幾千年前就能想到的嗎？當然不能。只有我們的管子想到了。[98]

　　梁啟超在別的文章中還將荀子與霍布斯並提，因為二者對人之本性的預設以及對政府本質的結論接近。他還指出墨子與霍布斯對主權之契約基礎的看法類似，但也說了墨子學說中至高無上的「天」能限制霍布斯理論中的絕對君權。這些比較讓梁得意地宣稱，17 世紀西方思想史中的偉人霍布斯持論乃僅與吾戰國諸子相等（「其精密更有遜焉」），「亦可見吾中國思想發達之早矣！」[99]

　　梁氏的這篇文章可以說是他運用中國史去表達民族主義方面之對等的明證。他不是要向中國人兜售霍布斯，或是要說霍布斯很容易被中國人接受 —— 因為他說的早就被中國古人說過了；梁其實對霍布斯的哲學並沒有太大興趣，但他很願意借用一下霍布斯作為哲學家的名望。我又要重提一下欣賞英雄和欣賞先知的

125

98　梁啟超：《管子傳》，《飲冰室合集·專集》，冊 8，卷 28，第 1–2 頁。

99　梁啟超：〈霍布士學案〉，《飲冰室文集》，卷 8，第 46b–47b 頁。

區別，梁要強調的是精神而非事功；他讚揚的是霍布斯、荀子和墨子強大的思考過程，而不是他們思想的實際內容。[100]

這裏，就顯示了面對作為一個國家的西方而不是作為一種文化的西方意味著什麼。梁啟超不再竭力去尋找具體價值的對等（論證：民主是好的，西方的；它也是中國的，只要你在正確的典籍中仔細找，並且要拋棄異端邪説），而是強調一種抽象的潛力對等。你們能做到的，我們也能做到（更好地做到），有時還更快。（物證：現代歐洲文明的偉大工具如指南針、火器、印刷術，都是由阿拉伯人在學習了中國秘技後傳到歐洲的。）[101] 傳統──也就是過去的經驗，絲毫不能影響中國的未來選擇，但過去的經驗也許能説服她，她有去做的力量。演化鬥爭中的一個公平機會，就是中國所需要的對等，援引中國先例能給她那種有平等力量之感，能幫助她好好利用這一機會。如果中國需要的某種西方行動方案在中國找不到先例，我們從梁氏作品中可以得知，也不必因此一

126

100 關於此種關聯，亦可見梁啟超：《子墨子學説》，第29–30頁，他盛讚「我們的墨子」的思想比霍布斯、洛克和盧梭早了近兩千年；同上註，第5b、24、30頁，他還説上帝的概念在墨家和基督教裏都是全知全能、無所不在的存在；他用一種小心翼翼的平衡，説「泰東之墨子，泰西之耶蘇」，都代表了普世而無私之愛的原則；最後梁説基督教和墨家「根本之理想全同」。

　　值得注意的，不僅是比較的精神，還有將墨子標舉為國民性的代表人物，墨子無疑是中國人的一員，也是被傳統忽視的人物。

101 梁啟超：〈地理與文明之關係〉，《飲冰室文集》，卷37，第29–29b頁；梁啟超：〈論中國國民之品格〉，第5b頁。

事實而對中國的對等地位產生偏見。如果梁啟超拒絕擔心他所思考的某些創新是否註定要在中國文化中出現，那麼他也不會認為是西方文化中註定要出現的，無論它在西方是多麼根深蒂固。任何事件都不「屬於」任何歷史，直到它在那裏發生，同理，一旦事件在任何地方發生，它就既屬於那裏，也屬於任何其他地方。

於是1907年，梁在討論議會政府時沿用非文化主義路線，將中國安置於堅實的自尊基礎之上。他沒有説議會政府是西方歷史的必然結果，是一種僅與外來文明緊密相連的價值，所以必須要在中國傳統中找到對應物，他轉而將之僅視為西方過去一個世紀中的產物（此前在英國的逐漸發展除外）。梁列舉了許多國家，都是在過去一百年中開始了代議制。這些國家，其遠者自百年前，其近者在三四十年前，其最近者在數年前（比如俄羅斯）才有了國會。「舉未嘗有國會，其政治之不良，舉無以異於吾國之今日。」[102]

所以，如果中國採取這類制度，她就是一系列國家之一而

---

102 梁啟超：〈政治與人民〉，《飲冰室文集》，卷19，第11b–12頁；亦可見梁啟超：〈少年中國説〉，《飲冰室文集》，卷16，第3–3b頁，梁向馬志尼致敬，馬是意大利復興運動的策劃者，意大利在古代的輝煌和近代的衰落與中國相似；梁啟超：〈過渡時代論〉，第15b–16頁，梁氏一國一國分析了18、19世紀西方國家向自由獨立轉型的過程，並評論俄國和中國正處於轉型之中；梁啟超：《自由書》，卷46，第4b頁，梁氏討論了美國從共和主義轉向帝國主義，中國和俄國從專制主義轉向自由主義，明顯把三國作為獨立的平等國家進行比較。這三國會成為20世紀的大國。他的中俄比較在今天看來很有意思。他指出了兩國的許多相似點：其國土之廣漠也相類，其人民之堅苦也相類，其君權之宏大而積久也相類，他得出結論：「故今日為中國謀，莫善於鑒俄。」

已。文化主義和民族主義之間的區別已經類似於唯實論與唯名論（nominalism）之間的神學區別了。在文化主義的取徑下，代議制是一種西方制度，西方各國議會為其實例；而民族主義標準下只有一個個議會，它們在西方大範圍出現，讓人聯想到某種西方代議制精神。民族主義者梁啟超必須成為一個唯名論者，並駁斥這種觀點。並沒有所謂「西方代議制」，只有西方的各個議會，所以中國要對等，只需要成立自己的議會。中國無須在歷史中尋找代議制精神以維護自身的文化。

　　我們好像又一次來到了之前完成的論述。這一思維框架現在可以解釋為民族主義的積極成果，其實正是梁啟超從傳統的暴政之下解放出來的鬥爭所達到的。此處是中國案例的最終證明，拒斥傳統主義、文化主義，並不僅僅是轉向民族主義——而是等同之。拒斥前者等同於確認後者。由於其內在的緊張和矛盾，梁在1890年代的文化主義式兼容必須讓路；民族主義不僅是接下來的態度，而且是必須採取的態度。梁在日本期間的寫作對民族主義進行了簡單的闡述，展示了它就是接下來的態度。當這些闡述得到進一步的分析，我們追問其明言或未明言的預設（也就是所謂民族主義的基礎），我們就會明白它也是必須採取的態度。不過不管怎樣，這種形式的民族主義雖然必會發生，也會像之前的兼容那樣，最終必會消逝。它也會被邏輯上的不自洽所撕裂，也會被無可救藥的差異所削弱，與其前例一樣，所有這些都是情境使然；而且也像前次一樣，梁啟超要等到重估西方對手的可能性出現，才會拋棄之前苦心經營的立場。

128

梁啟超第二種立場中的邏輯矛盾

我們會在梁啟超的思想中發現兩種類型的邏輯不一致。到目前為止，比較有意思的是無法避免的那一型，源於歷史情境；他被迫拋棄了文化主義，必須為他在做的事提供自辯，而能合理化他的新立場的僅有的論證，經檢驗後被證明基本上是無法調和的（下一節裏會討論）。另一種類型的不一致要簡單得多，也無傷大雅。人性弱點使然。過時的思想徘徊不去，一些脫節的熱情在民族主義的美麗新世界中雖無立足之地卻仍想不朽——這些不影響我們評價梁氏作品。梁啟超的思想包羅萬象，他已擁有了一個知識帝國，還在大膽探索另一個，我們應該允許他有些胡思亂想，不必過度糾結他那集成式思想的融貫性。

1903年梁啟超寫了一篇康德的頌詞，是體現了這種無傷大雅的不一致。梁說《純粹理性批判》為全歐洲學界開一新紀元。康德的立身似蘇格拉底，說理似柏拉圖，博學似亞里士多德。培根、笛卡爾、休謨、萊布尼茨、黑格爾、赫爾巴特、盧梭、歌德——都在康德思想中有所體現。其言空理也似釋迦，言實行也似孔子，以空理貫諸實行似王陽明。「康德者，非德國人而世界之人也；非十八世紀之人，而百世之人也。」[103] 梁引用並高度評價了康德《論永久和平》的五點綱要，他同意這位偉大哲學家

103　梁啟超：〈近世第一大哲康德之學說〉，《飲冰室文集》，卷10，第16b–17b頁。

的看法：戰爭是野蠻時代的惡習，文明世界不應再用戰爭解決問題。[104]

這一致敬從精神上和本質上都與社會達爾文主義的民族主義有衝突，而民族主義也是梁在 1903 年多次詳細闡述的。梁啟超的普世主義中仍有 1890 年代的氣息，全心全意接受西方文化中最高級的代表，並通過援引中國文化中的對等者來達到歸化。説得更直白些，梁對戰爭的貶斥以及暗示它在文明世界中應該消失，這種進步標準出自他筆下是很奇怪的，畢竟他在別處否認了曾經對「偉大和平」的傾心，還説戰爭不是文明之障，而是文明之母。

這一時期裏他對佛學高度評價，其中有一些舊想法，也有新想法。首先，他極為努力地強調中國佛教是一種本土產物。他説佛教時，指的是大乘佛教，他説這是中國的，不是印度的，[105] 他還表示很自豪中國是這種偉大佛教教派的故鄉，其教義在日本佛教中的天台宗、法相宗和華嚴宗保存了下來。[106]

130

---

104 同上註，第 30b–31 頁。關於梁啟超對康德的觀點的概述，以及他將康德哲學與佛學和朱熹的理學之比較，可以參考 A. Forke, "Ein chinesischer Kantverehrer," *Mitteilungen des Seminars für Orientalische Sprachen*, vol. 12 (1909), pp. 210–219。

105 梁啟超：〈論中國學術思想變遷之大勢〉，卷 5，第 3 頁；Wieger, *La Chine moderne*, vol. 1, p. 150。梁還有怪論，説中國發展出了「科學的」大乘佛教，其智慧足以駁斥迷信的小乘佛教，他還説小乘佛教在西藏、蒙古、緬甸和暹羅盛行。實際上西藏和蒙古流行的是密宗，它比別的教派都更像是一種超級大乘佛教。

106 梁啟超：〈論中國學術思想變遷之大勢〉，卷 6，第 1b–15b 頁。

　　梁將這一中國創造與特定的歐洲思想進行了比較。他將邊沁功利主義的高尚情操與華嚴宗相提並論，和邊沁一樣，華嚴宗也提醒人們「世間樂之無常也，惟無常，故樂之後將承以苦，而苦之量愈增也」。[107] 邊沁要比其他西方名士更能勝任佛教的對手。「羯磨」作為一種內在固有的因果律排除了外在能動性，梁説「近世達爾文、斯賓塞諸賢，言進化學者，其公理大例，莫能出二字之範」。[108] 梁啟超在1904年寫了一篇關於生死及不朽的文章，帶有很濃的佛教色彩，他稱佛教改進了現代科學觀念的演化和遺傳，比基督教高出太多，且「羯磨」的觀念排斥了基督教的靈魂觀念。[109] 中國佛教將哲學與宗教結合，而基督教缺乏哲學性，幾乎全是迷信。[110]

131　　要説政治意味，佛教並不提倡「受制於一尊之下」，主張眾生平等、眾生皆有佛性，與現代西方的自由意志主義接近；或者説更先進，因為西式自由社會的公民仍是個體，還處在「據亂世」，無法像佛祖能兼三世而通之，他立教的目的是要使人人皆與佛平等。[111]

107　梁啟超：〈樂利主義泰斗邊沁之學説〉，《飲冰室文集》，卷9，第39b頁；Wieger, *La Chine moderne*, vol. 1, p. 126。

108　梁啟超：〈論佛教與群治之關係〉，《飲冰室文集》，卷28，第68–68b頁；Wieger, *La Chine moderne*, vol. 1, p. 191。

109　梁啟超：〈余之死生觀〉，《飲冰室文集》，卷45，第28–37頁。

110　梁啟超：〈論中國學術思想變遷之大勢〉，卷6，第15b頁。

111　梁啟超：〈論佛教與群治之關係〉，第67–67b頁；Wieger, *La Chine moderne*, vol. 1, pp. 189–190。對梁啟超佛教形而上學的更詳盡的概括，見Forke, *Geschichte der neueren chinesischen Philosophie*, pp. 606–611；d'Elia, "Un Maître de la jeune Chine: Liang K'i T'ch'ao," *passim*；D. T. Huntington, "The Religious Writings of Liang Chi-tsao," *Chinese Recorder and Missionary Journal*, vol. 38, no. 9 (Sept. 1907), pp. 470–474。

　　梁啟超似乎把以前處理儒教的辦法用在了佛教上。他嚴重
過度地詮釋了一種中國傳統，使之與他無法否定的西方價值相一
致。這不就是兼容的老套嗎？——文化主義堅守到最後一刻只
能承認新東西，但必須給它沾點中國血統？既然已經準備好了民
族主義這個新工具，可以讓中國站穩腳跟，他不是清清楚楚拋棄
了文化對等的主張（惡意鼓動一種自我欺騙）嗎？不過，也許你
可以說這些對佛教的讚美其實是民族主義的，梁不過將其作為
「增長國民愛國心之一法門」，並對「古人所見及者」引以為傲。[112]
無論如何，承認這一點是很困難的。梁此處的分析努力是如此
乏善可陳，他關於佛教與功利主義和達爾文主義的比較如此牽強
（好像轉瞬即逝和演化是一回事，就因為兩者都沒有恒定性），我
們不應將之視為一種真誠且自豪的信念，相信中國預示了西方的
成功，而應視為一種努力的自我欺騙，一種文化主義的衝動：至
少要讓中國的歷史成為中國必須擁抱的現代文明的共同創造者。

　　雖然前後矛盾的證據如此充分，但梁啟超對佛教的評論可以
無罪開釋。解謎的關鍵是我們剛才引用的那篇寫佛教的文章。他
坦率解釋了自己為何要熱情地嘮叨這些：他認識到真正文明的人
是不需要宗教的，但是還沒達到那個理想境界的時候，中國像其
他國家一樣，還是需要宗教，而佛教要比其他宗教都高級，所以
是不二之選。[113]

132

112　見前文，第123頁（邊碼）。

113　梁啟超：〈論佛教與群治之關係〉，第63b–64頁；Wieger, *La Chine moderne*,
　　　vol. 1, pp. 182–183。

現在問題有了一個新方面。不論梁啟超如何討論儒教的種種詮釋，他並不需要去推動人們尊崇孔子。相反，在早先的兼容時期，比如他向中國人推介達爾文時，會說達爾文好像偉大的孔子。但至少在19、20世紀，佛教對中國傳統主義者而言幾乎就像西方事物一樣異類。梁的那些佛教文章實際上在做的是把舊方法倒過來，他讓中國人學習佛教，因為它好像偉大的達爾文。這不再是以前的梁式語錄：中國文化之中的人們，這種學說是真實的（沒什麼特別的重要性），是可接受的，因為它是中國的。現在他改說：中國的民族主義者們，這種學說可以接受，因為它是真實的，而且（特別加上一些愛國的內容），它是中國的。如果康德信徒梁啟超只是一個偶然的邏輯矛盾，那麼佛教擁躉梁啟超的邏輯矛盾實際上不過是錯覺。但悲觀者不要絕望，梁啟超的體系會在他們眼前出現或大或小的裂痕，因為這是必然的。

個人在歷史中的角色

我們之前提過，為了避免文化類比危及中國所聲稱的與西方對等，梁啟超時常會自一種普遍的時勢溯及假想中某位於此有功的個體。他要讓文化優越性看上去不是依賴於必然的歷史潮流，而是靠石頭裏蹦出來的天才人物。這就是他早年的唯意志論的另一種形式，要保護中國免於失敗之辱。當時他對中國的批評是道德上而非制度層面的，將中國的落後歸罪於一些自行其是的罪過和過錯；現在他又一筆勾銷西方的優越性，說它只是自由個體行動的產物。不論他是要為中國開釋還是拉低西方，目的是一樣

的，方式也一樣 —— 他作繭自縛的邏輯矛盾也一樣。他的第一種立場使他立刻成為決定論者和唯意志論者。當他移向新的立場時，還帶著這一衝突。

梁轉向一種非文化主義的（也就是民族主義的）方式去解釋中國對等性，其必然結果是要同時假設偉大事件是偉人的作為，而一個能被稱為偉人的人不會有任何明顯的歷史影響。前一種假設是唯意志論的，也許將之視為一種武斷的後此謬誤（*post hoc propter hoc*）更恰當：廣泛的政治自由在孟德斯鳩的號召之後發生了，所以這是孟德斯鳩號召的結果。那墨子呢？梁啟超不是認為墨子的學說與西方歷史上的關鍵人物耶穌相比也能略勝一籌嗎？[114] 梁啟超的配方似乎需要一個新的「此」（*hoc*），但不能再是英雄人物了，因為梁啟超心裏也很清楚，在墨子之後發生的跟墨子並沒有什麼關係。當他說墨子偉大時，也同時承認自己是在「重新發現」他 —— 墨子在兩千年中湮沒無聞，梁繼續他的決定論假設 —— 歷史進程的軌跡不會被自由行動的天才帶偏。這些對墨子和孟德斯鳩的觀點自然來自新的民族主義立場，但在排除了時間、地點和個性的抽象邏輯的世界裏，這些觀點是不可調和的。如果個體的偉大與歷史的結果在某種情況下並非前後相繼，那它就不能被目為其原因。梁想輕描淡寫地開脫，說個人的偉大必然造成一種結果的不對等 —— 如導致了中西方在政治自由上的進步與落後之

134

114　見本章註100。

別。但他深陷於邏輯矛盾之中，同時又自豪地舉出一例偉大上的
對等——墨子和耶穌。如果偉大的概念還不能徹底與其歷史結
果分割，就絕不可能用到這個例子。

史家的目標

如果中國要選擇梁啟超構想的民族主義，那麼要說服中國人
民三件事：第一，他們成立了一個國家；第二，中國的過去如此
輝煌，中國人民能夠認同這個國家並以其利益為重；第三，中國
的過去如此靠不住，以至於出於民族主義意願以國家利益為重的
中國人民應該改變生活方式，用任何手段(不管多麼異類)來實
現這一意願。在梁啟超的引發爭議的配方裏，這些互不相容的主
張(我們很快會詳細分析)是其基礎元素，每一點都召喚中國史
家來鑒定。梁鼓勵採用三種互相矛盾的歷史方法。

首先，他批評了舊史學只知有朝廷而不知有國家，只知有個
人而不知有群體。因為人民群眾的群力、群智、群德沒有在歷史
中得到體現，所以中國人從未培養出一種群體意識。[115]

其次，他大段書寫中國是世界上最古老的大國，有著他國無
法企及的人力物力，他還說一國之偉人，只要一兩位就足以光其國

135

---

[115] 梁啟超：〈新史學〉，第26b–27頁。梁陳述了一種理想，但中國史家在實
踐中已經背離了它。他在該文中還寫道：「史學者，學問之最博大而最
切要者也，國民之明鏡也，愛國心之源泉也。」見梁啟超：〈新史學〉，第
25–25b頁。

之史乘。「導國民以知尊其先民，知學其先民，則史家之職也。」[116]

最後，他又回到堅持史家的職責是講述更寬廣的人民和文化，但在該篇中（與第一種方法出於同一篇文字）他譴責舊史家未能改正人民。歷史將禍國殃民之罪歸在幾個亂臣賊子身上，會讓人得出錯誤的推論：只要把一兩個奸臣消滅，中國政府就能與多數高度文明的現代西方國家平起平坐了。梁説，這一幻覺是舊史家播下的錯誤觀念導致的。他們讓中國人滿足現狀，缺乏革新的熱情去實現民族主義，締造強大的國家。[117]

於是，對過去的自豪和拒斥這兩種邏輯上不相容，但從歷史角度看又有必要的成分構成了梁氏的早期民族主義，因此他的歷史方法要求同時強調英雄個體和無名大眾。現在我們很容易看出為何個體在中國史中的角色及其在歐洲史中的角色有時被刻劃得如此不同。如果中國人民現在缺少了文化主義的保護盾，就要在情感上能夠接受來自西方的創新，他們必須得去相信西方成功是偶然的——梁啟超列舉的歐洲英雄花名冊也一樣。但如果中國人民要看到接受西方創新的實際需要，就不得不糾正那種「中國災難是偶然發生」的信念。「亂臣賊子」不是答案。所有中國人都在一條船上，他們的愛國義務就是擺脱舊生活，接受梁啟超的偉大引領，集體成為「新民」。

136

116　梁啟超：《管子傳》，卷28，第1頁。
117　梁啟超：〈新史學〉，第45頁。

「愛國的精神分裂症」

梁啟超為史家設定的幾大目標之間的不相容，只是他巨大的整體矛盾中的一個症狀。正如他未能擺脫在方法論上不可行的舊二元論（通過決定論和自由論合理化），於是依舊深陷於他的第一個兩難困境——在歷史和價值之間做選擇的抽象的、邏輯上的必要性，與同時依附於這兩者的務實的、歷史上的必要性之間的衝突。在兼容這第一個立場中，他試圖通過否定其存在來抑制衝突，他堅稱好的就是真正傳統的，真正傳統的就是好的。隨著時間推移，這一解決方案的邏輯弱點暴露無遺，而丟開它的現實可能性出現了，於是梁啟超轉向了民族主義。但衝突仍舊跟著他，因為改變的只是抑制的方法，衝突本身還在，現在它撕裂了梁的思想。梁的民族主義所構想實施的語境與古典歐洲民族主義的語境大相徑庭（我們將在後文探討這一差異），它必須同時服務於實用和浪漫。他號召中國人當新民，但正如我們已經指出的，採用新辦法和新態度（不論與中國過去的老辦法有多大衝突）去實現民族主義的衝動，只能打動從一開始就具有民族主義情感的人民。與其他人一樣，梁的民族主義的情感本質是一種共同體意識，此共同體的基礎是其同胞們相信一種中國獨有的、優秀的民族性。這種民族性應該啟發中國人追求「新民」所欣賞的價值，但它又只能是舊民的遺贈，必須被供奉在其歷史之中。在梁啟超這種不合常規的民族主義中，對中國過去的浪漫主義層面的依戀會成為實用主義層面的輕蔑的基礎。

137

　　到了人生的這一階段，梁啟超已經堅定倡導過截然對立的兩種立場。不過有偶爾幾次，梁沒有重彈兼容的老調，說華夏先祖已經設計好了一切，而是試圖用一套過度微妙的薄弱分析去調和這兩種立場。顯然首次在1899年，此後於1902和1903年，他使用了一套說詞以達到巧妙的轉寰，或許可以描述為一種技巧：要麼是讚揚中國的過去卻拒斥其美德，要麼是拒斥中國的過去卻讚揚其缺陷。

　　梁在1899年的文章裏寫，公元前3世紀秦朝大一統之前，中國和歐洲的政治進程差不多相同。從秦廢封建之後，中國和歐洲就開始有了區別。最重要的兩大差異之一是歐洲的分裂和中國的統一；中國即便在政治分裂的時期，戰爭通常也是小規模的，最後總會恢復統一。另一大差異是歐洲有階級分化，廢封建後的中國沒有。

　　在做了這一驚人的概括後，[118] 梁繼續說無階級之國民，一般得以享受幸福，不過進化源自競爭，而競爭在分裂和階級分化的歐洲體制內十分普遍。於是歐洲人的精神和智慧通過競爭發展到很高的水平，能打破積弊，「一躍而登於太平仁壽之域」（《漢書》裏說「堯舜行德則民仁壽」）。中國人雖然沒有受直接的暴虐，但常受間接的壓制。天賦之權雖未嘗盡失，但也從來沒有完整過。

138

118　他在〈雜答某報〉（《飲冰室文集》，卷31，第20b頁）中重申了中國不像西方，沒有代表貧富兩極分化的階級。

　　梁說，以文明之公例論，列國並爭與合邦同一相比，後者為優。有階級社會與無階級社會相比，後者為優。然而如今歐洲的進步和中國的停滯對比卻如此驚人。秘密就在於歐洲傳統，追溯到古典時代的民選代議政體，這是中國聞所未聞的，因為中國百姓不喜競爭，不求自伸其權或糾正他人的侵權行為。他們並不知道自己何時失去權利，因為他們既然不尋求權力擴展，也就不知道別人有什麼權力。[119]

　　這分析讓中國顯得很好。當瑕疵來自於完美時，就不會格外尷尬。梁以這種風格寫的其他幾篇文章也給人這樣的印象。其中一篇在討論了早期中國貴族制的式微後，他對比了歐洲和日本的情況。這些地區是最近才開始廢除貴族制，這個事實令中國又加分了，梁提醒我們：「貴族政治者，最不平等之政治也，最不自由之政治也，吾中國既早已剷除之。」不過事與願違的是，自由和平等在中國也徹底破滅了，而利民的好政府在西方先繁榮了起來。原因是歐洲貴族制雖然剝削百姓，但也是君主獨裁的死敵，所以歐洲諸國的議會幾乎無一不由貴族推動創立。[120]

　　梁啟超在此處表達的觀點是：以我們的後見之明去看，中國在那個時代走了錯路，但並不因此而顏面掃地，因為那些錯在當時是察覺不到的。梁從舊金山的社會組織出發，作文分析中國社會的缺陷時，也暗示了這點。中國的主要毛病是沿用周代開始的

139

119　梁啟超：〈論中國與歐洲國體異同〉，《飲冰室文集》，卷17，第28–31b頁。
120　梁啟超：〈中國專制政治進化史論〉，第17頁。

宗族法則運作，家庭是其基本單位。中國無法組織一個自治的國家，而雅利安人則非常擅長此道。導致這一可悲事實的原因是，雅利安人強調社會組織的自治，而中國人的自治是以家庭為基礎的。[121]

　　這一分析明顯緩和了中國未能獲得梁所欣賞的西方價值觀所帶來的失敗感。中國式發展是原初選擇的行動路線的必然結果，該路線本身與西方的選擇在道德上是平等的；二者的共同點是強調自治。作為一種對新事物進行合理化的手段，這一論證較他早年的那些方式有了進步。他不再像早期寫「孟子」的文章裏那樣宣稱「我們都有自治的思想」，而改成了「我們都有某種類型的自治觀念」。這不再是號召人們回到傳統的源頭，去尋找那些神奇地被19世紀的典型美德糖化過的泉水；而是號召用西方之水來沖淡這源泉。他不再模糊歷史和價值的差異，而是承認二者的獨立，再去軟化它們之間的對抗。無論如何，這些努力都過於分散，而且有點聰明過了頭，根本無法遮掩梁式思想中的衝突張力。他真心急於塑造新民，最終對舊民既無法呵護也無法漠視。正是這種衝突令他的民族主義崩解。一個人在一時的思想被推向兩種極端，可想而知在邏輯上不會特別融洽。

　　在梁啟超的這一闡述過程中，我們有時會讀到他對舊中國遺產的尖刻評論。他的作品中此類言論非常多。比如他引用孟

140

121　梁啟超：《新大陸遊記節錄》，卷39，第11–11b頁。

德斯鳩的格言說，在所有的半專制國家裏，教育的唯一目的是
讓人民聽話；他還讚許地引用福澤諭吉的話作為例證，稱中國
的舊學強調禮樂，禮使人柔順屈從，樂能調和民間勃鬱不平之
氣。[122]

　　梁啟超對在嚴苛的歷史環境中塑造成型的中國國民性並不欣
賞。他頻繁地大力讚揚不列顛，是要在對比中讓中國感到羞恥；
以佐證他所說的中國人沒有一點兒英式美德，沒有自尊、常識，
也沒有「紳士」精神，紳士們不論他人的身分地位，總能報以禮
貌和尊重。[123] 從古到今，中國人缺乏創業和進取精神。梁嘲笑
那些老式教誨：要平和，要謹慎，怎麼小心都不為過，身體髮膚
受之父母，所以不敢毀傷。[124] 在洛杉磯時有人告訴他美國人訓練
菲律賓人打菲律賓人，梁啟超對這種他所謂「東洋人之奴性」非
常反感。中國人也未能免於這一嚴厲譴責。[125]

141　　我們應該怎麼去看這個模範民族創造的社會呢？它墮落得很
徹底，梁認為小說要負主要責任。中國人從小說中學到「慕科第
若羶，趨爵祿若鶩，奴顏婢膝，寡廉鮮恥，惟思以十年螢雪，蟇
夜苞苴，易其歸驕妻妾、武斷鄉曲一日之快」，小說鼓勵「江湖

122　梁啟超：《自由書》，卷45，第27b–28頁。

123　梁啟超：《新民說》，第13節，第40b–41頁；Wieger, *La Chine moderne*, vol.
　　　1, p. 82。

124　梁啟超：《新民說》，第13節，第5b–6頁；Wieger, *La Chine moderne*, vol.
　　　1, p. 50。

125　梁啟超：《新大陸遊記節錄》，卷39，第19頁。

盜賊之思想」，宣揚迷信。小說滋養了「盡人皆機心，舉國皆荊棘」；而這種心態讓土匪以為自己是「三國」裏的英雄。[126]

　　1907年日本差不多毀滅了朝鮮獨立的希望，梁啟超發表了一篇冷眼分析朝鮮社會政治組織的文章。多次附加的插入語很刺眼：「我國何如？」梁沒有表達對日本的敵意，沒有對其侵略行為進行道德譴責。朝鮮滅亡完全是其自身的責任，因此，在一個務實的民族主義者（更關心如何令國家偉大而不是思索其如何偉大）看來，若中國滅亡也怨不得別人。外國侵略和中國災難對某些中國民族主義者來說是扮演無辜受害者的機會，侈談美好與榮光皆化為灰燼，但是梁啟超（我們的許多梁啟超中的一個）對朝鮮的激烈批評冷冰冰地點明一切都是這個國家的錯。朝鮮君主的不負責任，官員之中飽私囊，百姓缺乏法律保障──「我國何如！」[127]

　　梁說在他的國家老弱病殘都是負擔。但在文明國家（他揮舞了鞭子），有特殊學校和機構會幫助他們參與社會。同樣，在中國，囚犯被粗暴對待，還要被迫勞動，並不像西方那樣公平對待囚犯。[128]那麼是誰設計了這絕妙的社會體系並站在頂端呢？梁說：「讀書人。」他對讀書人評價可不少：

142

126　梁啟超：〈論小說與群治之關係〉，《飲冰室文集》，卷17，第18–19頁；Wieger, *La Chine moderne*, vol. 1, pp. 101–102。

127　梁啟超：《朝鮮滅亡之原因》，《飲冰室文集》，卷37，第1–6頁。

128　梁啟超：《新民說》，第13節，第51b–52頁；Wieger, *La Chine moderne*, vol. 1, pp. 91–92。

> 謂其導民以知識耶？吾見讀書人多而國日愚也。謂其誨民以道
> 德耶？吾見讀書人多而俗日偷也……無廉恥而嗜飲食，讀書人
> 實一種寄生蟲也。在民為蠹，在國為蟊也。[129]

所以說梁啟超是鄙視中國生活方式的。就算他有過任何感
情，如今的鄙視也肯定是不折不扣的，因為非文化主義、社會
達爾文式民族主義取向已經令他沒有回頭路可走，他再也不能
一邊拒斥中國當下一邊輕鬆說它不過是個錯誤了。當下是必然
的，他鄙視這一點。任何外國人都可以同樣批評，然後就此放
下。但梁啟超卻放不下。他是中國民族主義者，如果他覺得自
己的國家不值得尊重，那他必須躬身力行令她值得被尊重。然
而，中國民族主義者的責任遠遠不限於譴責。一個只喜愛中國
方式的人不能算民族主義者；但一個只鄙視中國方式的，都不
能算是中國人。

梁啟超的讚美與詛咒同在。他讚美了中國地大物博，人口眾
多，有著最悠久而延續的歷史。其他自誇的「世界文明之祖國」
早已消亡了。他感嘆，感謝上蒼讓他出生在這個最美的國家。中
國人是最早會思考和書寫的。梁堅信有如此輝煌過去的國家將來
有一天一定會再度走到藝術和科學的最前沿。噢！「凡一國之立
於天地，必有其所以立之特質。卻自善其國者，不可不於此特
質焉，淬厲之而增長之！」不要「徒為外國學術思想所眩」而拋棄

143

129　梁啟超：《新民說》，第13節，第53–53b頁。

我們的責任。每個文明國度於本國的特質，無不「淬厲之而增長之」。愛國主義將這一責任加到了中國人身上。[130]

　　這裏有一種羞恥與驕傲的對照。羞恥的結果是什麼？是務實、功利、無情緒地採用任何能夠帶來好變化的手段：為了說明可能採用什麼樣的手段，梁啟超向外國偉人致意。驕傲的前提是什麼？是相信「一國之特質」的存在，梁致意中國偉人以激起自豪感，只要現代中國人能與他們產生情感聯結，就有理由感到自豪就是服務於這一個目的。這種情感聯結未必要與過去的成就產生價值關聯（外國人也可因成就而被崇拜），但是必須來自情感信念：成功的偉人是產生自豪的人的直系祖先，是來自他們（而非其他人）的過去的聲音，僅僅屬於他們的歷史的構築者。

　　國家特質的概念很容易走向一種徹底的保守主義。除了依憑經驗，看歷史上人們實際做了什麼之外，還能怎樣識別這種神秘特質的本質呢？如果一些計劃實行的行動在本國史上沒有先例，希望維持現狀的人就可以打壓新思想，說它絕不是國民所熟悉的精神，這種保守派行徑在任何國家任何歷史都不少見。梁啟超是偉大的除舊派和革新者，他感到新思想對國民無論精神還是其他之存亡而言至關重要，必定不會容忍保守的解釋，於是只要他能為維新找到中國先例，哪怕是精神上的而非實例；只要他堅稱對過去成就的自豪並不是希望在現代還要不合適宜地固守這些成

130　梁啟超：〈論中國學術思想變遷之大勢〉，卷5，第1–2b頁；Wieger, *La Chine moderne*, vol. 1, pp. 148–149。

就，他就可以避免極端思想可能會令他陷入的僵局。儘管他抵抗
了徹底的保守主義，但被迫接受了國家特質的教義，因為他急切
需要相信祖國的偉大和獨特，而國家特質又與他認為關乎國家利
益的非國家化功利主義格格不入。

　　如果告訴中國西方如何變得偉大有任何教育目的，其邏輯前
提必然是這樣的信念：如果一種步驟在某處實踐成功，那麼它
也可以在別處奏效。但是，很自然地，如果兩群人並非因普遍性
聯合起來，而是因各自的獨特民族精神區分開來，那麼某些行動
方案就有可能只適合一群而不適合另一群。當一個國家試圖為未
來計劃，只有本國史才算數，外國先例無人關心。正如外來啟發
的革新不能因為所謂的「好」就自帶合法性（彷彿一種價值可以從
其誕生的特殊環境中抽離出來，貼上普世的標籤），也不能因為
所謂的「壞」就能證明理該犧牲本土體制。功利主義者也許會說
人都差不多，這裏的好在那裏也是好，他們也許還會說，不論一
種體制與國史的連結多緊密，當它成為殘餘甚至有害時，就不該
再享受不朽；但看重國家特質的人會非常警惕普世主義的抽象，
他們絕不會讓歷史的延續被一代人用無情無義、只講實用的無恥
標準斬斷。邊沁和梁啟超也許把社會看作一種機械體，可以修補
其部件，使其運轉；但埃德蒙・伯克和梁啟超也認為社會是一個
有機體，有自己的生命力，他人無法左右。

　　梁啟超知道自己處在兩難境地，但除了希望能夠脫離困境之
外也無計可施。他急切地希望，飛速地表達。1907年的一篇文
章顯示他深陷困境，明白無疑地面臨自身標準不一致的問題。如

144

果要像西方經驗指示的那樣，把一種語言減化到用標音的方式去書寫，中國應該拋棄傳統的文字嗎？梁啟超勇敢地拋出了問題，然後又怯懦地退縮了。

　　起先，這個問題看似有清楚明確的答案，一個伯克式的答案。梁說：「國民之所以能成為國民以獨立於世界者，恃有其國民之特性。而國民之特性，實受自歷史上國民之感化與夫其先代偉人哲士之鼓鑄焉。而我文字起於數千年前，一國歷史及無數偉人哲士之精神所攸託也。一旦而易之，吾未知其利害之果足矣相償否也。」[131]

　　這是一種直接的回答，除了「假設」（利害）的部分。梁無法真正面對在務實的好處和國族精神之間做出選擇，於是他的策略就是迴避。自此，在已經評論漢字是團結一個方言各異的國家的要素之後，他用各種方法來證明自己的觀點，並重申漢字改革的所謂好處無法真正實現。[132] 梁啟超的民族主義中，無法阻擋的力量和無法撼動的事體之間可能的衝撞一度近在眼前，不過還是擦肩而過了。

　　梁啟超還有一種方法迴避他的困境，如果我們還記得他在討論偉人與時代精神時的安撫話語，就能猜到是什麼方法。他自稱是「中立派」——一種舒適、安全、輕鬆、平凡的策略。在面對

131　梁啟超：〈國文語原解〉，《飲冰室文集》，卷12，第1–3頁。

132　同上註。然而在五年前寫的《新民說》（第13節，第27b–28頁）中，他控訴過漢字無法適應新思想的表達。

打消極端觀點的問題時，他說解決方案就是簡單宣佈，那些觀點
必須被打消。

　　梁說，一種教育制度應該適應民族的特性。中國教育者應洞察
五洲各國之趨勢，熟考我國民族之特性，然後以全力「鼓鑄之」。[133]
法律制度也應如此設計。梁相信中國最緊迫的任務是改革法律；他
寫道：「雖然，法律者，非創造的而發達的也，固不可不採人之
長以補我之短，又不可不深察吾國民之心理，而惟適是求。」[134]

　　此類妥協看似有不少務實的智慧，直到我們意識到梁啟超的
論證只是同義反覆。如果他被問及什麼對國家而言「適」，他只
能回答，「國家不會拒絕的東西」。儘管他朝著「發展」的方向中
立地點了頭，他並不能站在絕對歷史主義的立場，說適合國家的
就是國家沒有拒絕的；因為當他說到缺點時，意味著國家已經拒
絕的某些東西現在必須要拿出來，需求決定了它們依然合適。那
麼好吧，梁必須接受試錯選擇的合理過程。他似乎相信沒有現成
的標尺，不論是外來的還是本土的，能用來衡量是否合適。如果
真是這樣的話，他又為何嘗試建構這樣一根標尺，用一種先驗的
公式去統馭法律或教育哲學家的研究呢？他意在告訴他們去尋求
什麼，而不是讓他們隨意嘗試看什麼可行。他小心翼翼地在歷史
與價值的衝突邊緣行走，滔滔不絕地繞著邏輯圈子自說自話。他
說，只嘗試合適的手段；而合適的手段只有在被試過後才知道。

133　梁啟超：〈論教育當定宗旨〉，第 2 頁。
134　梁啟超：〈中國法理學發達史論〉，《飲冰室文集》，卷 8，第 2b 頁。

　　梁對其兼容立場的最佳辯護是在《新民説》中，不過足夠反諷的是，他對一種至少是改良過的國家特質的追求，其支柱卻是將盎格魯—撒克遜的範例當作萬金油。梁在催生新民時，沒有打算讓中國拒絕自己的過去。相反，中國應該保留已有的，同時向別國吸取自己所缺乏的。一個國家的特殊財富是其道德和法律、風俗、文學和藝術。這種傳承是民族主義的基礎和源泉，它們必須得到保存，但中國不會繼續停滯下去。讓老枝結新果。中國唯一的生存機會是學習令別人強大的東西。借鑒——但也要吸收，把借來的變成自己的，讓它們成為中國的，因為制度要存在並運轉，必須成為一個國家的內在部分。[135]

　　有人要「保守」，有人要「進取」，梁啟超取中間點。

> 斯為偉大國民，盎格魯撒遜人種是也。譬之踂步，以一足立，以一足行；譬之拾物，以一手握，以一手取。故吾所謂新民者，必非如心醉西風者流，蔑棄吾數千年之道德、學術、風俗，以求伍於他人；亦非如墨守故紙者流，謂僅抱此數千年之道德、學術、風俗，遂足以立於大地也。[136]

　　梁啟超為達目標選擇了一個很好的例子。英國（出類拔萃的「盎格魯撒遜民族」）的確保存了從古至今的延續感，並引領世界走向未來。不過，梁標舉英國作為模範這一事實意味著英國國情並

147

135　梁啟超：《新民説》，第12節，第40–40b頁；Wieger, *La Chine moderne*, vol. 1, pp. 26–28。

136　梁啟超：《新民説》，第12節，第41頁。

不是中國的真正模型。在英國，以及在更廣泛的歐洲，傳統和改變之間的對立是有可能減弱的；看似矛盾的是，在沒有人必須去相信這兩者的地方，中立派倒是真正可以找到的。但在中國，梁得以實用為名打破傳統，又要以傳統為名證明實用，他信奉中立派的想法，只不過是在迴避找到中立派這一不可能的任務罷了。

上引的那段文字，梁啟超在別處更簡潔地說過，乃是給中國人的兩條忠告：

（一）勿為中國舊學之奴隸；

（二）勿為西人新學之奴隸。[137]

梁啟超肯定願意相信他給中國開的處方跟英國用過的差不多。但如果我們把他的指令轉成英國曲調，會發現旋律特別奇怪：

（一）勿為英國舊學之奴隸；

（二）勿為東方新學之奴隸。

這樣看區別就很明顯了。19世紀的英國，除了一些怪人之外，沒有人需要被警告遠離外國文明。如果一個西方人喜歡創新，這種創新終究是自身文明的產物。當然他也許會聽到反對聲，來自那些覺得傳統被拋棄的人們；但新起點還是歐洲的，就算不是前現代的歐洲，也總還是歐洲式的歐洲。而中國就不同了，一旦她走出前現代，就無法繼續是中國式的中國。英國、法國或德國的民族主義者跟梁啟超一樣，會覺得出於國家利益考

137　梁啟超：〈近世文明初祖二大家之學說〉，第20b頁；Wieger, *La Chine moderne*, vol. 1, p. 118。

慮，舊制度必須被拋棄，但只有歐洲人能真正感到過去的脈絡被延伸了，而不是被斬斷。所以，既然倡導國家的過去不會嚴重限制他們為國家的將來努力，他們儘可以無負擔地、正常地享受對過去的民族主義之愛。但在中國，對過往歷史的種種執念不僅滋養了那種歐洲尋常可見的對變化的浪漫敵意，也鼓勵了一種強有力的阻礙衝動，這種衝動往往埋藏於人們想要擁有腳下土地的天然慾望之中。於是梁啟超被迫要憎恨過去，因為它會妨礙他的偉國大計，大計源於他對國家的赤忱，這種赤忱卻弔詭地引導他對過去產生民族主義之愛。

我們已經看到，梁啟超在改變中國的動力下，煞費苦心地驅逐文化思慮。他沒法深謀遠慮地著手塑造一個現代中國，除非能稱之為中式的中國，與過去一脈相承。在他能夠成為一個民族主義者之前，在他能夠直面邏輯不一致之前，他必須得相信他所支持的革新（雖然可能是歐洲先開始的）尚未真正進入公共領域；用中式自尊還買不到使用權。如果他能成功說服中國人，如果他能夠拋棄傳統羈絆（就像一個西方現代主義者那樣），而不認為自己是在向外來文明露怯，為何他要被迫患上西方民族主義者能避開的「愛國的精神分裂症」呢？

他被迫患病不必然是因為他的各種說詞不夠有說服力，而是因為這些說詞是不得不然。為將中國提升到與西方對等，梁花費了無數精力，而這精力本身正象徵了他在根本上意識到這種對等並不存在。一個中國民族主義者得飛奔才能勉強達到西方的起跑線。疑慮讓一個人問了一個問題，不管他得到的或自己給出的回

答是多麼精彩，這個人永遠不會像一個從無這一疑慮的人那樣安心。疑慮可以打消，但永遠無法擦除，當梁啟超不得不從文化主義轉向民族主義時，試圖從心理上接受文化滲透，他告訴自己，生活方式的完整性沒什麼重要的，他並不是真的要驅逐對文化忠誠的需求，而是將它掃到床底下去。

150

　　將來某個時刻，似乎不可能證明中西對等的時期已經過去，梁啟超將再度公開宣稱，承認文化及國家上的對等是中國對西方的基本主張。一戰之後是梁啟超智識生涯的最後偉大階段，他著手證明中華文化的價值，以對抗歐洲文明的自負，並取而代之。他終於袒露心聲，文化對等的信念一直是發自內心的需求。在兼容時期和貶低西方成功的時期之間的戒斷中國文化的年月裏，梁啟超只能壓抑這種需求，點燃衝突。類似的毛病也會折磨歐洲某些群體中的民族主義者，他們不完全屬於標準的擴張中的現代歐洲文明。愛爾蘭的愛國主義偶爾與教會發生摩擦，西班牙的「九八年一代」對國家前途感到絕望，俄羅斯的西化派與親斯拉夫派之間的敵對，猶太復國主義者對正統猶太教的冷漠——這些都能給我們提供中國處境的些許碎片折射。但中國式衝突並沒有借鑒西方社會的諸種中央民族主義，那些中央國家沒有中國式的需求。

　　現在應該很清楚了，中國民族主義絕非從歐洲進口，一點兒不像中國人熱衷於進口雙排扣西裝那樣模仿西方樣式。中國的民族主義思維方式是中國歷史造就的，但為了適應舶來的需要而被壓制成了異國形狀。不能因為梁啟超使用了西方思想家的概念

(往往在其起源地已經過時)，就認為他只不過在重複歐洲思想，就認為中國在打歐洲打過的老仗。梁啟超的民族主義有中國文化主義的背景，而不是歐洲封建主義的背景，當他把歐洲不同時代的不同思想脈絡(斯密和斯賓塞、盧梭和達爾文、邊沁和伯克)編排在一起來支撐其民族主義時，他要打造的是中國思想史。涉及歐洲思想家這一事實本身，是一種中國事實。

　　哲學處理的是思想，但歷史要處理的是思想家。一個社會有可能同時出現實用的和浪漫的思想，比如19世紀的英格蘭和20世紀的中國，但除了這表面的相似之外，英格蘭和中國的智識語境有著天壤之別，因為這些思想是在極為不同的組合中孕育的。有些時候，歷史的要求是哲學不會允許的，比如嘗試調和兩種互相排斥的前提。這就是中國的兩難處境，也是梁啟超的結論失敗的原因。但當歷史允許(並由此要求)這些前提彼此獨立，發展出自己的結論，那麼可以在這些結論中尋找妥協。這就是英國的情況，邊沁和伯克的學說有著各自互不相涉的前提，並得出了各自自洽的結論；就它們在相反的兩極上暴露了錯誤而言，它們是真結論。梁啟超的理論必須遵循英國的實踐，但英國是兩種思潮互動的產物，而且這兩種思潮的理論源頭沒有混合。

　　那麼這兩種結論是如何產生決定性的關聯的呢？邊沁正確地指出純粹的傳統主義(比如一些對議會改革前的大英選舉制度的浪漫化辯護所表現的)是人類不公正的外衣和推手。伯克也有真正的洞見，他認識到法國革命者熱衷的非人性的抽象化會成為非

人性行為的終極藉口，即對貧窮的、特殊的、受時間和歷史環境限制的個體實施暴政，他們不幸無法輕易適應一種預設的理論模型。如果說伯克和邊沁的觀點是彼此不可或缺的矯正，那麼你可能想同時追隨他們兩人。這會令人困惑，因為他們並不相容。梁就陷入了這種矛盾之中。為什麼邊沁和伯克沒有陷入矛盾呢？

152

邊沁之所以能和伯克保持距離，是因為邊沁的創新雖然時間上較晚，但畢竟與伯克捍衛的體制一樣英國化。與過去的關聯並沒有被刻意打斷，而在中國這種延續必須被打斷。西方功利主義為浪漫主義留下了足夠的空間，相當於拔了敵人的利齒，功利主義者可以暢通無阻不用擔心敵手。然而梁啟超的功利主義如此貧瘠，以至於他得用一劑伯克式猛藥來解浪漫主義之渴。

伯克之所以能和邊沁保持距離，因為他的傳統主義並不僅僅是感情用事，同時務實而有用。傳統主義有明確的功能，也就是將保守主義合理化，歐洲的保守主義者只要維持現狀，就能達到目的。但在中國，梁啟超覺得傳統主義已無實際利益，就連儒家保守派也沒有，因為儒教已經過時，維持現狀已無可能。只有一個問題還有現實意義：現狀應該由中國人還是外國人來改變？中國的傳統主義已成為徹底的情感寄託，梁啟超需要邊沁來為之作務實的辯護。

邊沁和伯克都表達了人類歷史的一種真實。兩者在歐洲的前提都是自足的，選擇任何一種從心理上說都可行；所以並沒有人要被迫同時擁抱兩者。同理，既然兩種理論都願意接受添加劑，也沒人會阻攔把二者的結論糅合，用一方的真實去緩和另一方。

梁啟超在中國民族主義思想的初期，還沒有達到這種圓滿。因為
沒有一個人的思想可以被真正分隔開來，在真實從這兩者各自的
結論中浮現之前，其前提已經相互取消了。

台下的號角：預告一種新式兼容

梁啟超文字中的基本矛盾不是粗心大意造成的，而是他所身 153
處的歷史情境導致的，這些構成了對史家而言最有意義的元素。
無可避免的邏輯矛盾向未來施壓。有人可能會覺得思想史是抽象
的邏輯普遍性與為達到它所做的歷史的妥協（特殊的）之間張力
的產物：一位思想家的思想，部分依賴於他對周遭客觀世界的觀
察，可以說是一種假設上可能的「最終」思想的不穩定版本。只
要改變客觀語境，壓力會起作用，張力會緩解，思想會變化。有
一種永恒的不穩定使得一個人不可能只安於他所可能想到的唯一
想法。一方面，梁啟超思想中的矛盾無法阻止它們被思考，另一
方面也無法允許它們保持不變。

在梁啟超的思想屈服於邏輯矛盾的壓力之前，有些事情的發
生令他得以拋棄一種強加於他的公理。1902年梁說史家的職責
是解釋人類進步並記錄之，探尋其背後的總體原則，[138] 他告訴我
們這一假設（這種精神上的巨石）是什麼。根據當時的標準，信

138　梁啟超：〈新史學〉，第30–32頁。

仰進步有一種必然推論，也就是相信歐洲代表了不受約束的進步
所開出的花朵。

第一次世界大戰深深動搖了西方對自身傳統價值的信念，
也成為那些原本不情不願地重新審視中國價值的中國人的天賜
大禮。西方有了物質進步，但似乎結了惡果。那為何還要把歐
洲當成標準呢？為何中國要承擔所有的錯咎，中國歷史要害怕
去與一種看似何其偉大卻導致如此浩劫的歷史相比較呢？如果
對物質進步的執迷的最終產物是道德淪喪，也許中國需要的革
新就不是證明其創造者的偉大，而是去證明他們的衰落。如果
真是如此，梁啟超終於能解決他的內在衝突；雖然西方技術對
中國民族主義的實施而言依然必要，但梁再也不用被迫無助地
承認西方聲譽並且對自己深以為傲的國家感到羞恥了。當歐洲
樂觀主義的泡沫終於破裂時，梁啟超也轉向了這一立場。這時
他很樂於將「物質進步」與西方相關聯。中國可以追尋非傳統之
物，而西方要承擔責任以及「物質主義」的污名。

漂泊無望感以及對空洞的物質勝利的嘲諷和厭惡從未深入現
代西方意識，直到一戰才釋放了這些情緒，但19世紀也曾有過
苦澀和懷疑的聲音。梁啟超也不例外，甚至在他的早期民族主義
階段，對西方美德的信念主宰著他的思考時，他也會暗示和猜測
西方的失敗。這些暗示和猜測預示了他最後的偉大階段——西
方和東方成為物質和精神。

1904年有一篇出色的樣本，梁啟超以其糾結重重的分析，似
乎表現出對西方體制穩固性的疑慮。他說，力與命對待，有命說

與力行說之不能相容。西人推原近世社會進化之跡，最重要者莫如自由競爭。自由競爭是基於有命說（假如有自由競爭，社會必然會朝某種方向前進）。「有命說者，則取人人自由競爭之銳氣而摧折之者也，故命說行而厭世主義勝焉。厭世主義者，實行之仇敵也。」這段文字有些玄妙，他好像是在指出西方成功逐漸侵蝕了賦予其活力的精神。如此看來這簡直資本主義因其內在矛盾的發展而必然走向滅亡這一教條的精巧版本！[139]

155

他在號召一種新的中國道德時敲出了一個更有意義的音符，要融匯吸收古今中外的最佳產物。如果無法達到這一點，他感覺會有壞事發生：「吾恐今後智育愈盛，則德育愈衰，泰西物質文明盡輸入中國，而四萬萬人且相率而為禽獸也。」[140]這與他早先既反對抱殘守缺也反對妄自菲薄的態度很接近，但又有超越。現在自身文明可能的崩潰不再僅被視為中國人情感上的巨大損失，而成了犧牲珍貴的東西去換取渣滓。頭一回，貶義的「物質主義者」被用來描述西方，整段話預示了梁將不再強調中國必須重建文明，但會堅持中國人永遠不要攻訐他們無可避免要去改造的文明。那一天到來了，帶來大批護教人士（如蔣介石的《中國之命運》之類），他們賦予西方的任務是揭露物質權力的骯髒秘密，而中國則因傳統上忽視探尋的精神成就而獲得光環。

139　梁啟超：《子墨子學說》，第33頁。次年的〈雜答某報〉（第16b頁）他說歐美今日之經濟社會，殆陷於不能不革命之窮境。他還說了歐洲工業革命帶來的種種惡果。

140　梁啟超：《新民說》，第12節，第47b頁。

梁啟超與革命派

實在沒法想出一種更適於阻止社會革命的理論了。在這爭取與西方對等的最後階段，中國在接受了引進科學的同時，也力盡所能地丟棄了。如果要保持平衡，或天秤稍稍傾向沙文主義一邊，那麼道德和社會秩序(生活中人性的方面)必須與傳統中國保持步伐一致。其間還有一種精神力量，可以讓中國在借鑒時以俯就的態度而不是低聲下氣。然而，梁啟超已經在為一個新的中國工作了，他對舊中國的苛責以及對民族主義的發現與革命派有諸多相通之處，比如之前的太平天國，與他同時的孫逸仙，比他晚的共產黨。如果他們的目的與梁不同，會如何證明他們與過去決裂有理？既然梁的許多判斷與他們有相合之處，但如何避免了他們的革命結論？

梁啟超肯定對革命有敵意，不僅是在物質─精神階段，而是貫通於提倡兼容、為維新變法奔走、流亡海外和主張曖昧的民族主義的整個時期。只有少數幾次隨意的場合，他寫到革命時似乎意氣相投。一次他宣稱西方的進步和啟蒙是法國大革命的產物，[141] 另一次他説進步是為了滿足大多數，今日勞力者和資本家之間的鬥爭是朝著那大方向的一系列漫長鬥爭中最近的一次。[142]

141　梁啟超：〈本館第一百冊祝詞並論報館之責任及本館之經歷〉，《飲冰室文集》，卷17，第9頁。

142　梁啟超：〈政治學學理摭言〉，《飲冰室文集》，卷19，第18b–19頁。

不過，這些論斷無法與他激情澎湃地一再重申對政治革命的敵意、反對現有財產關係體制的遽變相提並論。

他寫的羅蘭夫人傳，開篇是以古雅的中文翻譯的羅蘭夫人在斷頭台前的著名呼喚：「嗚呼，自由自由，天下古今幾多之罪惡，假汝之名以行！」[143]他還說，法國大革命以血跡污染其國史，使千百年後聞者猶為之股慄，為之酸鼻。[144]至於中國的革命，梁認為只會導致外國干涉。[145]他證明了中國的革命往往要比歐洲持續時間長，導致更多劫難，而且顯示出與外族勢力入侵和掠奪有高度關聯。[146]中國需要的自衛是擴大財富生產，為了達到此目的，應當鼓勵資本主義，不受革命派要求公平分配的騷擾。[147]梁攻擊孫逸仙主張土地國有化的演講在經濟學上毫無道理，[148]對此倡議的另一則攻擊則發展成了對公有制總體上的譴責。[149]

在帝制終結前的幾年中，革命和共和在梁啟超的思想中一直有關聯，他從不放過貶低共和的機會。梁說如果要在中國建立共

157

143　梁啟超：《近世第一女傑羅蘭夫人傳》，第48頁。

144　同上註，第57頁。

145　梁啟超：〈暴動與外國干涉〉，《飲冰室文集》，卷30，第59b–60頁。

146　梁啟超：〈中國歷史上革命之研究〉，《飲冰室文集》，卷35，第34b–35頁。有趣的是，這預示了後來魏特夫（Karl Wittfogel）、拉鐵摩爾（Owen Lattimore）、梅谷（Franz Michael）等學者的研究，關注「朝代循環」末期叛亂者與侵略者對皇位的角逐。

147　梁啟超：〈雜答某報〉，第22–24頁。

148　同上註，第26–35b頁。

149　梁啟超：〈再駁某報之土地國有論〉，《飲冰室文集》，卷32，第6b–55頁。一位芝加哥大學的教授對梁啟超的立論亦有貢獻。同上註，第49b頁。

和國，必定發生一連串災難；軍人與人民之爭，勞動者與上流社
會之爭，黨與黨之爭，省與省之爭，糾紛錯雜，隨時可以生出問
題，若像拉美模式，每個總統任期結束都會有革命。[150]他說法國
和拉美革命只會導致暴民統治或個人獨裁，也提醒大家不要迷信
源於美國革命的美式自由。美式共和制度滋生腐敗，政治為牟利
服務，遠不如英國的君主立憲制。[151]英國是「世界中民權最盛之
國也，而民之愛其皇若父母焉」。[152]

　　他斷然否認了革命黨辦的《民報》所主張的民族主義和共和
主義之間的必要聯繫，[153]也同樣堅定地反對君主制和專制是同義
詞。現代歐洲除了法國和瑞士外，所有國家都是君主制；但除了
俄國和土耳其，都沒有專制政府。[154]世界十大強國中，除了俄
國、法國和美國，都是君主立憲制。[155]梁啟超在討論亞里士多德
的政體分類時說，君主制明顯是最好的政體。亞里士多德認為君
主制在邏輯上傾向於獨裁，但古希臘之後採用的立憲制避免了這
一傾向。[156]

150　梁啟超：〈暴動與外國干涉〉，第62b–63頁。

151　梁啟超：《新大陸遊記節錄》，卷39，第20b–21頁。另外，在〈答某報第
　　　四號對於本報之駁論〉（第7b–8頁），梁再次把拉美作為反面教材。

152　梁啟超：〈立憲法議〉，《飲冰室文集》，卷20，第45頁。

153　梁啟超：〈答某報第四號對於本報之駁論〉，第15頁。

154　梁啟超：〈論專制政體有百害於君主而無一利〉，《飲冰室文集》，卷20，
　　　第41頁。

155　梁啟超：〈立憲法議〉，第42b頁。

156　梁啟超：〈亞里士多德之政治學說〉，《飲冰室文集》，卷10，第9–10b頁。

　　有兩種途徑可以解釋梁啟超對革命的反感：其一，是他的中國文化和國家理論的延伸；其二，是孕育他的理論的歷史情境的產物。要用前一種途徑去解釋，我們且來分析一下梁啟超在絕大多數情況下拒絕用民族主義反滿。

　　就像他偶爾會表現出容忍泛泛的革命思想，在極罕見的情況下，他也發表過反滿言論或暗示。在讚揚馬志尼、加里波第、加富爾這意大利建國三傑時，他認為這是中國人的榜樣，[157] 他指出了中意兩國的歷史相似之處，試圖鼓勵國人學習三傑。「其為世界上最古、最名譽之國也相類，其中衰也相類，其散漫而無所統一也相類，其主權屬於外族也相類。」[158] 梁沒有深入這一比較，但是擺脫滿族統治是明顯的中國對等之例，正如他筆下的意大利豪傑們成功驅逐波旁王朝和哈布斯堡王朝的統治者。

　　不過這虛弱的武力號召與清朝滅亡前梁氏那篇極為煽動的反滿檄文相比，只是小巫見大巫。1902年他詳述了中國的悲慘生活，其悲慘程度在過去一百年中達到了頂峰。官員瀆職造成的饑荒，以及伴隨而來的瘟疫和匪盜導致的死亡人數，比任何革命導致的死亡都要多。終於，梁啟超也發出驚人語：「日日行三跪九叩首禮於他族之膝下，乃僅得半腹之飽。」[159]

159

157　梁啟超：《意大利建國三傑傳》，第1b頁。
158　同上註，第44–44b頁。
159　梁啟超：《新民說》，第13節，第33–35b頁。

　　如此刻毒的反滿言論，恐怕連孫逸仙也難加碼了。不過，它也只是梁啟超觀點中的一個樣本，注定是非典型的。他在反文化主義的民族主義論述中，指責了中國人性格和生活方式中的缺點，這是真心實意的。梁不無道理地認為，如果中國人沉溺於將中國諸病皆歸咎於滿族，這種自欺和偽善會招致災難。他說，不要去怪罪「民賊」和「虎狼國」毀掉了中國人的自由；[160]他還告誡國人，驅逐滿人未必就等於消滅了壞政府。[161]

　　梁檢視了孫逸仙在日本辦的報紙中的一些言論，比如舊中國曾經有過民族主義，但被專制主義和君臣之義壓制了；梁說沒有事實能證實這種說法。不過出於辯論需要，他勉強承認了革命派的前提，並堅稱如果專制主義和君臣之義荼毒了國民思想，那也沒辦法。簡單事實是，人民的精神必須改變。[162]梁啟超堅持這一點是很自然的。他身歷的一切令他嚮往「新民」，也令他不願抄民族主義者的近路——一廂情願地相信只要把滿人統治的噩夢驅散，當舊民也無妨。

　　鑒於此，梁啟超嘲弄了至今仍認為滿漢有別的觀點。他用了六個標準來界定一群人是否構成一個民族，繼而指出滿漢不能算純粹的異族：一、同血系（這點梁沒有下定論）；二、同語言文字；三、同住所；四、同習慣；五、同宗教；六、同精神體質。[163]

160　梁啟超：《自由書》，卷45，第19頁。

161　梁啟超：〈政治學大家伯倫知理之學說〉，第36b–37頁。

162　梁啟超：〈答某報第四號對於本報之駁論〉，第14–14b頁。

163　梁啟超：〈申論種族革命與政治革命之得失〉，《飲冰室文集》，卷33，第24–25b頁。

中國看待滿人皇帝應該像英國人看待諾曼人君主那樣。[164] 即便梁啟超無法讓滿人憑空消失，他也費了很大力氣去說明他們所代表的群體是多麼微不足道。當討論中國何其幸運地在自然稟賦上遠比其他國家得天獨厚時，他評論道，不像奧地利帝國中的德意志人與斯拉夫人相競，中國人種族皆合一；雖然種族有滿漢之分，但數百萬之滿人，只佔總人口的極小部分。[165] 順便一提，這種情況對梁而言是令人滿意的，但在孫逸仙眼中卻是奇恥大辱。孫版本的民族主義認為，中國人不應慶幸少數族裔統治者人數少，國家可因免於民族衝突而強大；反而應該感到羞恥，如此少的人竟然能統治如此之眾。

為了反對孫黨給滿人貼上無法磨滅的外族侵略者的標籤，梁啟超堅持17世紀的滿漢權力更迭沒有得到正確的描述；應該說明到清是王朝易主更替，朱氏統治結束，愛新覺羅氏開始。1616至1644年也有過滿人政權，入主中原後就不復存在了。今日的中國政權，也還是自秦以來延續至今的中國人政權。[166]

梁啟超關於滿族的說法不僅是他對中國文化境況的基本認識的副產品，也不僅是他反對革命的偏見的簡單道具。梁的思想

161

164　梁啟超：〈中國不亡論〉，《飲冰室文集》，卷31，第49b頁。

165　梁啟超：〈論支那獨立之實力與日本東方政策〉，《飲冰室文集》，卷18，第21b頁。

166　梁啟超：〈雜答某報〉，第2–5b頁。1616年努爾哈赤建立後金（之後的清朝），勢力範圍在長城以北。1644年他的後輩佔領北京，登基稱帝。愛新覺羅是努爾哈赤家族的姓氏。

裏沒有別的方面能如此敏銳地區分民族主義和由之而來的文化主義。他曾經寫到過，依靠反滿形式來表達的那種中國民族主義從邏輯上必然能推導出反蒙、反苗、反回、反藏等形式。這是塑造一個國家的辦法嗎？中國的民族主義不應該狹義地定義為漢族反對國內的其他民族，而應是國內的所有民族聯合起來反對國外諸族。一國的諸種統一性中，語言、文字和風俗是最重要的，能讓國家強大，中外學者都認可中國同化力之強。至少，滿人已經被完全漢化了，「今關內之滿人，其能通滿文、操滿語者，已如鳳毛麟角。」[167] 如果漢人能學當公民，滿人也一樣可以。

　　表面上看，這似乎是在為反民族主義的文化主義辯護，文化主義的基本信條常常是以接不接受中華文化作為是否入圈的唯一標準。不過梁啟超實際上採取了一種反對中式文化主義的立場。他沒有對任何特定的文化內容表忠心，更別說傳統中國文化的內容了。文化統一性只是強國的一種手段，而國家對於中國人的忠誠提出了真實的、基本的要求，不論他們的文化是什麼。梁要求各個民族最少也能做到這一點。換言之，他所展示的文化主義的氣息是「共時的」，而不是歷史的。梁對滿族的評論從未暗示中國文化一定要等同於中國過去的文化；它只要和國內其他民族的文化相同就行了。然而真正的文化主義是歷史的。[168]

167　梁啟超：〈政治學大家伯倫知理之學說〉，第38–39頁。

168　當然，梁啟超的這一觀點會導致文化膨脹，從而導致民族與民族內部鬥爭，而這又是批評反滿的梁啟超所譴責的。

　親滿情緒並非反對革命精神（與梁啟超的民族主義關係密　163
切）的唯一表現。傳統和反傳統這組相悖的概念都是他的民族
主義的組成部分，也都可以用來滋養反對革命的精神。傳統主
義者的論述是顯而易見的。如果一個人和梁啟超一樣相信國家
是一種有機體，絕不是無機的機器，它能夠從內部發展出一種
植根於歷史的穩定增長，[169]他就不會像革命派那樣非得要斬斷根
基、向壁虛造。

　梁啟超的反傳統體現在他對中國人成為新民的號召中，這
一號召又自帶反對革命的弦外之音。「新民」可以成為號角，既
用來反對儒家保守主義者（滿足於當舊民），也可以反對立志要
建立新制度的革命派。首先，梁啟超一再警告的要在施行某種
新體制之前必得先學習，構成了某種對革命的拖延。[170]不過「新
民」說中有比這更有意義的東西。當我們仔細檢驗梁這一時期對

169　梁啟超：〈政治學大家伯倫知理之學說〉，第34–34b頁；梁啟超：〈新中
　　　國建設問題〉，《飲冰室文集》，卷34，第2b頁。

170　這類警告，參見梁啟超：〈答某報第四號對於本報之駁論〉，第1–4、
　　　10、33b頁；梁啟超：〈開明專制論〉，第81b、86b–90b頁；梁啟超：〈中
　　　國國會制度私議〉，卷22，第28b頁；梁啟超：《新民說》，第13節，第
　　　25–25b頁；及 Wieger, *La Chine moderne*, vol. 1, p. 70。
　　　　　梁啟超的「開明專制」就是孫逸仙的「訓政」之意，孫在革命走上歧
　　　途（正如梁啟超所預料）之後才開始強調這一點。這兩個術語都暗示「誠
　　　實的中間人」受大眾委託行使政府權力，直到大眾學會如何自我管理。
　　　開明專制一詞遲至1913年才出現在梁氏作品中，見梁啟超：〈歐洲政治
　　　革進之原因〉，《飲冰室文集》，卷47，第40b頁，及梁啟超：〈說幼稚〉，
　　　《飲冰室文集》，卷48，第12頁。

中國社會秩序所能做出的最辛辣的批評，會發現這些批評跟以前一樣，是道德上的而非制度上的。如果某些人在社會中沒有好好扮演角色，梁就要求他們變成新民；而革命派要求的是一個新社會。

中國社會的樞紐是文人。我們已經讀到過梁啟超對這些士紳的評論樣本，再舉幾個例子說明他在這個問題上的雄辯。文人是思想僵化、政治腐化、經濟寄生的一群人。每位生產者背上都趴著一百隻水蛭（分利者）。梁啟超鄙視那種大家族，兒子們都想住在一起，除了吃喝嫖賭之外無所事事，耗盡家裏一兩個「生利者」的所有精力。[171]

我們應該注意到，他說的被剝削的是大家族裏的成員，不是家族之外的廣大農民，許多農民根本沒有機會成立大家庭。他所說的「分利者」與生產者的比例表明他所指的是士紳階級內部。於是，他要說的不過是大家族裏有寄生蟲，而沒有控訴大家族本身就是社會的寄生蟲。梁啟超認為士紳永遠會存在。在民國初期，也就是他批判文人最猛烈的時候，卻比1902年更清楚地表示：他只希望他們好好負起責任，而不是要他們消失。革命派打擊的是令其中的知識階層腐敗、蒙昧、寄生的社會組織方式，要抽掉地主——文人腳踩的地毯。梁啟超儘管猛烈抨擊社會的守舊派領袖們，但他只是拍打地毯，地主們都還站得好好的。

171　梁啟超：《新民說》，第14節，第24b–27b頁，及卷13，第50b頁；Wieger, *La Chine moderne*, vol. 1, pp. 37, 89–90。

我們現在可以看出1898年陳釀的激進主義的社會內容。梁支持對中國人生活方式的革命性改變，但這改變只能在既有的階級體系內發生。在革命的經典情境中，當定調的階級（比如法國貴族）被帶有自身理想的新興階級逐出權力舞台後，其價值標準也隨之消逝。如果中國19世紀的大型農民起義能夠發展成熟並取得勝利，也許中國也會以這種方式改變。農民起義失敗了，既然閉關鎖國也無可能，那麼得有人出來主持西化，結果不是通過社會革命而是國民黨的「國民革命」被引進了，國民黨在政治上與梁啟超相左，但最終成了他的意識形態受益者。清朝滅亡標誌了老朽的保守派退出舞台，他們呼吸的是儒家的空氣。軍閥割據之後，國民政府的成立標誌了現代保守派的崛起，儒家被稀釋了，被重新闡釋了，用於一些奇怪的搭配，成了現代保守派的工具。不過前一類保守派作為一個階層從未被替代，他們靠後一類過活，而後者的社會構造和理念多多少少已經被西方衝擊改變了。與其在封建主義消亡、官僚社會誕生以來的整個中國歷史中的原型一樣，新興金融勢力和工業勢力與地主勢力聯合，隨之而來的西方思想也進入了統治階級的思想傳承。士紳文人改頭換面但絕未被拋棄，都像梁啟超一樣在思想上走過漫漫長路。但是在他們走出舊中國的長征中，其統治秩序還帶著舊敵人——一再出現的農民起義者，他們現在也像士紳一樣有了城市的輔助。像士紳一樣，農民被西方的侵略催化為一種新式的行動，他們和保守派一樣準備著完成從古老到現代的轉型。

165

19世紀西方的軍事和商業侵略為兩大問題增加了急迫性：中國內部的階級關係，中國與世界的關係。我們在探討梁啟超和社會革命黨之異同的根源時，這兩個問題至關重要。先談第一個：出於種種原因，[172] 農民的經濟條件惡化到了無法容忍的地步。同時，傳統文化對人的控制開始瓦解，不可逆轉的破除偶像的趨勢開始露頭，對經典訓詁的懷疑是其象徵，而西方入侵加快了其實際進程，開始失去原有的確定性的中國人，見識了另一種生活方式的現實。這兩種進程的結合終結了公元前3世紀開始的中華帝國制度的穩定性。儘管中國歷史不時受兵荒馬亂的驚擾，穩定依然是傳統中國的代表詞。直到太平天國，中國人的起義才從扎克雷暴動 (jacquerie) 轉向革命。

人們不再只尋求在既定的等級中爬升，或減輕既定體制的重壓；他們開始拒絕兩者，雖然可能是稀裏糊塗地。更重要的是，太平天國拒絕了正統儒家，創立了一種偽基督教的合成意識形態，它可以是任何東西，唯獨不是老中國的。這是一個開端：某個階級開始從迄今為止都同源共流的各階級綜合體中脫離出來；人們也開始感到儒家傳統不是中國傳統而是士紳傳

---

172 比如：一、為促進鴉片貿易而出口的銀元導致了通貨膨脹；二、大量進口（僅徵收名義上的關稅）的機器製造的洋貨毀掉了農民的小手工業；三、因中央政府的軍費和賠款導致稅收負擔不斷加劇；四、官員的貪慾不斷增加，許多人的官職是買來的，只為了謀利，因為在戰爭與和約的重壓下政府財政狀況越來越糟糕；五、因政府未能採取預防和賑災措施，而招致一系列極為嚴重的自然災害。

統，中國本質上的利益與那些舊傳統的主體的利益不僅不同，而且背道而馳。

至於中國與世界的關係這個問題，士紳文人在這最後一個世紀再也無法將中國設想為一個世界，而是被迫設想世界中的中國。他們是中國傳統的守衛者，他們的利益所在不像那些離經叛道的革命黨，要把傳統掃蕩殆盡，而是要在面臨外來猛攻時證明其合理性。合理性證明既可以是簡單的斷言（頑固派的辦法），也可以是一系列的階段性合理化，比如我們看到的梁啟超的思想變化。

梁啟超是個文人。他為文人寫作，他的智識需求是文人的需求，即確立中國離經叛道的對等於西方這一事實。因此，他像他所在的階級大多數人那樣，全心全意地接受中國是單一結構整體的觀念。當主要競爭被視為文化上的中國對抗西方，而非經濟上的農民對抗士紳時，中國必須是一個整體，中國社會的分裂無法得到承認。中國文化的標準一直由有產階級制定。在轉型時代，對這些標準的捍衛（之前已經提過，即便梁啟超的攻擊也是一種捍衛）與捍衛財產權徹底地糾纏在一起。

在為處於現代世界中的中國辯護時，對於傳統，梁得出了與革命派相同的結論：新民的忠誠應該聚焦在中國國家而不是傳統中國文化上。但是，因為他們從文化主義轉向民族主義的動因不同，二者的路徑也不同。革命派會感覺被傳統文化剝奪了繼承權，拋棄它更輕鬆，仇恨為拒斥鋪平了道路。但梁啟超沒有被剝奪繼承權。他是這瀕死文化的繼承人之一，於是要緩慢而謹慎地

167

選擇通達新的忠誠的曲折道路。今天，兩股民族主義的潮流在中國顯示出了不同源頭的印跡。

　　保守派的民族主義重新吸收了許多它在誕生之際曾力加反對的傳統主義，意在阻止西方和遏制國內的叛亂。其目的是世界上的文化平等與本土的社會穩定。於是這種民族主義將階級意識視為其既害怕又痛恨的對立面，是釘入中國文化上的楔子，是釘入社會和平上的刀。而在共產主義者看來，民族主義阻止的不是主觀狀態——階級意識，而是其客觀原因——階級統治。他們宣稱，這種罪惡以及給國族帶來的撕裂性的脆弱，是舊制度和舊傳統的產物；那麼後者就不應得到一個心懷民族自豪感的中國人的忠誠。

　　當我們將中國民族主義追溯到其中一個源頭：令人絕望的社會危機，就能理解為何共產主義在現代中國有如此吸引力。但當我們追溯到文化危機（比如梁啟超的作品），追溯到中西衝突而不是階級衝突，我們就能看到為何那種吸引力有其局限。梁啟超無論怎麼全副武裝要清算傳統文化，也永遠不會單向度地棄絕它，全然仰仗西方的鼻息。不論用哪種方式去合理化，中國的自主和尊嚴必須得到保存。以國史為根的知識人不會選擇看著國史終結。

　　歸根到底，中國的革命派也必定面對同樣的衝動，讓國史長存的衝動。他們因階級敵意而激烈昂揚，譴責舊中國自吹自擂的文明是陰謀騙局；他們不會像徹頭徹尾的傳統主義者那樣認為孔子是先知，也不會像梁啟超那樣認為孔子是英雄，他們覺得孔子是階級敵人。雖然他們準備好迎接西方創新，不惜把中國文化改得面目全非，但他們斬斷歷史脈絡和投降歐洲的能力並不比之前

的梁啟超強。這就是為什麼他們不得不在拒斥中國傳統的同時創造另一種中國傳統，以克服盲目敵視過去帶來的限制，這對滋養他們的歷史環境來說再自然不過了。自太平天國開始，隨著社會分裂的加劇，起義軍的故事逐漸成了民間傳奇。大家在中國傳統裏拼命尋找人民革命的先例，比如：1948年雲南的共產黨團體被稱為「梁山好漢」，這稱號來自北宋末年反對官府、在梁山聚義的匪幫。[173]

現在，共產黨嘗試把中國史納入所謂世界通用的馬克思主義時間尺度，我們可以從中發現一層新意義。它正是梁啟超作品中所代表的儒家兼容的對立面，梁是要用儒家的時間尺度來解釋世界史，將中國史闡釋為一種普世模型，以保護中國免於內在的失敗之感。自從西化開始後，每一代中國人都會困擾於一種可怕的懷疑，懷疑中國能否重享覆盂之安。工業革命不只是顛覆了中國經濟。人心震盪，傳統崩塌，在梁啟超的生平和文字中，我們可以看到他（並由之推及他人），如何集聚力量，勉力重組，在一場無望的戰鬥中上演大戲。

173　*The Christian Science Monitor*, June 3, 1948, p. 10. 明代著名小說《水滸傳》寫的就是梁山好漢的故事。

第三編

1912–1929：追憶似水年華

第五章

從政治到學術

政治

　　1912年10月梁啟超終於回到中國時，孫逸仙已在南京辭去
臨時大總統，袁世凱是唯一合法的國家最高領導人。國會大選近
在咫尺；少數有政治覺悟的中國人，已經開始合縱連橫。「黨派」
從革命的混亂中逐漸成型，梁啟超成了共和政治開創期的領袖人
物之一。

　　孫逸仙和袁世凱是權力場上的天然對手。兩派都從一開始
就想拉攏梁啟超，但相當一段時間梁沒有表態。1911年11月16
日，袁世凱作為短命的「君主立憲」的總理大臣組成責任內閣，
梁啟超拒絕了法律副大臣的任命。[1] 袁世凱的敵人——從革命派
團體同盟會分化出來的國民黨決定先不攻擊梁啟超，雖然梁在以

1　　Stanley K. Hornbeck, *Contemporary Politics in the Far East*, New York: D.
　　　Appleton, 1928, p. 409; Ferdinand Valentin, *L'avènement d'une république*, Paris:
　　　Perrin & cie, 1926, p. 96.

前可是活靶子。國民黨裏的某些團體依然不加掩飾地討厭他，但孫逸仙的軍事夥伴黃興希望瞭解梁的計劃，在梁回國上岸的大沽等候多日，期望與他會面。梁未能如願。後來黃興憤憤地寫了一封信，指責梁啟超對民國反對最力，多次企圖破壞。[2]

174   10月底，梁從天津新居動身赴京，京城也有類似謠言，說他計劃成立一個以滿人為主的君主制政黨，還說他傾向於擁立袁世凱稱帝。[3]不過儘管有這些謠傳，他還是得到了一系列熱烈的歡迎。20日他抵達北京時，幾百人聚集在正陽門車站迎接他，其中有總統代表、部長和次長、國會議員、各黨派成員、梁的舊相識，還有所有報館的記者。[4]這天和接下來的許多天，梁啟超贏得公眾歡呼，被大小組織奉為上賓，其中有政治的、宗教的、商業的、教育的、地方性的以及各類友好團體。就連平素跟梁無甚瓜葛的蒙古貴族代表也找上門來，在月底梁回天津之前為他安排了盛大的接風會。[5]

但梁啟超要忙的可不僅是參加慶祝活動。他從日本一回國，就開始著手團結一些政治黨派，形成一個有影響力的大黨。這就是進步黨，正式成立於1913年5月，為了在下一次議會上跟國民黨叫板。主要在梁啟超的支持下，三個小黨合併成為進步黨，它們各自都與梁有些關係；三黨自身也是由早年的小團體合併而

---

2   錢基博：《現代中國文學史》，上海：世界書局，1933，第312頁。

3   *National Review*, vol. 12, no. 18 (Nov. 2, 1912), p. 356.

4   梁啟超：〈初歸國演說辭〉，第13b頁。

5   同上註，第15–43b頁。

成，有些是辛亥革命前由梁的立憲思想召集起來的。[6] 雖然黎元 175
洪是進步黨名義上的領袖，但其實制定政策、替該黨擬定憲法草
案的是梁啟超。

　　進步黨主張宗教自由、義務兵役制和兩院制立法機構。立法
不由總統決定；所有法律須經國會議定。總統有否決權，但兩院
三分之二的投票可以推翻之。進步黨主張民族主義，中央政府集
權，對世界潮流保持開放心態。鼓勵大眾普及教育，在國內發展
大學。普選權適用於特定受過教育的有產階層。政府應主持公務
員考試，並改革貨幣和財政體制。[7]

6　進步黨由民主黨、共和黨和統一黨合併而成。民主黨在梁啟超的指揮下
　　於1912年10月成立，由共和建設討論會、共和統一黨、共和俱進會、共
　　和促進會、國民新政社和民協會合併而成。前兩個團體由革命前的憲友
　　會發展而來，與梁氏思想接近，受梁作品的滋養。見李劍農：《最近三十
　　年中國政治史》，第255–256頁；馬震東：《袁氏當國史》，上海：中華書
　　局，1930，第174、193頁；賈逸君：《中華民國史》，北平：文化學社，
　　1930，第19頁。

　　　　共和黨在袁世凱的支持下於1912年5月成立，由民社和幾個更小的
　　團體組成。梁啟超參加了至少一次討論政策的黨會（他敦促原則相近的
　　政黨應盡量合併），而共和黨則公開宣揚「中國政體改革，實為蒙先生之
　　賜」，聽從他的號令，聲稱他們在精神上同氣連枝（梁啟超：〈初歸國演說
　　辭〉，第5、9、23頁）。統一黨與民主黨很接近（馬震東：《袁氏當國史》，
　　第174頁）。

7　梁啟超：〈進步黨擬中華民國憲法草案〉，《飲冰室文集》，卷51，第31b–44b
　　頁；馬震東：《袁氏當國史》，第194頁；Hay Tsou Chai, *La Situation économique*
　　et politique de la Chine et ses perspectives d'avenir, Louvain: University of Michigan
　　Library, F. Ceuterick, 1921, pp. 111–112。這一時期梁啟超對行政權和立法權各
　　自角色的更詳細的觀點，見梁啟超：〈時事雜論〉，《飲冰室文集》，卷58，
　　第3b–7頁。

176　　　至於眼前的政治問題，梁啟超的進步黨乾脆站到了國民黨的
對立面。3月21日國民黨領導人之一宋教仁從上海動身赴京時在
火車站被刺身亡，國民黨指責袁世凱政府，而梁啟超公開聲明進
步黨不認為袁政府要為刺殺負責。梁還說進步黨支持袁世凱任總
統，支持袁向列強籌集「善後大借款」，國民黨對此深惡痛絕，而
進步黨只關心借來的錢是否合理使用。[8]

梁氏為官

　　然而，國民黨深信袁世凱借款是為了私用，1913年夏孫逸
仙在南方領導了二次革命，徹底失敗後逃去了日本。這將進步黨
進一步推向了袁世凱：9月，梁啟超接受了總理熊希齡的組閣邀
請，熊希望梁任財政總長，但袁世凱不同意。接著，梁堅決拒絕
出掌教育。最後，儘管進步黨沒有完全同意，梁啟超勉強答應出
掌司法。國會高票通過內閣任命。[9]

　　不過，內閣職務並無實效，因內閣、國會已難逃厄運。袁世
凱之前是臨時大總統，10月被選為總統。一個月後，為了阻止
一部會削弱其權力的新憲法通過，他下令清除國會中的國民黨成

8　　馬震東：《袁氏當國史》，第194頁；Hornbeck, *Contemporary Politics in the
　　Far East*, p. 80。梁啟超對宋教仁被刺的聲明全文，見梁啟超：〈時事雜
　　論〉，卷58，第8b–11頁。

9　　李劍農：《最近三十年中國政治史》，第298–299頁；*National Review*, vol.
　　14, no. 11 (Sept. 13, 1913), p. 263。

員，1914年1月乾脆解散了國會。隨著個人高度集權的政府的出現，即便是那自誇的「第一流內閣」，也無事可做了。2月，總理和梁啟超相繼辭職。[10]

　　很快，梁啟超有了新任命。他已經參與了1912年秋設立的國務院幣制委員會（僅存在了一年），1914年3月，他出任新成立的幣制局總裁。他希望為中國的銀元設立標準單位。他的目標是廢除極不準確的「銀兩」，稅收、政府開支和預算都只用國幣來結算。梁的計劃沒有成功，遭到了海關及外交界要人的聯合反對。[11]出於經濟和監管的考慮，他還希望將全國的造幣廠從16個減為3個，集中到天津、上海、廣州。該計劃的命運跟前一個差不多。[12]他想通過外國貸款來穩定貨幣的計劃，隨著第一次世界大戰的爆發也流產了。那一年還沒到頭，梁就辭職了。[13]

　　不過，他也沒有徹底與政府脫離關係。1914年6月他加入了新機構「參政院」。[14]10月他提出了兩項重要議案，一項是義務兵役制，一項是義務教育，[15]雖然都沒有得到實施，但他在參政院的工作也不能算白費。作為參政院的一員，他得以知悉「二十一條」的細節，並成功阻撓了日本人的一些企圖。

177

10　李劍農：《最近三十年中國政治史》，第309頁。

11　梁啟超：〈民國初年之幣制改革〉，《飲冰室合集·文集》，冊15，卷43，第11–12頁。

12　同上註，第13–14頁。

13　金國寶：《中國幣制問題》，上海：商務印書館，1928，第6頁。

14　馬震東：《袁氏當國史》，第378頁。

15　*National Review*, vol. 16, no. 13 (Oct. 24, 1914), p. 229.

178 　　早在1899年，梁啟超曾經寫過中日應協作保護黃種人的獨立自主。[16] 然而現實給他上了一課。1915年1月18日，日本在政治經濟上的無理要求威脅到了中國的獨立，梁啟超毫不含糊地反對日本。5月8日，日本接受了修改後的條約；之前的冬天和春天梁啟超在媒體上掀起了幾次民意浪潮，使袁世凱的抵制態度更為強硬，公開令日本談判者難堪，這些很大程度上促成了對條約的修改。1912年梁啟超回國後很快就重拾新聞舊業，先為短命的《庸言》(英文名叫 The Justice)撰稿，之後更多為《大中華》撰稿，但直到這一回，他的文字才真正恢復了舊日的影響力。

　　日本報紙指責他忘恩負義。梁啟超大方承認他受過日本十多年的保護，但他又問，是不是因為這個原因，他就應該放棄對祖國的責任？他激烈地駁斥那些暗示他被日本人收買的含沙射影，清楚明白地表示他的行動只遵循自己的信念。[17] 除了與日本的種種藉口鬥智鬥勇，點明其道路上的障礙，他還向西方發出了警告。他說，1907年列強任由在德國支持下的奧匈帝國吞併了波斯尼亞和黑塞哥維那。一場全面戰爭隨之而來。如果日本的狼子野心不受約束，世界將再度面臨相同困境。[18]

16　梁啟超：〈論學日本文之益〉，《飲冰室文集》，卷29，第19b頁。

17　梁啟超：〈中日交涉匯評〉，《飲冰室文集》，卷58，第27b頁。這一題目下收錄了多篇梁在談判期間寫的反日文章。其中部分文字的英譯，見 Liang Ch'i-ch'ao, "China's Case Against Japanese Demands," *Chinese Students' Monthly*, vol. 10, no. 7 (Apr. 1915), pp. 414–420。

18　梁啟超：〈中日交涉匯評〉，第38–38b頁。

這是1915年。但這番話讓許多人想到了1931年。

袁世凱的帝制計劃

在整個「二十一條」危機期間，梁啟超一直在參政院，直到　179
夏天，他終於明白了一件駭人之事：袁世凱決心要當皇帝。1915
年1月，袁世凱邀請他參加宴會，席間他聽到了些許暗示。袁世
凱的追隨者之一楊度在場。他長篇大論地說了共和國的種種缺
點，讓梁幫忙出主意如何有效地改變國體，但梁指出貿然行動會
導致內憂外患，沒有鼓勵他的想法。之後梁去了南方，多數時間
在上海和廣東之間奔忙。江蘇都督馮國璋不斷聽到袁世凱想稱帝
的謠傳，感到十分煩惱，向梁透露了自己的擔憂。梁回到北京後
當面直問袁世凱，你是想要當皇帝嗎？袁發誓絕無此事。[19]

這是6月。弗蘭克‧J‧古德諾博士 (Frank J. Goodnow，美國
教授，曾當過袁氏的顧問) 被召到北京，再次擔任顧問。古德諾
煽風點火。他寫了一份備忘錄建議中國恢復君主制，楊度迅速將
他的觀點印成小冊子，通過籌安會 (成立於8月，致力於宣傳袁
世凱的偉績) 在海外發行。梁啟超出面發聲了。

在〈異哉所謂國體問題者〉一文中，梁啟超這個曾經的保皇派
杜絕了一切對他是否仍是保皇派的懷疑。他堅持，政體與國體沒

19　梁啟超：〈國體戰爭躬歷談〉，《飲冰室文集》，卷56，第14b頁。

有必然的聯繫。如果變化只發生於政治結構，那麼中華民國會有
的問題，帝國一樣會有；同理，如果中國病可以醫治，那麼共和
國和帝國都能找到藥方。他對行政權力缺乏連續性的共和制必然
招來動亂，君主制卻能保證安定的說法進行了反駁，波斯、土耳
其、俄羅斯都是君主制，它們可算不上什麼安定有序的好榜樣。[20]

這似乎是他以前保皇言論的徹底反轉。在1911年以前，梁
啟超堅持不懈地抨擊不討喜的共和制。不過，正如梁現在強調
的，這裏並無矛盾之處。之前和現在他都反對革命；要破壞一個
已經建立的共和國，他覺得跟推翻君主制是一樣的革命行為。不
論君主制還是共和制，進步是他一貫的立場，而革命總會妨礙進
步。如果1911年的革命已經很糟，那麼1915年再來一場革命只
會更糟，並不會將損害一筆勾銷。[21]

這篇文章從智識角度攻擊了古德諾，而且對籌安會進行了人
身攻擊，產生了驚人的效果。現在人人都知道進步黨的領袖站在
反帝制的一邊，這幫許多人做了決定。有人急忙交了辭呈，還有
不少袁氏追隨者改換門庭。[22] 袁世凱預見到了這一反應，因為該

20　梁啟超：〈護國之役電文及論文〉，《飲冰室文集》，卷55，第18b–22b
頁；英譯見Liang Ch'i-ch'ao, "The Strange Monarchical Movement," *National
Review*, vol. 18, no. 11 (Sept. 11, 1915), pp. 204–206。

21　梁啟超：〈護國之役電文及論文〉，第16b–17、25b頁；Liang, "The Strange
Monarchical Movement," pp. 203, 206。

22　李劍農：《最近三十年中國政治史》，第340頁；T'ang Leang-li, *The Inner
History of the Chinese Revolution*, London: G. Routledge & Sons, 1930, pp. 127–128。

文發表前他已得知了風聲。梁啟超後來頗為自得地回憶，袁世凱試圖用大筆賄賂説服他不要發表。故事還沒完，梁愉快地感謝了袁，並寄上該文，作為回覆。接下來袁開始威脅。但無畏的作者説寧願再流亡一次，也不願苟活。[23]

梁啟超對袁世凱個人還是尊重的，他在文中表現了一種完全信賴其為人的單純姿態。他大加宣揚袁對共和制的主張，並佯裝相信袁和籌安會之間有巨大的鴻溝。[24] 既然顏面未失，想稱帝的人還有退路。但袁世凱選擇按計劃前進。欽點的「國民代表」——一場荒唐選舉中的贏家們全體一致擁立袁世凱稱帝，洪憲帝制將於1916年1月1日開始。[25]

181

23　梁啟超：〈國體戰爭躬歷談〉，第15頁。

24　梁啟超：〈護國之役電文及論文〉，第23頁；Liang, "The Strange Monarchical Movement," p. 206.

25　袁世凱所謂正式、合法、公開的推戴過程在梁啟超1916年春的宣傳攻勢中遭到曝光。梁獲得並公佈了北京政府發給各省將軍、巡按使、都統的密電，命各省軍巡長官從各縣紳民中選一人代表各縣，形式上仍用「推舉」的名義，由各縣知事補具譯文、倒填日期。這些「代表」及各省官員向北京發出推戴皇帝的請願文，而這推戴文正是北京擬定的。參見梁啟超：〈護國之役電文及論文〉，第27b–28頁；該文英譯與中文同時發表，見 Liang Ch'i-ch'ao, *The So-called People's Will (A Comment on the Secret Telegrams of the Yüan Government)*, Shanghai, 1916, pp. 1–2. 在另一篇揭露復辟騙局的文章中，梁啟超評論即便拿破侖一世稱帝時的平民表決中也有反對票，所謂絕對的全國一致，根本不合情理。參見梁啟超：〈袁世凱之解剖〉，《飲冰室合集‧文集》，冊12，卷34，第5頁。

雲南起義

　　1913年，梁啟超過去在長沙的學生、雲南都督蔡鍔被調來北京後，時常陪伴梁左右。1915年夏，帝制呼聲甚囂塵上，梁啟超出於安全的考慮，離開北京，搬去天津的租界。8月15日，也就是籌安會宣佈成立及其目的後的第二天，蔡鍔專程拜訪了梁啟超。蔡是軍界大員，勢必會引起袁世凱的注意，梁建議蔡蟄伏一陣，不作為也不表態，以減輕懷疑，從長計議。蔡聽從了梁的建議。他回到北京後，佯裝成一個極不嚴肅之人。蔡鍔表演了兩個月放蕩生活後，袁世凱終於對他失去了興趣，其實在此期間蔡已經與貴州和雲南的軍事人物建立了聯繫。

　　戴戡是其中的一位，他剛剛辭去貴州民政長之職，於10月進京，他與蔡鍔在梁啟超的天津居所共同商議起兵大計。然後蔡和戴分頭秘密前往香港，目的地則是雲南。梁啟超則秘密去了上海。梁於12月18日抵滬，第二天蔡鍔和戴戡到了雲南。[26]

　　唐繼堯領導下的雲南部隊效忠於反帝事業。根據在天津商定的計劃，這些部隊會秘密前往四川省界。21日蔡鍔給梁啟超發電報，說先頭部隊將在23日出發，20天後雲南宣佈獨立。這與他們在天津作的決定完全吻合，但梁啟超現在又覺得不可能不走漏風聲，於是回電敦促立即行動。眾人同意了。23日，唐繼堯和雲南民政長任可澄電告北京政府：他們要保衛共和國。12月

182

26　梁啟超：〈國體戰爭躬歷談〉，第15–15b頁。

25日上午10點，是他們設定的討袁行動的最後期限。最後通牒沒有得到答覆，雲南宣佈獨立。第二天，雲南的護國軍與四川的北洋軍交戰。[27]

　　梁啟超在上海與所有重要中心保持聯繫。1916年2月末，廣西都督陸榮廷派人請梁啟超去廣西，只要他人一到，廣西就加入起義。已經有幾個省加入了雲南的軍事行動，但廣西的支持被視為成功的關鍵（至少在南方是這樣），梁啟超自然竭力爭取。他繞過廣東（當時仍效忠北京），輾轉來到時屬印度支那的海防。他本打算在海防乘火車向北進入廣西，但行蹤已被發現，他知道袁世凱會派人攔截他。避開鐵路，他選擇了山路，穿過中國邊境進入雲南東部，終於在廣西南寧見到了陸榮廷。3月15日，陸榮廷等人也向袁世凱發了一份最後通牒，未得回覆，廣西也宣佈獨立。[28]

　　這時袁世凱準備隨機應變了。3月22日他從洪憲皇帝變回了民主的大總統。可惜這戲法對南方反對者沒起到效果。梁啟超和其他四位領導拒絕了直接談判，戰爭繼續。[29]在梁進行了一些危險而無用的外交努力後，廣東迫於軍事壓力，加入了起義陣營。

27　同上註，第15b頁；賈逸君：《中華民國史》，第34–35頁；李劍農：《最近三十年中國政治史》，第349頁。

28　梁啟超：〈國體戰爭躬歷談〉，第16頁；陳功甫：《中國革命史》，上海：商務印書館，1930，第83頁；梁從上海到廣西的詳細描述，見梁啟超：〈從軍日記〉，《飲冰室文集》，卷56，第1–6頁。

29　李劍農：《最近三十年中國政治史》，第357頁。

梁起草了成立軍務院的計劃書，以協調反北京諸省的活動。軍務
院的花名冊包括撫軍長（唐繼堯）、副撫軍長、秘書長、外交專使
和六軍司令，蔡鍔和梁啟超至少掛了這麼一個職銜，都是撫軍，
梁還兼任政務委員會委員長，也就是主管起義的民事。[30]

184　　　最後，有八個省與北京決裂。儘管袁世凱以何種形式領導
都不被接受，但梁啟超的目標既不是分裂中國也不是廢除中央政
府，無論出於個人還是任何他人的目的。孫逸仙小心翼翼地試
探了風向，沒有得到鼓勵。[31] 黎元洪是當時合法的副總統，梁啟
超假設袁世凱將名譽掃地、喪失資格，所以打算承認黎元洪為總
統，並彌合南北分裂。以1916年春的情況看，要結束內戰是很
困難的。但一切突然間有了可能，因為袁世凱在6月6日死了。

重返北京政治舞台

黎元洪毫無障礙地當上了總統。他任命安徽軍閥段祺瑞為
總理，重新召集了1913年的國會，也就是袁世凱先清洗後解散
的那個國會。南方政府許諾在7月14日解散軍務院。但有些南
方領導人不願這麼快就結束起義，他們想等到內閣政府完全恢

30　梁啟超：〈國體戰爭躬歷談〉，第16–16b頁；賈逸君：《中華民國史》，第
　　35–36頁。

31　5月15日，孫逸仙從上海的「共和政府情報部」發表了一份宣言祝賀雲南
　　起義，「我們不是唯一為自由奮鬥的人」。見Bernard Martin, *Strange Vigour:
　　A Biography of Sun Yat-Sen*, London: W. Heinemann, 1944, p. 180。

復，從國會議員中推舉出內閣成員。這意味著南北統一至少要
推遲至8月1號——國會重開的日子。梁啟超反對這種折騰，
因他急於與段祺瑞恢復關係。他親自與關鍵將領溝通，勸說撫
軍長唐繼堯從雲南發電報下令解散軍務院。至此，北京又可以
代表全中國了。而此時梁啟超與總理建立了聯繫，也可以重返
北京了。[32]

185

國會召開時，老進步黨進行了毫無意義的改組。先是分出
了兩隊人馬，然而沒有人能說清分離的理由，接著他們又組成
了新的「憲法研究會」。這個「研究系」由梁啟超領導，專門從
事幕後工作；它不以吸引大眾為目標，也沒有在北京之外的組
織。該系在1916至1918年支持總理段祺瑞，之後段開始傾向自
己一系。[33]

一戰為梁啟超和段祺瑞的合作提供了背景。兩人都不顧本土
的反對聲浪，支持中國加入協約國參戰。就算段祺瑞有愛國動
機，也肯定只是補充性的，或者是次一等的，他渴望得到外國的
武器和金錢，身為中國的戰時總理才能作如此指望。而梁啟超正
相反，他將自己視為加富爾，要為虛弱的祖國在一個關鍵的和平

32　李劍農：《最近三十年中國政治史》，第389頁。

33　賈逸君：《中華民國史》，第50–51頁；Ch'ien Tuan-sheng, *The Government
　　and Politics of China*, Cambridge: Harvard University Press, 1950, p. 72；Jermyn
　　Chi-hung Lynn, *Political Parties in China*, Peking: H. Vetch, 1930, p. 29。組成
　　「研究系」的兩隊分別是湯化龍領導的憲法討論會和梁啟超領導的憲法研
　　究同志會。

會議中贏得一席之地。他堅稱遠東的和平在1897年德國佔領膠州時就被打破了；他說德國是國家的敵人，中國應該出於人道主義和國際法對德宣戰。[34]

3月，梁啟超擬了一份電報，準備發給所有協約國政府。他提議中國參戰應該提供勞工和原材料，作為回報，中國應得到協約國的一些承諾——武器，沒收德國在庚子賠款中所佔份額，其他賠款延期十年償還，中國關稅增加百分之十二，修訂合約時應視中國為平等對象。不過這份電文沒有發出。總統黎元洪認為這相當於參戰宣言，而只有國會才有權宣佈參戰，所以他拒絕蓋大印。[35]

黎元洪得到國民黨佔多數的國會支持，不願參戰，段祺瑞想迫使他就範。4月末，段祺瑞在北京召集各省督軍開會，宣佈參戰。國會猶豫不決，段組織了一次暴民示威，代表「民意」威脅議員。內閣辭職以抗議這一無恥行徑。呼籲段祺瑞下台的聲浪洶湧，但他拒不辭職，5月23日被總統免職。接著北洋督軍紛紛表示支持段祺瑞，七個省宣佈獨立，黎元洪為了安撫他們，解散了他們和段的大敵——國會。

34　*North-China Herald and Supreme Court & Consular Gazette*, vol. 122 (Mar. 31, 1917), pp. 672–673；梁啟超：〈外交方針質言（參戰問題）〉，《飲冰室合集・文集》，冊12，卷35，第6頁。梁對反對中國參戰的意見的回應，可參考此篇全文，《飲冰室合集・文集》，冊12，卷35，第4–14頁。

35　Robert T. Pollard, *China's Foreign Relations*, New York: The Macmillan Company, 1933, p. 11.

　　突然，一個新玩家進入了權力的角逐。6月12日國會解散後不久，曾為滿人抗擊革命的軍人張勳來到北京。黎元洪把他從江蘇招來斡旋，但張勳既不喜歡共和國的總統也不喜歡總理，對他們的爭鬥感到厭煩，只想斬斷戈耳狄俄斯之結（Gordion Knot）。7月1日他宣佈末代清帝宣統復辟。（除了康有為無人支持這一徒勞之舉。）兩週不到，受人擺佈的末代皇帝再度被趕下皇位，督軍率軍佔領北京，段祺瑞在國會裏的仇敵們作鳥獸散，他又當回了共和國的總理。

　　但中國又一次分裂了。孫逸仙和國民黨拒絕承認黎元洪解散國會的合法性。1917年8月他們在廣東重新召集國會，或者說國會的大部分，達到了法定人數。「臨時軍政府」成立，宣佈管轄全中國。孫作為該政府的大元帥，下令逮捕段祺瑞和其他北方領袖，包括梁啟超；因為梁加入了段祺瑞的新內閣，而且，國民黨認為新近這一系列災難性事件的始作俑者就是梁啟超和他的「研究系」。[36]

　　孫逸仙的命令對北京來說當然是最荒謬的一紙空文，梁繼續當他的財政總長——至少在帝都政治還需要他的時候。9月，他試圖恢復1914年的計劃，靠借外債來穩定貨幣。他問了英、法、俄、日各國銀行，計劃借兩千萬英鎊，可惜沒借到。[37]不過

187

36　Anatol M. Kotenev, *New Lamps for Old*, Shanghai: North-China Daily News and Herald, 1931, p. 116; Lynn, *Political Parties in China*, p. 28.

37　金國寶：《中國幣制問題》，第6–7頁。

他當財政總長期間，有一項對中國財政極為重要的項目得到了落實。11月21日，梁批准了中國銀行的修訂則例，擴大商股權力，承認董事會在銀行管理中的最高權威。政府可以委任正副總裁，但是必須從銀行的主管中遴選，而主管由大股東（擁有超過一百股的股東）開會推選。通過這一規定，銀行的政策開始獨立於政府的政治變化之外。[38]

梁啟超在人生中最後一次當官的時間並不長。1917年7月的復辟插曲之後，共和國的副總統馮國璋代替黎元洪出任總統。他繼續與段祺瑞爭奪權力，在走馬燈般變幻的鬥爭中，11月末段辭職。梁啟超和其他研究系成員追隨段辭職。次年，段復職，開始與一個新組織「安福系」合作，梁啟超自此再也無緣政治。

梁啟超大大誤判了中國的形勢。第一屆共和國國會的糟糕缺點令他寄希望於領導者個人的強力控制。於是他自絕於國會的利益考量，最終國會被南方的國民黨佔據。另一方面，梁啟超作為一個誠實的人，真心想要一個好政府，幻想北京的強人政治能夠做到這一點。然而強人喜歡強取豪奪，行事粗暴，他們只會把這位真誠的、書生氣的改良者視為行動中的一顆水疱。從1918年

38　徐寄廎：《增改最近上海金融史》，上海：上海書店，1932，上冊，第25頁；S. H. Chafkin, "Modern Business in China: The Bank of China before 1935," *Papers on China*, vol. 2, mimeograph, Committee on International and Regional Studies, Harvard University, 1948, pp. 112–113。這一插曲亦見梁啟超：〈民國初年之幣制改革〉，第15頁。

起，梁啟超被北方軍閥和南方國民黨撇開，對本土政治再無發言
權。[39]

最後十年

　　在對外關係方面，梁啟超還有一些微不足道的角色。中國終　　189
於作為協約國參戰，並在巴黎和會上有了一席之地。1918年末，
梁氏動身去歐洲作為非正式代表與會，擔任正式代表團（由中國
駐法、英、美大使組成）的顧問。啟程前，他在上海做了一次關
於中國關稅自主的演講，呼籲國族獨立，他說，這場戰爭表面上
就是為了國族獨立。到了歐洲，他表達了類似的意思，歐洲報紙
報道了他的聲明。他說中國面臨的絕望處境是外國干涉導致的，
其中日本是首當其衝的「強盜鄰居」。他要求外國歸還租借的土
地，擱置庚子賠款的履行，廢除治外法權以及其他各種形式的洋
人特權，統一鐵路，廢除各項不平等條約。[40]

39　1919年媒體報道進步黨是「一個近期無所作為的政治黨派」（見*Millard's
　　Review of the Far East* [Sept. 13, 1919], p. 72。)，將要改組。梁啟超將成為
　　改組後的新學黨領袖。此事毫無結果。雖然1920年代梁啟超在政治上
　　毫無建樹，他作為政治領袖的影響力並未完全消退，並一直持續到他死
　　後。抗日戰爭結束時，梁的弟子張君勱成立了一個小黨——中國民主社
　　會黨（在西方以「Social Democratic Party」為人所知），由1930年代的兩個
　　黨派合併而成。其中一個黨由住在北美的華人組成，是保皇會的直系後
　　裔，另一個黨的領導人都與研究系有關聯。見Ch'ien, *The Government and
　　Politics of China*, p. 354。

40　*China Archiv*, vol. 7, no. 24, pp. 75–77, 143–144.

梁啟超妥善利用了歐遊的時間，參觀了英、法、萊茵蘭和比利時的風光，對西方文明的本質和命運進行了深入的思考——但他沒有為中國贏得政治上的好處。中國的不滿持續到了1920年代，梁啟超繼續在公共媒體上為國呼籲。1921年，列強為劃分在太平洋的勢力範圍召開了華盛頓會議，梁啟超為中國領土完整和行政獨立大聲疾呼。[41] 1925年上海發生「五卅慘案」，接著廣州發生「沙基慘案」，導致中國民族主義高漲，梁寫了一系列文章，有理有節地號召逐步修改「不平等條約」。[42] 在慘案發生後，他與其他六人簽署了〈天津宣言〉，於6月7日發表，宣佈中國之權利不得被無視，中國之情感不得被蔑視，並敦促進行公正自由的調查以及和平解決方案。[43]

190

不過在1920年代，梁的活動更多集中於大學和知識圈，而非世界事務。他先後在上海的東南大學和北京的清華國學研究院任教。[44] 1920年成立的講學社，他也是發起人之一。講學社邀請

---

41 梁啟超：〈時事雜論〉，《飲冰室文集》，卷76，第10–16b頁。

42 1925年寫的九篇關於這一主題的文章收在《飲冰室合集‧文集》，冊14，卷41，第106–111頁和冊15，卷42，第1–38頁。它們體現了一種對西方社會的有趣的批判形式，我們將在下一章討論。此處提到的兩次慘案，都是英國軍人在租界內向示威抗議外國行動的中國群眾開槍。

43 H. G. W. Woodhead, ed., *China Year Book, 1926–1927*, Tientsin: The Tientsin Press, 1927, p. 932.

44 錢基博：《現代中國文學史》，第349頁。*China Journal of Science and Arts*, vol. 5, no. 1 (July 1926), p. 16，列舉了梁在1925至1926年指導的15門課程和研究項目，涵蓋中國繪畫、文學、歷史、社會學和哲學等領域。第2卷，第12號（1922年8月），第1–18頁。

了杜威、羅素、杜里舒、泰戈爾這樣的文化名人來中國。[45]哲學
社於1921年在北京出版《哲學》雜誌時與梁啟超關係密切，此後
斷斷續續有聯繫。該刊大部分文章講西方哲學，但梁和其他人撰 191
寫了數篇談古代中國哲學的文章。[46]總之，梁去世時雖然在很大
程度上失去了青年的擁戴，但還是被廣泛視為知識界祭酒、領軍
人物、中國最適合與國際知識圈交流的人物之一。[47]

　　梁最後十年的學術著述頗豐。他主要關心的是歷史，寫了大
量有關中國文化史、中國文學史和史學史的文字。[48]他對許多古
代文本進行了社會學的解讀和歷史學的評論。他對佛教的興趣
貫穿於青年時期的儒教改良階段和之後的西化民族主義階段，並

45　Richard Wilhelm, "Intellectual Movements in China," *Chinese Social and Political
　　Science Review*, vol. 8, no. 2 (Apr. 1924), pp. 122–123. 這幾位人物中，羅素
　　可能給中國知識分子留下了最深刻的印象。1920年11月9日梁啟超歡
　　迎羅素的講話，刊登在講學社出版的《羅素月刊》(上海，1921) 第一期
　　的附錄，第1–7頁。激進學生圈子對泰戈爾非常敵視，作為泰戈爾的
　　主要邀請人之一，梁啟超也被波及；見 Wieger, *La Chine moderne*, vol. 6
　　("Nationalisme"), pp. 66–83。

46　J. K. Fairbank and K. C. Liu, *Bibliographical Guide to Modern China*, Cambridge:
　　Harvard University Press, 1950, p. 472.

47　比如，1926年10月26日瑞典王儲 (也是一位傑出的考古學家) 來北京，中
　　國地質學會、北京自然歷史學會和北京協和醫院舉辦歡迎大會，梁啟超
　　發表了主題演講。參見 Liang Ch'i-ch'ao, "Archaeology in China," *Smithsonian
　　Report for 1927*, Washington: U.S. Government Publishing Office, 1928, pp. 453–
　　466。

48　對梁氏此方面的嚴厲批評，可參桑原騭藏：〈讀梁啟超的《中國歷史研究
　　法》〉《支那学》，第2卷，第12號 (1922年8月)，第1–18頁。他批評了
　　梁氏的事實錯誤，以及在使用材料方面的草率及不徹底。

在最後階段開花結果。他在北京公開發聲反對「反宗教運動」。[49]
1923年夏，太虛法師在廬山牯嶺發起「世界佛教聯合會」，梁啟
超雖未能參加，但表示了支持。[50]梁氏寫了許多有關中國佛教的
歷史、哲學及影響的文章。他去世時舉行的是佛教葬儀。[51]

192　　　梁啟超去世時年紀不算大，不過孫逸仙和康有為都在他之前
過世。1925年3月12日孫去世，次日梁前往弔唁。[52]兩年後康有
為去世，梁在葬禮上發表演講。他形容這位舊日師長同道是偉大
的改革先驅，比任何人都更早、更清楚地看到中國要麼朝現代社
會進步，要麼絕望地衰落並毀滅。不過梁對康在1917年支持復
辟表示遺憾。[53]

　　　1929年1月19日梁啟超去世，他56年的人生見證了無數政
治事件——從清帝國的崩潰，國民黨的勝利，到中國共產黨的
誕生及其烈火考驗的開端。他還見證了另外一些東西，歷史中那
些無形的、也不可能確定日期的面相之一，那時代精神的變化。
在他成年生命的將近一半時光中，他的作品極大地促成了這種變

49　Y. Y. Tsu, "Spiritual Tendencies of the Chinese People As Shown Outside of the
　　Christian Church Today," *Chinese Recorder and Missionary Journal*, vol. 56, no. 12
　　(Dec. 1925), p. 777.

50　Karl Ludwig Reichalt, "A Conference of Chinese Buddhist Leaders," *Chinese
　　Recorder and Missionary Journal*, vol. 54, no. 11 (Nov. 1923), p. 667.

51　*The Week in China*, vol. 12, no. 200 (Jan. 26, 1929), p. 84.

52　Lynn, *Political Parties in China*, p. 70.

53　梁啟超：〈公祭康南海先生文〉，《飲冰室合集‧文集》，冊15，卷44，第
　　30頁。

化，也從未停止反映變化。梁啟超在共和時期的重要性遠不如在
帝國末年，但他在共和時期的意義一如既往。

第六章

回歸中國：最後的防守

黌舍鞠為荊榛，鼓鐘委於草莽，使數千年崇拜孔子之心理，缺 　193
而弗修。[1]

　　到1912年，梁啟超已經從文化主義轉向民族主義，有一個
新的國家吸引了他的注意力。舊有生活方式正在崩塌，正如他有
點希望的那樣。通過將國家解釋成合適的效忠對象去取代文化的
位置，無論多麼勉強，他得以將這種斷裂置於能夠忍受的範圍。
出於對自身文化的關懷，梁啟超在很大程度上將文化從關懷對象
中驅逐了，1912到1919年他忙於國家問題遠多於中華文明的命
運問題。在這七年間，他很少涉及文化主題，也沒有新方向。梁
啟超民國初年著述的一些段落，有些是重彈老調，我們也可以從

1　　摘自袁世凱頒佈的〈祭孔告令〉。*National Review*, vol. 17, no. 21 (May 22,
　　1915), p. 370。

中再次看到本書第二編所描述的幾乎整個合乎邏輯與不合邏輯的
思想網絡，只不過規模小多了。[2]

梁氏的重演

194   我們又一次聽到了中國必須前進的老話。西方一直在變，每
個歷史時期都有其特點，而中國從秦到1898年，就只有不變。[3]
如今中國處於轉型時期，一切守舊的想法都沒有希望。中國病
了，既有遺傳的流毒，也有對世界文明進步的視而不見。[4] 西方
諸國是進步的先驅。[5]

       梁在1920年代的這些話與1910年代無甚不同。如果它看上
去是對中國自尊的殘酷打擊，我們應當記得梁啟超準備的權宜之
計。他又說了以前說的老話，國家是現代世界的基本單位。在那

---

2   也許一種與量變關係緊密的質變可以從1915年的一篇文章中看出，該文
     寫於「二十一條」事件後。梁說如果中國人不愛國，這就是極壞政府的
     標誌。因為愛國主義「人人不學而知，不慮而能」，並不容易抹除。當人
     們「不知有國之優於無國者果何在也」，「怙恃國家之心」才會漸滅。見梁
     啟超：〈痛定罪言〉，《飲冰室文集》，卷48，第39–41頁；亦見英譯 Liang
     Ch'i-ch'ao, "Afterthoughts," *National Review*, vol. 18, no. 4 (July 24, 1915), pp.
     67–68。此處值得注意的是，梁脫離了此前的民族主義—文化主義二分
     法。這裏的假設是民族主義完全出於自然情感，對中國人和對其他人一
     樣。梁在此處認為民族主義的替代品不是對文化的忠誠，而只能是對國
     家不滿所導致的冷漠。

3   梁啟超：〈初歸國演說辭〉，卷57，第14頁。

4   梁啟超：〈五年來之教訓〉，《飲冰室文集》，卷56，第18–18b頁。

5   梁啟超：〈初歸國演說辭〉，第42頁。

個世界中，只有強國能夠生存。[6]中國會在生存鬥爭中被淘汰嗎？梁認為，這是可以避免的。[7]

如果中國是一個國家，其責任是生存，那麼它拋棄舊老師、舊先知便問心無愧。它不必假裝傳統能解決中國一切需求。如果創新對國家有價值，就被會接受；民族主義者不關心自己是否得到了聖人們的認可。但一個國家需要歷史英雄的激發，一個翻新過的先知也許就可以。於是，已經不想再讓孔子統馭國史的梁啟超依然說：「試思我國歷史，若將孔子奪去，則暗然復何顏色？」；他說「且使中國而無孔子，則能否搏挽此民族以為一體，蓋未可知」。他還說，「又況孔子之教，本尊時中，非若他教宗之樹匪岸、排異己，有以錮人之靈明而封之以故見也」。[8]我們之前已經聽到過梁氏這一論調，所以明白弦外之音：孔子很偉大，但也要會說新詞匯。

不過梁啟超作為一個民族主義者，向來準備好宣佈：一些有價值的詞匯是中國先說的，然後西方才說。他說，六朝和唐代的佛教和儒家哲學家已經有了科學精神，因為他們以公理為基礎去

195

6　梁啟超：〈中國立國大方針〉，《飲冰室文集》，卷49，第2–3頁。

7　梁啟超：〈中國道德之大原〉，《飲冰室文集》，卷47，第4頁。梁啟超在1919年以前對社會達爾文主義的倚重，從他對袁世凱的攻擊（〈護國之役電文及論文〉，第35頁）中得到了無比清晰、無比新奇的證明。其中「所謂的人民的意志」一節的譯文這樣說：「若此人使用絕對權力專斷推行他設計的虛偽選舉，並以此塑造社會，會產生何等結果？⋯⋯社會中的好方面會逐漸消失，只剩下腐化⋯⋯」（第12頁）

8　梁啟超：〈復古思潮平議〉，《飲冰室文集》，卷52，第19–20頁。

探索問題。他進一步推進了這一頗有問題的主張，認為中國可以俯視歐美，因為歐美僅在近兩三個世紀才開始普遍遵從科學原則。而西方視為很「先進」的社會主義經濟原則，在儒家的「井田」制中就已經有了雛形。[9]

我們之前已經看到，即便是在中國所需要的東西只有西方才有、而中國沒有先例的情況下，梁啟超也認為他可以堅持中西的對等。這些東西在西方文化中並不是內在固有的，歐洲在昨天還沒有。一百年前歐洲各國的經濟狀況就像現在的中國。[10]一百年前所有國家的政府都是貴族制的，就像幾千年來的中國。[11]

梁氏這樣說的時候，他是要把中國從負債的陰影中解脫出來。西方在進入現代的過程中不是「西化」了，而是現代化了。中國也應如此，而且可以問心無愧。空間是分隔的，但時間屬於每個人。

帶著這些略陳腐的想法，梁啟超來到了1919年，他還在忙著拋棄文化主義，以及介紹其替代物——民族主義；而無法擺脫的是舊有的內心困惑。他到底應該珍視歷史還是價值？作為一個急於強國的民族主義者，他隨時可以指出中國的錯誤並提倡用在國外發展並證實有用的方法來糾正之。但同樣作為一個民族主

196

9　梁啟超：〈論中國財政學不發達之原因及古代財政學說之一斑〉，《飲冰室合集・文集》，冊12，卷33，第92–93頁；此文的譯文見 Liang Ch'i-ch'ao, "Economic Science in China," *National Review*, vol. 19, no. 12 (Mar. 18, 1916), pp. 230–231。

10　梁啟超：〈初歸國演說辭〉，第28頁。

11　同上註，第24b頁；梁啟超：〈政治上之對抗力〉，《飲冰室文集》，卷47，第15b頁。

義者，他必須相信並希望保存中國民族精神，它既是中國歷史的
靈感，也是其結晶。中國傳統是神聖不可侵犯的嗎？梁氏明顯看
到了這個問題的方方面面。這就是為何不可思議之事發生了：在
表達了種種反對意見後，1913年梁氏參與創立了孔教會，視孔教
為國性之中心，致力於推動孔教成為國教。他參與簽署了給國會
的請願書，還搬出了自己曾經不屑的老舊說詞，說堯舜沒有傳位
給兒子，而是禪讓，是「歸本於民」。[12] 傳統主義者擁護的是務實
者所鄙視的。

　　於是梁氏民族主義既有對中國過去的驕傲又有不耐煩。年輕
的共和國的失敗只會令這一矛盾心理變得更為複雜。梁氏為西
式自由國會政府奮鬥了這麼久，他會對民國國會的糟糕表現作何
感想？一方面，他可以，也的確怪咎中國未能超越傳統，未能真
正致力於讓新體制運轉起來。[13] 另一方面，他又為它未能運轉開
解，說國民大會沒有傳統上的權威性，所以不是信心的中心。[14]
換言之，傳統應該被拋棄，且不能被拋棄。

197

12　Hu Shih, "The Confucianist Movement in China," *Chinese Students' Monthly*,
　　vol. 9, no. 7 (May 12, 1914), p. 535; *National Review*, vol. 14, no. 15 (Oct. 11,
　　1913), p. 392.

13　梁啟超：〈罪言〉，《飲冰室文集》，卷48，第30–31頁。他觀察到英國「舊
　　其名而新其實」（他表示認同），而中國「舊其實而新其名」。他嘲笑了中
　　國自稱的立憲政府有名無實。

14　梁啟超：〈時事雜論〉，卷58，第13頁；亦見譯文 Liang Ch'i-ch'ao, "The
　　Suicide of the National Assembly," *National Review*, vol. 14, no. 14 (Oct. 4,
　　1913), p. 361。

他感覺，與過去一刀兩斷不僅相當困難，而且是災難性的。一個國家的行動必須與其國性相一致，而國性體現在語言、文學、宗教、風俗、禮儀和法律上；當國性被磨滅時，國族也隨之消亡。梁啟超說，這在安南和朝鮮就發生過。太多中國元素進入他們的文化以至於其國性從未充分發展，於是他們被異族攫噬了。[15]

在對安南和朝鮮進行屍檢時，梁啟超有一個簡單卻重要的論斷：中華文明對外國人無益。他的意思是一個國家必須珍視其歷史所賦之物，不過這結論也自帶推論：外國文明對中國無益。歷史超越了價值。

這就是梁啟超的民族主義帶來的信念，因為民族主義在情感上的力量來自於國民對本國獨特性的自豪感。但我們也已經看到，民族主義對梁氏來說還有別的相當不同的意味。民族主義意味著他逃離歷史，拋棄自己所繼承的傳統和社會——在面對西方的進步和自信時，他無法在智識上加以讚揚。作為一個已經離開文化主義的民族主義者，他可以國家的需求為藉口從外部世界引入各種思想，這時，價值又超越了歷史。

簡言之，從戊戌變法到一戰結束，梁氏的民族主義提出了一個難題：注入西方文明會治好中國還是治死中國？梁的思想中包含了兩種可能的答案，卻在邏輯上互不相容。

15　梁啟超：〈大中華發刊詞〉，《飲冰室合集・文集》，冊 12，卷 33，第 83–84 頁；亦見譯文 Liang Ch'i-ch'ao, "The Future of China," *National Review*, vol. 17, no. 9 (Feb. 27, 1915), p. 146；梁啟超：〈國性篇〉，《飲冰室文集》，卷 47，第 1b 頁，他說國性能夠保存一個國家（如波蘭），即便該國在政治上淪陷。

歷史和價值的衝突在中華帝國的黃金時代不會發生。彼時中國人熱愛自己的文明不光因為這是從祖宗那裏傳下來的，也因為他們相信這是好東西。這成為了中華文明的基本預設，比如安南和朝鮮如果能夠採納一定量的中華文化，那麼它們就能變得文明。這種歷史和價值的和諧應該很合梁啟超的口味。1919年後，他覺得時機已到。

在此之前，他思想中的不和諧只是源於他依然仰慕西方文明。在日本那些年裏，他對西方只有過幾次不在點子上的批評，比如有一次他輕蔑地提及西方社會的「現在快樂主義」。[16] 不過，這與之後那些興高采烈的猛烈攻擊相比根本不算什麼。歐洲陷入一戰之時，聲譽尚未受到挑戰，真正標誌轉折點的不是戰爭本身而是戰後的反思。

自1919年起，梁氏將價值帶回了國史，因為對西方需要進行重估。保存中國精神不再僅僅是中國人的一種盲目的責任。當西方精神不但成了不好的東西，而且很壞，中國精神就不僅是中國的，也是好的。

西方的沒落

「進步」——這老歐洲的發明，也是中國需要的東西，在1919年成了「物質的進步」，美被篩除了出去。梁啟超點評，過

199

16　梁啟超：〈中國道德之大原〉，第9b頁。

去百年中物質進步的總和比過去三千年還要高許多倍，但人類不但沒有獲得幸福，反倒經歷了許多災難。[17] 撇開技術進步不論，他自問，真的有「必然會發生的進步」這回事嗎？他的回答明確否認了自己之前的諸種異想。多年前在《新民叢報》，他曾駁斥孟子一句暗含「永恒輪迴」思想的話。[18] 他以前攻擊孟子的，現在卻讚揚孟子明白進步是一種幻覺。國史發展不就證明了孟子的話嗎？今天的印度比《奧義書》和釋迦牟尼時代的印度好嗎？現代埃及的境況能代表第三十王朝以來的進步嗎？梁啟超列舉了中國的歷朝歷代，東西方文學中的偉人、征服者，詰問誰敢說時間先後就一定「有進化不進化之可言」。[19]

他認為研究千百年前的思想有意義，孔孟學說對現代人亦有意義。他特意引用並駁斥了這樣一種觀點：進步的法則會讓過去的思想過時。[20]「新」不必然就是「真」。[21]

於是乎，僅有時間流逝，並不能保證人類文明品質的提高。如果有人這樣以為（梁就曾經這樣以為），他們將認同科學進

17　梁啟超：《歐遊心影錄節錄》，《飲冰室文集》，卷72，第10頁。該書的重要部分在 Kiang Wen-han, *The Chinese Student Movement*, New York: King's Crown Press, 1948, pp. 40–42 裏有概述。

　　梁啟超的〈研究文化史的幾個重要問題〉（《飲冰室文集》，卷69，第33b頁）用不同語句表達了相同觀點。

18　「天下之生久矣，一治一亂。」（《孟子‧滕文公下》）譯文見 Legge, *The Chinese Classics*, vol. 2, p. 279。

19　梁啟超：〈研究文化史的幾個重要問題〉，第33–33b頁。

20　梁啟超：〈戴東原哲學〉，《飲冰室文集》，卷65，第16b–17頁。

21　梁啟超：《歐遊心影錄節錄》，卷72，第22b頁。

步 —— 這的確在時間中已經發生並肯定會繼續下去 —— 等同於
朝向生命終極目標的進步了。新階段的梁啟超頁復一頁地論證這
種等同是錯誤的。這不僅僅是因為光有科學還不夠，當科學因其
成功被奉為偶像，被視為能解決人類一切問題，這不會將人從半
路帶向幸福，而是會將人完全帶偏。

　　除了現代西方文明還能有什麼文明會被指控犯下這種錯誤
呢？於是梁啟超寫道：

> 好像沙漠中失路的旅人，遠遠望見個大黑影，拚命往前趕，以
> 為可以靠他嚮導，那知趕上幾程，影子卻不見了，因此無限悽
> 惶失望。影子是誰？就是這位「科學先生」。歐洲人做了一場科
> 學萬能的大夢，到如今卻叫起科學破產來。這便是最近思潮變
> 遷一個大關鍵了。[22]

　　梁啟超也談起了它的破產，尤其熱衷於談論歐洲的困惑及悲
觀。他說科學在現代歐洲文明取得了絕對的大成功，但如今人們
沒有人情味、惶惶不安、焦慮、疲憊、無休養之餘裕，慾望日增
而機會越少。[23]慾望會隨物質增長而增長，且越來越難以得到滿
足，梁認為，機械唯物的西方枯燥疲敝，病得不輕。[24]

22　同上註，第 10–10b 頁，亦見 Kiang, *The Chinese Student Movement*, p. 41。
　　「科學先生」是陳獨秀在文化上主張西化的刊物《新青年》上提出並流
　　行起來的說法。

23　同上註，第 8–12b 頁，亦見 Kiang, *The Chinese Student Movement*, pp. 40–42。

24　梁啟超：〈東南大學課畢告別詞〉，《飲冰室文集》，卷70，第3b–4頁；梁
　　啟超：〈治國學的兩條大路〉，《飲冰室文集》，卷69，第21b頁。

201 　　癥結在於精神饑荒。

> 救濟精神饑荒的方法，我認為東方的 —— 中國與印度 —— 比較最好。東方的學問，以精神為出發點；西方的學問，以物質為出發點……

　　成為肉體的奴隸 —— 這是西方的命運，而東方哲學教的是解脫。[25]中國從印度學到了佛教思想中的絕對自由。[26]佛教這一世界文化的最高成就，乃是中國和印度共同發展的。[27]

　　梁還自豪地指出，羅素回國後「頗艷稱中國的文化」，公開希望中華民族「不要變成了美國的『醜化』」。梁相信美式生活要好過軍事化的德國和日本，但精神饑荒一如其他。美國人一生急急忙忙，最後還要忙著死。他用嘲諷挖苦的口氣列舉了美國人一生各階段，而最後的死亡不僅是肉體死亡，也是對一個人畢生經營的嘲弄，種種幻像的崩毀。我們在梁文中讀到的，「我奔向死亡，死亡也同樣飛速奔向我」*，同時也是麥克白的迴響：短促的

25　梁啟超：〈東南大學課畢告別詞〉，第4b頁。

26　梁啟超：〈印度與中國文化之親屬的關係〉，第45b頁。此文是歡迎泰戈爾演講的致詞，Tseng, *Modern Chinese Legal and Political Philosophy*, pp. 130–131 的轉述有嚴重的錯誤。Tseng 稱，梁說佛教的「解放」除了讓個人從物質存在的奴役中解放出來，還包括從外部（比如社會的）壓迫之下解放，而這一點在中文原文中是明確否定的。譯註：梁的原文是「不是對他人的壓制束縛而得解放的自由，乃是自己解放自己『得大解脫』、『得大自在』、『得大無畏』的絕對自由」。

27　梁啟超：〈治國學的兩條大路〉，第23b–24頁。

*　這是約翰·多恩 (John Donne) 的詩句。

燭光，指手畫腳的伶人，喧嘩與騷動，毫無意義。但多恩和莎士比亞寫的是人類境況，而梁要寫的是西方境況。他把普遍性的空虛全部推到西方，於是藝術問題變成了意識形態問題。[28]

　　如果說西方生活失敗了，那麼在西方積累起來的知識必然也沒有太多價值。「精神」暗含即時性，直覺的理解，啟示；對梁而言，中國、精神和啟示的對立面分別是西方、物質和知識。他開始扮演一位反知識分子。「知識愈多，痛苦愈甚。」在加上了條件限定「苟無精神生活」後，他在此文中兩次重申了這一觀點，並舉了耳熟能詳的例子：黃包車伕，知識粗淺，他決沒有有知識的青年這樣的煩悶。[29]

　　在梁準備大力抨擊的學說中，排名在前的有達爾文生物學及包括他本人在內的不少人據之所作出的社會層面的推論。梁曾經視社會達爾文主義為一種抽象的科學原則，能讓中國與西方建立至少潛在的對等。它令梁能夠避免一場看似無望的戰鬥：用價值去證明中華文明的合理性。不過現在，一戰和西方悲觀主義又令這場戰鬥看似有了希望，達爾文派或偽達爾文派理論在梁啟超的護教說詞中又有了新角色。它不再是純粹的科學（梁曾經以之令中國免於尷尬），現在惡果可能會溯源到它，它就成了一種文化陳設，梁可以用它來讓西方尷尬。

202

28　梁啟超：〈東南大學課畢告別詞〉，第2b–3頁。
29　同上註，第3–4頁。

梁氏討論尼采時，引用尼采說愛他人是一種奴隸道德，強者的責任是清除弱者，這是進步的條件。梁說這種怪誕的理論源於達爾文的生物學。它統馭了人類的思想，導致崇拜強權和金錢，成為天經地義。軍國主義和帝國主義都是由此而來。這一學說播下了世界大戰的種子，也是未來各國內部階級戰爭的源頭。[30]

203

他討論老子的消除自我、將自我意識與宇宙相融合、擯棄主客差異，還有清靜無為和不爭。梁寫道，諸君聽了老子這些話，總應該聯想起近世一派學說來：

> 自從達爾文發明生物進化的原理，全世界思想界起一個大革命。他在學問上的功勞，不消說是應該承認的。但後來把那「生存競爭優勝劣敗」的道理，應用在人類社會學上，成了思想的中堅，結果鬧出許多流弊。這回歐洲大戰，幾乎把人類文明都破滅了。雖然原因很多，達爾文學說不能不說有很大的影響。就是中國近年，全國人爭權奪利像發了狂。這些人雖然不懂什麼學問，口頭還常引嚴又陵譯的《天演論》來當護符呢。可見學說影響於人心的力量最大，怪不得孟子說「生於其心，害於其政，發於其政，害於其事」[31]了。歐洲人近來所以好研究老子，怕也是這種學說的反動罷。[32]

30　梁啟超：《歐遊心影錄節錄》，卷72，第8頁。

31　Legge, *The Chinese Classics*, vol. 2, pp. 191–192.

32　梁啟超：《老子哲學》，《飲冰室文集》，卷63，第14–14b頁。關於達爾文主義是一戰根源的其他論述，見梁啟超：〈生物學在學術界之位置〉，《飲冰室文集》，卷68，第8b–9頁，及梁啟超：《歐遊心影錄節錄》，卷72，第10頁。現代歐洲對老子的興趣，可參考 Adolf Reichwein, *China and Europe*, New York: A. A. Knopf, 1925, p. 5，此書稱，在20世紀的前25年，德國已經有了至少八種《道德經》譯本。

　　有時達爾文主義及其腐蝕性的影響（梁氏這麼認為）在梁啟超的思想中似乎也代表了一般意義上的科學。他說在科學崛起後，宗教最先遭到重創，當人類被降為與更低等的物種為伍，他與造物主的個人關係何在？在迄今為止那些難以名狀的苦難時代裏，人們至少還有天堂的希望，但現在這種宗教麻醉劑沒法存在了，科學剝奪了人類的信仰基礎。當宇宙中的一切現象只是物質，便沒有給「天堂」和「靈魂」留餘地。「物種起源」對唯心主義哲學是一種致命打擊。現在一切內在外在生命都被視為要接受不變法則的統治，沒有了「自由意志」，善惡的責任在哪裏？物質和精神的二分消失了，一切都是物質。[33]

204

　　一切都是物質⋯⋯當梁啟超相信這是西方話術，他就找到了新方法減輕中國的西化之痛。

新式兼容

　　梁啟超願意讓中國利用西方對物質的征服。即便在攻擊西方時，他也從未相信中國可以保留或恢復純正的中華文明。他從來沒想要阻攔西方，而是要對西方的侵略找到解釋。讓我們回憶一下他的三個前後相繼的解釋：一、西方成功也可以被理

33　梁啟超：《歐遊心影錄節錄》，卷72，第9–9b頁，及 Kiang, *The Chinese Student Movement*, p. 41；梁啟超：〈東南大學課畢告別詞〉，第3–3b頁；梁啟超：〈治國學的兩條大路〉，第21頁。

解為中國成功；二、「西方的」成功從根本上不是西方的，而屬
於任何即將獲得這種成功的人；三、西方的「成功」未必這麼
成功，而中國文化有權享受任何西方享有的尊重。這三點都允
許西方進入中國，只有第三點中國有優越感。在梁啟超最後階
段的作品中，中國對競爭對手文明的接受，成了其自身信念的
證明。

　　通過指控西方相信一切皆物質，梁啟超可以說西方是「唯物
論」。梁把這形容詞用作貶義的背後，想表達的是並非一切皆物
質，只有部分是，這部分物質再加上精神才是全體。梁認為，西
方的異端學說宣揚物質無所不包，但梁本人也不是絕對的唯心主
義者，他承認存在包含了物質；他也樂於承認，物質存在，人們
如果要組織對物質的認識，科學方法是唯一可行的方法。

　　但是，如若現實的一部分（物質）由科學主掌，而科學有賴
於某種對普遍性的主張，但這一主張卻是精神的代言人所無法承
認的呢？這位發言人將科學背後的前提視為虛假的雙生形而上假
設：一，所有現象都服從經驗可檢驗的不變法則；二，所有現實
都是現象的。除非科學統馭一切存在，否則科學本身的存在就無
法理解。於是，價值是幻象（大約科學的批評者們會這麼說），
這些幻象與任何固體、液體、氣體一樣是現象的，徹底服從科學
法則。唯物的、決定論的科學要揭開僵死不變、受制於他物的物
質的秘密，卻將自由和生命從宇宙中驅逐了出去。

　　於是，科學（對梁而言，就等於發展出科學的西方）為了探
索物質的真理，卻對現實撒了謊。當中國為了學習卻對要借鑒西

方的科學，這需求、這借鑒，表明中國已經太過精神性，無法撒謊。中國明顯從未（歐洲明顯是）以犧牲靈魂為賭注去贏得世界。的確，物質／精神的二分法成了中國絕佳的工具，無所不能。首先，通過使用之，中國可以貶斥科學和西方是物質至上的；這僅僅意味著，若將上述二分法接受為一種先決條件，它就扼殺了西方擺脫它的一切努力。其次，在它的庇護下，中國可以接受科學，將之放在合適的位置；因為科學處理的是物質，任何二元論者都清楚地知道，物質存在，也必須得到處理。

　　這就是為何我們看到梁啟超在承認科學價值的同時，也在小心地限定它的範圍。通過強調一種機械人生觀的不可行，他由此拒絕了極端的唯心論和極端的唯物論。[34] 他說他自己的哲學觀從孔子和老子的一些奧義而來，而非現代西方的功利主義，後者每做一件事都要問目的，每做完一件事都要問效果；不過他明確表示他有兩種中式態度：雖然它們對人的精神生活有絕對的價值，但也可能阻礙了中國物質文明的進步，並且他無意否認實用主義的有效性。[35] 他說中國的思想之人都知道科學的重要和價

206

34　梁啟超：〈非「唯」〉，《飲冰室文集》，卷68，第15b–18頁。

35　梁啟超：〈「知不可而為」主義與「為而不有」主義〉，《飲冰室文集》，卷68，第21頁。「知不可而為」在文中有更完整的引用，來自《論語》，譯文見 Legge, I, p. 290。「為而不有」似乎是梁化用了《道德經》裏的兩個句子「生而不有，為而不恃」。此句在《道德經》出現兩次，分別在第10章和第51章，在 Arthur Waley, *The Way and Its Power* (Boston and New York, 1942) p. 153 和 p. 205 有不同譯法。

值。[36]但科學方法只屬於存在的畛域,「關涉理智方面的事項」,
而情感(與理智一起構成人類本質)支配的是愛與美的畛域,那
種崇高感超越了「理智」。[37]梁說的是人,其實意指世界。理智與
情感,結合與超越 —— 歐洲與中國。

207

物質與精神:

> 精神生活與物質生活之調和問題……物質生活不過為維持精神
> 生活之一種手段,決不能以之佔人生問題之主位……雖然,
> 吾儕須知,現代人類受物質上之壓迫,其勢力之暴,迥非前代
> 比。科學之發明進步,為吾儕所不能拒且不應拒;而科學勃興
> 之結果,能使物質益為畸形的發展,而其權威亦益猖獗。吾
> 儕若置現代物質情狀於不顧,而高談古代之精神,則所謂精神

這一關聯亦可見梁啟超:《先秦政治思想史》,《飲冰室合集·專
集》,冊13,卷50,第125頁。譯文見Liang Ch'i-ch'ao, *History of Chinese
Political Thought During the Early Tsin Period*, London: Kegan Paul Trench
Trubner, 1930, pp. 104–105 (書名翻譯有誤,將先秦譯成了秦初)。「凡此
皆『樂以為樂』之 也。大抵物質生活——如為得飽而食,為得暖而衣,
皆可以回答箇『為什麼』。若精神生活,則全部皆『不為什麼』者也。」

36　梁啟超:〈美術與科學〉,《飲冰室合集 ·文集》,冊13,卷38,第11頁。

37　梁啟超:〈人生觀與科學〉,《飲冰室文集》,卷68,第4b–5頁。同樣的
　　區分亦見梁啟超:〈關於玄學科學論戰之「戰時國際公法」〉,《飲冰室文
　　集》,卷68,第5b–6b頁。對梁氏此種區分的批評,見亞東圖書館出版,
　　張君勱等:《科學與人生觀》,上海:亞東圖書館,1923,第7–8頁。陳
　　獨秀在該論文集的序言中直截了當地反駁了梁啟超說理智(科學)並不能
　　解決一切關於存在的問題。他說情感也受到外在物質世界的刺激。思想
　　也「為種種不同客觀的因果所支配」。對社會科學家而言,「論事實的時
　　候,大能羼入價值問題」。在這本論文集中,唐鉞的〈一個痴人的說夢〉
　　也對梁氏的這些文章發表了意見。唐文的題目即來自梁氏的原話,用於
　　譏嘲用科學方法解釋情感的努力。

者，終久必被物質壓迫，全喪失其效力，否亦流為形式以獎虛偽已耳……近代歐美學說——無論資本主義者流，社會主義者流，皆獎勵人心以專從物質界討生活。所謂「以水濟水，以火濟火，名之曰益多」，是故雖百變其途，而世之不寧且滋甚也。吾儕今所欲討論者，在現代科學昌明的物質狀態下，如何而能應用儒家之「均安主義」，使人人能在當時此地之環境中，得不豐不觳的物質生活實現而普及……[38]

　　這裏便是新式兼容了。中國的責任是接受西方文化的注入，再向西方貢獻自己的文化。[39] 應當承認，這看上去並不怎麼新；我們在梁氏最早的作品中已能清楚看到這種儒學的「誇大其詞」。但在表面之下，還是有差異。現在，梁已經不再把西方貢獻看得那麼高，以至於必須要從中國傳統中找到說法，他相信西方給中國帶來的比中國自身的傳承要低級。不過兼容還是必要的。物質需要精神，精神需要物質。中國需要歐洲，不僅是為了讓自己完整，更是為了讓自己在對比中顯得高大。

延續早先的合理化

　　梁啟超已經為中國無法抗拒現代西方入侵找到了說詞，但他從未將對科學和唯物主義的貶低極化到退回西方中世紀的地步。

38　梁啟超：《先秦政治思想史》，第182–183頁，譯文：Liang, *History of Chinese Political Thought During the Early Tsin Period*, pp. 139–140。

39　梁啟超：〈歷史上中華國民事業之成敗及今後革進之機運〉，《飲冰室文集》，卷67，第16b頁；梁啟超：《歐遊心影錄節錄》，卷72，第29–30b頁。

跟他一樣對進步觀念幻滅的歐洲人可能會蛻變成中世紀迷，但梁
啟超依然認為那是「黑暗時代」，文化一潭死水，政治動亂不斷。[40]
這是很好理解的觀點。當中華文明被視為高於現代西方文明，
中國相對於西方的位置就穩固了，只要重申現代西方比之前的西
方更高級。梁採取慣用手法、含蓄地重申這一點：他1921年寫
道，迄今為止的中國史與歐洲的黑暗時代相對應，現在中國要進
入自己的文藝復興了。[41]

　　從中我們能看出什麼？精神中國的代言人梁啟超能夠這麼輕
描淡寫地貶低舊中國（這個未西化的中國肯定是精神性的來源）
嗎？他能，因為他知道隨時可以收回這話。當西式創新必須被接
受，梁一邊使其可以接受，一邊質疑其價值；這樣的話，物質／
精神二分法就可以用上了，且對比永遠是在中國和西方之間。但
既然接受西方創新意味著一定程度上承認其價值，梁啟超還準備
了一個計策，一種新的對比（其實也不新）：中世紀對現代。當他
想為中國推薦科學精神時，就會說存不存在科學精神只是區分新
與舊的標準，而不是區分東西方的標準。[42] 讓歐洲背現代世界一
團糟的鍋，讓歷史得功勞。

　　那麼，中國至少也能夠與歐洲對等，要麼因為不同，要麼因
為相同。一種解釋的遺漏，有另一種來補，梁啟超在過去十年中

209

40　梁啟超：〈歷史上中華國民事業之成敗及今後革進之機運〉，第9頁。
41　同上註，第11頁。
42　梁啟超：〈科學精神與東西文化〉，《飲冰室文集》，卷68，第15頁。

花費大量時間譴責西方思想，把餘下的時間多花在搜尋中國的相似之物和先例上。他找到了一些與斯密、羅素、路德、康德、盧梭、詹姆斯、杜威、霍布斯、洛克、耶穌類似的觀點；還有民主、國際主義、社會主義和科學精神本身。[43] 偶爾他也會像以前一樣自我提醒這種舊操作有問題，比如說把堯舜禪讓與民主比較是「勉強牽合」。[44] 井田制已死，只適用於周代，與現代無關。[45] 我們從梁啟超早年的歷史可以知道，像這樣拒絕利用中國史並不妨礙一種民族主義的主張：中國對等於西方。但梁氏準備再次捍衛中國文化的聲譽，這是他一向的心願，如今他公開宣稱的大多是文化對等，摻雜新舊解釋，讓中國能夠俯視西方，在西式的基座上攀升到自己應有的位置。

210

43　梁啟超：〈先秦政治思想〉，《飲冰室文集》，第40b頁；梁啟超：《老子哲學》，第12b頁；梁啟超：〈明清之交中國思想界及其代表人物〉，《飲冰室文集》，卷64，第20b–22頁，譯文 Liang Ch'i-ch'ao, "An Outline of the Chinese Cultural History of the Last Three Centuries," *Chinese Social and Political Science Review*, vol. 8, no. 3 (July 1924), pp. 39–42；梁啟超：〈顏李學派與現代教育思潮〉，第24b頁；梁啟超：《先秦政治思想史》及英譯 Liang, *History of Chinese Political Thought During the Early Tsin Period*；梁啟超：〈時事雜論〉，卷76，第1b頁；梁啟超：〈歷史上中華國民事業之成敗及今後革進之機運〉，第11–12頁；梁啟超：《歐遊心影錄節錄》，卷74，第18b頁和卷72，第26b頁；梁啟超：《儒家哲學》，《飲冰室合集‧專集》，冊24，卷103，第10頁；梁啟超：〈戴東原生日二百年紀念會緣起〉，《飲冰室文集》，卷65，第1b頁；梁啟超：《墨經校釋》，《飲冰室合集‧專集》，冊10，卷38，第1頁。

44　梁啟超：《中國歷史研究法補編》，《飲冰室合集‧專集》，冊23，卷99，第15頁。

45　梁啟超：〈續論市民與銀行〉，《飲冰室合集‧文集》，冊13，卷37，第40頁。

梁啟超對共產主義的敵意

梁啟超所持的另一種老態度是對革命的敵意。像過去一樣，他對抗社會罪惡的唯一處方就是改良主義。在民國初期，他嚴厲批判了士紳—文人—官僚階級，但他的責罵只是為了改善，而非替代這些「社會之中堅」。[46] 俄國的布爾什維克革命勝利後，當馬克思主義和共產黨來到中國，他依舊對革命思想無動於衷。

他不光是不相信蘇聯；[47] 還覺得以馬克思主義的任何標準，中國都遠沒有達到能夠革命的情形。一則，階級制度早已在中國消失，所以當下沒有階級鬥爭一說。[48] 宣揚平等的西方卻從來不懂平等，且看雅典奴隸制、基督教的不寬容、美國的私刑處死、不列顛對愛爾蘭的壓迫、俄國的階級統治。而中國自戰國時代（結束於公元前 221 年）起，就是一個名副其實、顯而易見的平等國家。其他國家的階級分野是出自血統的驕傲和宗教壓迫的狂

211

46　梁啟超：〈作官與謀生〉，《飲冰室文集》，卷 48，第 21–26 頁；梁啟超：〈痛定罪言〉，第 41b–42 頁及譯文 Liang, "Afterthoughts," pp. 5, 91；梁啟超：〈大中華發刊詞〉，第 81 頁及譯文 Liang, "The Future of China," pp. 8, 131。

47　梁啟超：《儒家哲學》，他聲稱俄國表面上是「勞農的國家」，但一切都控制在一小群人手中；梁在〈覆劉勉己書論對俄問題〉（《飲冰室合集‧文集》，冊 15，卷 42，第 66–67 頁）中說蘇聯是帝國主義國家。他說俄國嘗試用國家資本主義替代私人資本主義，國家資本主義在「侵略壓迫」方面比私人資本主義強大許多倍。

48　梁啟超：《先秦政治思想史》，第 3 頁，及英譯 Liang, *History of Chinese Political Thought During the Early Tsin Period*, p. 9。

熱；而這些對中國人來說都很陌生，所以中國從未形成過階級制度。[49]

　　雖然他以這種方式主張中國在過去未受階級的毒害，但也承認改變在即。現代階級制度並不基於種族或宗教，而是以經濟基礎劃分，所以中國在某個時刻會不得不面臨這一問題。[50] 而這個時刻是在將來。中國當下的性命攸關的問題不是在有產和無產階級之間，而是在「無槍階級」（中國）對「有槍階級」之間。[51] 中國還處在前工業、前資本主義社會，社會主義理論並不適用，因為沒有無產階級。讓中國現在去考慮勞工運動，就好比讓小學生學習婚姻問題。[52]

　　用這樣活潑的比喻，梁啟超強調了他早前的信念，重申中國最迫切的考慮應該是增加生產，而不是更好地分配。資本家階級和勞工階級都還沒有產生，以歐洲工業化的慘痛教訓為鑒，中國應該在勞資之間建立一種互助的精神。革命本質上沒有任何好處，它只是其他追求公平的手段失敗後的結果而已。[53]

49　梁啟超：〈歷史上中華國民事業之成敗及今後革進之機運〉，第12–12b頁。

50　同上註，第13頁。

51　梁啟超：〈時事雜論〉，卷76，第17b–18頁。

52　梁啟超：《歐遊心影錄節錄》，卷72，第26b–27頁；梁啟超：〈時事雜論〉，卷75，第36b頁和卷76，第35頁。

53　梁啟超：《歐遊心影錄節錄》，卷72，第27–27b頁；梁啟超：〈時事雜論〉，卷75，第41頁和卷75，第37b–38頁。

那麼歸根結底，中國是否會接受社會主義？梁啟超說，中國的歷史經驗都是政府「消極的節制」，而不是「積極的節制」。中國人的性格是抵制政府干預的。中國的新式政治生活必須基於這一事實。

> 故近十數年來，夢想德國、日本式之保育政策者，以違反國民性故，既已完全失敗；自今以往，若欲舉所馬克思理想、藍寧所實行之集權的社會主義移植於中國，則亦以違反國民性故，吾敢言必終於失敗。[54]

梁啟超與共產主義者的共識

梁啟超和共產主義者對中國的認識縱然相去甚遠，但對歐洲的看法卻出奇地一致。[55] 梁氏坦率承認社會抗議等運動在西方是必然發生的，他還談到了戰爭中的資本主義。他說，資本家挑起戰爭，是受利益驅使。他們總是試圖把工人薪資壓到最低，工作時長提到最高。[56]

他覺得西方最迫切的問題是改善無產階級的處境。[57] 西方的階級戰爭很普遍，這是一種絕症；事實上西方歷史整個兒可以被

54　梁啟超：〈歷史上中華國民事業之成敗及今後革進之機運〉，第13b–14頁。

55　對中國的看法也是，就算目的不同，他們對手段的選擇也有共識。共產黨在與國民黨合作期間 (1924–1927)，在台面上相信帝國主義是頭號敵人。他們與梁一樣，認為首要問題是「無槍對有槍」。

56　梁啟超：《歐遊心影錄節錄》，卷72，第5b–7頁。

57　梁啟超：〈時事雜論〉，卷75，第32b頁。

總結為一部階級戰爭史。[58] 在治外法權的保護下，列強把資本主義制度的恐怖都帶進了中國。[59]

　　梁啟超同共產主義者一樣準備好把西方交給革命。西方社會病了，必須得做點什麼。如果藥方是革命，而且梁和共產主義者都同意革命可能有效，那麼這種革命應該如何被理解？對共產主義者來說，這是特效藥。但梁啟超以另一種眼光視之。他寫道，在唯物的、機械的生命觀泛濫的地方(我們立刻認出了這就是「病態的西方」)，革命的無產者獲得權力時，就會像現代財閥和軍閥那樣，倚靠同一個進行同樣災難性的法則：「弱肉強食。」[60] 在梁看來，西方革命不是特效藥，只是一種治療方法，他覺得有意思也歡迎，不是因為它有效而是因為它有象徵性。西方的抗議運動證明了西方文明陷入了困境。歐洲模式的革命不是中國的藥方，而是一種跡象：曾經被認為沒有西化因而病入膏肓的中國，也許根本就沒什麼大病。

　　因此，正如歐洲大戰可以被梁啟超用來為中國文化恢復聲譽，俄國革命和其他可能發生的歐洲革命也可以為他所用。它們令他可以用一種新的解釋來證明中國和西方對等。西方革命幫助

58　梁啟超：《中國歷史研究法補編》，第126頁；梁啟超：〈為改約問題敬告友邦〉，《飲冰室合集・文集》，冊14，卷41，第110頁；梁啟超：〈時事雜論〉，卷76，第17頁。

59　梁啟超：〈為滬案敬告歐美朋友〉，《飲冰室合集・文集》，冊15，卷42，第6頁；梁啟超：〈對歐美友邦之宣言〉，《飲冰室合集・文集》，冊15，卷42，第10頁。

60　梁啟超：《歐遊心影錄節錄》，卷72，第10頁。

梁啟超思索中國的西化。中國的共產主義也得到了相同的幫助，這點我在導言裏已經提到了。共產主義者對西方文明的批判令傳統主義者在智識上更容易捍衛舊中國，也令除舊派在心理上更容易拋棄舊中國。

梁啟超欣賞共產主義的象徵性——它說明發展出共產主義的西方陷入了困境。中國共產主義者既欣賞其象徵性也欣賞其實質——他們覺得這學說可以革新中國。梁啟超和共產主義者雖然有不同的答案，但他們都面對著同樣的中國問題。梁啟超和共產主義者以及同時代的其他人，都同時站在同樣的中國土地上。

梁啟超與西化的自由派

還有第三個群體與他們站在同一塊土地上，這個群體拒斥中華文明，也享受不到共產主義的慰藉。梁啟超在1920年代通過抨擊西方進行了調整，以適應不可避免的西化。共產主義者則通過抨擊非革命的西方和傳統中國來進行調整。但非共產主義者的自由派比如胡適（曾是先鋒雜誌《新青年》的主要撰稿人之一）卻既不認可「中國的精神性」也不認可「資本主義的墮落」。他們只抨擊中國，這算哪一種中式調整呢？

胡適在戰後寫的文章〈我們對於西洋近代文明的態度〉這樣開篇：

今日最沒有根據而又最有毒害的妖言是譏貶西洋文明為唯物
的，而尊崇東方文明為精神的。這本是很老的見解，在今日卻
有新興的氣象⋯⋯

接著胡適提到了一戰對中國人思想產生的影響。[61] 胡適所描
述的，正是戰爭對梁啟超的影響。

胡適在別處還點名將梁啟超作為反派。他譴責梁的歐陸遊記
中對科學的非難，以及報道歐洲對科學的幻滅。胡適說，自從此
書出版後，中國人對科學的尊重大大降低了。老朽的傳統主義
者（「一般不曾出國門的老先生」）現在興奮地歡呼了，「科學破產
了！梁任公這樣說的。」梁啟超真的這樣說了嗎？他抗議了這種
極端的結論，他只是說科學沒有那麼無所不能。但胡適拒絕接受
這抗辯，毀壞已經造成了。必須要說明，梁啟超用他的名望，助
了中國的反科學勢力一臂之力。[62]

胡適對西方文明的信念、對梁啟超的挑戰，都表達得簡單明
瞭：用機器代替人力的文明一定遠比還在把人當牲口的文明更有
精神性。[63] 雖然用詞有不同，但一戰前的梁啟超本來也會同意這
種說法的。1912年，梁在評論瓦特發明的蒸汽機時，就提到用
機器代替人力是好事。[64] 不過梁改變了看法，胡適沒有跟著他變。

215

---

61 胡適：《胡適文存三集》，上海：亞東圖書館，1930，第1集，第3頁。

62 張君勱等：《科學與人生觀》，第3–7頁。

63 Wang Chi-chen, trans., pp. xix–xx.

64 梁啟超：〈初歸國演說辭〉，第28頁。

　　胡適也有改變的地方。在導言裏我們已經提到過，一種思想
會隨著同時代其他思想的改變而改變。因為定義一個人立場的，
不光是他說了什麼，還有他沒說什麼。作為梁啟超的同代人，胡
適不僅僅是胡適，也代表了梁啟超所不是的。他的思想之所以被
賦予某種特性，正是因為顯然另有其他思想可供替代。而當梁啟
超改變時，不是梁啟超的也在變。胡適不需要讓步；在道家寓言
裏，他不動也可以行進。戰後，他的舊思想裏飽含了新意義，因
為他現在的思考發生在一個充滿可能性的新世界裏。

　　為了感覺他們沒有拋棄中國，戰前的梁啟超及其戰前的西化
同路人（不論代際，不論怎樣有了信念）都有一種簡單卻不安的
信念：他們的選擇不是在歐洲和中國這兩「實」之間，而是在新
與舊這兩「虛」之間。為何中國不能像其他國家那樣不尷不尬地
進行現代化呢？可惜不幸的是，現代化對中國的確有點尷尬，因
為再多的冗詞廢話也無法駁斥事實：「新」是歐洲歷史的延伸，卻
是與中國歷史的斷裂。於是梁啟超在戰後回歸到在中國和歐洲之
間進行直白的選擇。

　　正因為他這麼做了，沒有動搖的西化派發現他們的替代方案
也在變——誠然，不是變成梁啟超的，而是變成了另一對抽象
概念：真和假。如果中國人不能拋棄的是梁啟超晚期作品中的精
神中國，那麼胡適會覺得他拋棄的根本不是中國，而是一個夢，
一種幻想，一個謊言。當傳統主義者被批評滿嘴空談（梁啟超自

已說過的話就能被用來指責他)，[65]頭腦清晰而不感情用事的批評者主要想強調的不是中國的失敗而是他自己思想的磊落，不是中國的不獨立而是他自己的獨立。沒有將中國奉於西方之上的西化者可能想到的不是要將西方置於中國之上，而是「真理至上」（*Wahrheit über Alles*)。中國人可以通過相信一種可疑的學說獲得自尊；但否認這學說的中國人並不因此就得受到羞辱。因為智識上的誠實本身就是通往自尊的大道。

我們已經說過，一種思想的意義取決於它所肯定的，也取決於它所否認的。沒有人會特別滿足於說了自己認為是真的話，除非他覺得聽到了假的。必須有人要把守脆弱的防線，這樣別的人（勝利的賭注一樣高）才可能超越混戰之上。梁啟超的立場是戰後的中國人可能採取的立場，它僅僅是作為一種被掃射的靶子存在，就讓胡適的立場成為可能的、中國的、同時代的。

217

65　早在1915年他就寫過後來許多人要說的話：「欲挫新學、新政之焰而難於質言，則往往假道德問題以相壓迫。坐是之故，引起新學家一部分人之疑惑，亦謂道德論與復古論相緣。」見梁啟超：〈復古思潮平議〉，第20頁。

　　梁後來改變了早期立場，自己將「道德問題」帶入中國和西方文明各自價值的爭端，這一事實被同時代人楊明齋注意到並提出了批評，楊認為梁的戰後論點在智識上並不值得尊重。楊寫了針對梁啟超的《先秦政治思想史》的詳細批評文章，他觀察到梁已今非昔比，他在戰前關心國家的成功，從而想發現中國的「武士道」；戰爭以及戰後他在歐洲遊歷的印象卻促使他重新發現不尚武的中國。楊尤其關注梁的事實錯誤、對中國和歐洲史的錯誤闡釋，還有他在語言上玩花招。見楊明齋：《評中西文化觀》，北平：商務印書館，1924，第107–191頁，尤其是第110–111頁。

　　然而事實上，共產黨之外的西化派像在繃緊的鋼絲上騎車。共產主義者可以批評梁啟超，也可以批評他們；[66] 共產主義者在像胡適一樣享受不計代價說出真相這一幻想帶來的滿足之時，還能獲得進一步的滿足，就是知道其實沒什麼代價。共產主義理論使他們對中華文明態度冷淡，並且對非共產主義的西方文明也沒有尊重。梁啟超的理論為了讓中國囫圇吞下工業主義和科學，也能給藥丸加點糖。只有一個拒絕這兩種理論的人才能採取一種不加美化、平凡無奇的西方主義，他也許可以自豪地稱自己是一個人，但這樣的人不會很多。當一種文明敗退於另一種文明時，前一種文明的追隨者多半會緊抓個體性，因為他們能感受到這種個體性正在流失。單有普世性是不夠的，一個現代中國人總會找到某種方式自豪地說自己是中國人。

　　於是，一戰後中國的舊文明雖然全面崩解，卻並沒有主張光從西方來，而是寧願相信西方文明受到唯物論的詛咒，並且因其資本主義而厄運難逃。這兩種立場中，梁啟超採取的是前一種，對經歷過五四運動的年輕人來說比共產主義還要奇怪。梁啟超曾經為他們找到過中國傳統之外的新牧場，他們已被從這一傳統中徹底釋放出來，乃至公開激起在中國最反傳統的衝突——代際衝突。新青年不會受舊時代的統治。當梁啟超往回看時，共產主義者在向前看。

218

66　比如《科學與人生觀》中陳獨秀的文章，見張君勱等：《科學與人生觀》，第7–9頁。

　　二十多年前，梁啟超在極大的困難中開始與傳統解綁。其他人從他那裏得到了智識獨立。但這些其他人，新一代的年輕學子，沒有嘗過他早年下狠心扯斷傳統的痛苦，所以也沒有他那種在戰後要重繫紐帶的衝動。傳統中國已經失去了他們。我們已指出，胡適的立場，在對傳統中國的激烈批評上與共產主義不相上下，但卻深受心理匱乏之苦。這就是為何共產主義即將在中國取得的巨大勝利，其實在1920年代已經有了徵兆；因為在那個十年中，知識分子朝共產主義的轉向已成定局，大潮已經開動。

結語

　　當運動開始，梁啟超最後的思想和中國的共產主義雖然大相徑庭，但有過短暫的歷史性聯手。它們同時發生，同等重要，從真實的共同問題中獲得共同的生命。但隨著時間流逝，傳統中國社會的瓦解變得越發無法挽回，梁氏思想開始走向不合時宜。他像是兜了一個大圈子又回到原地，他的頭一次兼容為最後一次指了路，為了讓儒家繼續與現實世界保持關聯，這個世界裏中國是組成部分，而在逝去的世界中，中國就是天下。

　　1890年代的正統儒家將維新變法僅僅看作是傳統上儒家「德治」與法家「法治」之爭的一個新階段。當他們將西方入侵依然視為過去的、「傳統的」蠻族入侵，他們的智慧就成了過時無用的知識。一種新文明湧入中國，梁啟超一早就知道，孔子要麼主導這大潮，要麼被淹死。

219　　但更早的耶穌會士已經知道，對他們的闖入，孔子要麼主導要麼阻攔。在利瑪竇和梁啟超之間的這些年裏，儒學在某個節點失去了主動性。正統儒家一動沒動就走向了湮滅。在最開始，他們的思想是一種力量，一個活生生的社會的產物和智識的倚靠。到了最後，它成了陰影，只活在許多人的腦子裏，人們純粹為了珍惜而珍惜，而產生它、需要它的那個社會在此之前已經開始瓦解。

　　梁啟超就是其中一個珍惜它的人。儒學雖然跟任何思想一樣有其發生的社會情境，但憑借其某種非功利的吸引力扛住了情境的變化，存留了下來。然而一種思想要獨立於其標榜要反映的客觀現實，是永遠不可能徹底，也不可能輕鬆的。事實會與忠誠對抗，思想會被帶回本質。青年梁啟超知道這種緊張和拉力，這些令他成為了我們所介紹的那個梁啟超 —— 智識上疏遠傳統，情感上心繫傳統。

　　心之所繫雖然有時會被隱藏，但從未丟失。然而傳統卻因他，以及許多其他人的疏遠而死。

儒家經典的真偽問題

今古文之爭始於《尚書》的真偽辯論。對《尚書》的傳統觀點
在孔穎達（574–648）的《尚書正義》中有明確表述：孔子編書經，
有百篇。公元前213年焚書坑儒，《書經》失傳。漢文帝（在位公
元前179–前157年）時，一個名叫伏生的老人憑記憶背誦了《書
經》的29篇，用當時的文字記錄了下來。這就是今文版本的《尚
書》。

公元前2世紀末到公元前1世紀初，孔安國研究了另一套《書
經》，用古文寫成，據説是在孔子家的牆壁裏挖出來的。兩套文
本之間有重大差異。孔安國的註本被稱為古文《尚書》。

《書經》的流傳史到公元3世紀已經很難追溯了。終於到了晉
元帝（在位317–323年）時，一個叫梅賾的學者進獻了一部《古文
書經》，聲稱是孔安國註的古文《尚書》真本。這個文本及其序和
註都被抄錄下來，改動極小，流傳至今。

孔安國本的來源引起了疑問。史家司馬遷説這書只有孔家才
有。最早提到在牆壁裏挖到書（一併發現的還有其他古文經）的

222 　故事的，是劉歆的一封信，寫於公元元年前夕，收在班固的《前
漢書》裏。劉歆寫信是漢哀帝 (公元前 6– 前 1 年) 時，他剛剛接替
父親成為皇家圖書館員。劉歆的信和他整理的漢代皇家圖書館目
錄，都被班固保存下來，其中提到漢代的古文經中，還有《春秋》
的《左氏傳》。[1]

　　東漢 (25–220) 初期，相信古文經為真的人非常少。不過到
了漢末，大學者馬融 (79–166)、鄭玄 (127–200)、賈逵 (30–101)
服虔等古文經信徒服虔佔了上風。何休 (129–182) 堅持《公羊傳》
真、《左傳》偽，是今文經的最大擁躉。但在鄭玄的反擊之下 (之
後還有杜預〔222–284〕和王肅〔195–256〕)，今文經派潰不成軍。
唐代註家陸德明和孔穎達接受的是鄭玄和王肅的學説。到了宋
代，程頤 (1033–1107)、朱熹 (1130–1200) 重新編定經典文本，
其他版本以及漢唐的註疏不再流傳。[2]

　　清代初期，追尋過去的趨勢逐漸走強。一群學者提倡「樸
學」，也就是最初的漢學，主張文本考據高於辭章優美或哲學玄
思。他們深受晚明積弱之苦，感覺有必要擺脱宋代新儒家的不利影
響。他們傾向於向早期探索，用漢代古文經學的註釋來闡釋經典。

1　這些文本問題的討論引自 P. Pelliot, "Le Chou King en caractères anciens et le
　　Chang Chou Che Wen," *Mémoires concernant l'Asie Orientale* (1916), pp. 123–
　　177。譯註：劉歆書信即〈移書讓太常博士〉，他接替父親劉向出任中壘校
　　尉，實際負責校書。皇家圖書館目錄即《七略》。詳見班固《前漢書》卷
　　三十六〈楚元王傳 附劉歆傳〉。
2　梁啟超：《清代學術概論》，第 52–53 頁。

對一個要打破正統堅硬外殼的運動來説，這聽上去不太像一 223
個有前途的開端。但漢學的新研究重燃了幾個世紀前的學術爭
論。沒多久，對樸學的反抗開始顯現。閻若璩（1636–1704）用劃
時代的巨著《尚書古文疏證》開啟了經典考據學最後的偉大階段，
該書證明現存的《書經》是王肅的偽作。他的學問在接下來的幾
十年中都沒有傳人，直到莊存與（1719–1788）強調了《公羊傳》的
重要性，為今文經學鋪平了復興之路。

莊的外孫也是弟子劉逢祿（1776–1829）研習了何休對《公羊
傳》的闡釋。劉逢祿寫了《左氏春秋考證》，認為劉歆參與了重
新編排，將《左傳》按《春秋》的時間順序重新編排。魏源（1794–
1856）在《詩古微》中攻擊了《詩經》的傳統毛傳，他的《書古微》
駁斥了馬融和鄭玄對《書經》的看法。邵懿辰（1810–1861）在《禮
經通論》中認為古文《禮記》也是劉歆的偽造。[3]

梁啟超在對清代學術的綜述中指出今文經學在第一個階段只
關心《公羊傳》。通過對各個經典文本的研究，有問題的文本之間
的親緣關係變得清晰，一個文本的真偽決定了所有文本的真偽。

3　　素痴：〈近代中國學術史上之梁任公先生〉，《學衡》，第67期（1929年1
　　　月），第2–3頁；Hummel, ed., *Eminent Chinese of the Ch'ing Period, passim*。

譯後記

盛韻

這本書的出版可以説是歷盡波折。列文森於1969年去世，按照中國內地的著作權法，作者去世50年後作品進入公共版權。2019年有好幾家內地出版社開始策劃重譯列文森的全套作品，羅志田先生問我有無興趣翻譯《梁啟超與近代中國思想》。現在回想起來，我並無太多學術翻譯經驗，也不治近代史，答應這項工作實屬好高騖遠，完全沒有預料到種種翻譯困難，也沒有料到在內地遇到了出版困難。

翻譯困難首先是查對原文，需要找到列文森使用的文獻版本。2019年末疫情爆發，之後三年反反覆覆，出入公共圖書館頗為不便，主要仰賴電子資源。我在平時經常檢索的電子書庫裏沒有找到完整的文獻資料，於是去請教羅志田先生，他立刻指明了路徑：你去哈佛圖書館查查他們的收藏。於是我請正在哈佛燕京訪學的章可學友幫忙查詢，符合列文森寫作年代的館藏只有1926年上海中華書局鉛印線裝本《乙丑重編飲冰室文集八十卷》，以及1941年上海中華書局再版的《飲冰室合集·專集》和《飲冰

室合集 · 文集》。對過卷數和頁碼，與列文森使用的飲冰室版本相符合。

又如第一章註75和76條，列文森註釋為《緣督廬日記》，為了查到原文內容，我託同事黃曉峰在微信群裏請教近代史文獻收藏豐富的裘陳江先生，確認了1933年出版的應為《緣督廬日記抄》，還截了這一段原文的影印本圖片給我。

接下來很快又遇到了一個難以抉擇的問題。列文森行文經常用自己的話重述 (paraphrase) 一些史料的原文，有些重述會偏離原意，這種情況下翻譯就會面臨兩難選擇：如果直譯列文森的文字，一是會繼承他的偏差，二是譯成現今的白話與史料原文可能偏離更遠；如果直接譯回史料原文，則會略去列文森的理解偏差，有對文本不忠的嫌疑。躊躇良久，我還是選了第二種處理方法，畢竟大部分讀者想看的是列文森對梁啟超的剖析，而不是考查列文森的中文水平。是忠於文本還是忠於作者的意圖，譯者是否要誅心僭越，每個文本可能都會有不同的回答。讀者需要知道在不完美的選擇中，得到了什麼，失去了什麼。

梁啟超經常使用的「國家主義」和「民族主義」，列文森一概用「nationalism」，回譯時往往難以取捨。在與編輯溝通後，本書採取的譯法是：在上下文語境中梁啟超明確使用「國家主義」時譯為「國家主義」，其餘與文集其他譯本統一譯為「民族主義」。

本書的翻譯受益於多位師友的幫助和指點。它能與讀者見面，最要感謝的是香港中文大學出版社的編輯陳甜和胡召洋，他們仔細核對了每一處原文，修改了多處不嚴謹的譯文，付出了許

多心血，使這個譯本盡善盡美，令人感佩。做書的極致，大概就是這樣吧。

2023 年 8 月

在21世紀閱讀列文森：
跨時空的對話

葉文心 (Wen-Hsin Yeh)　　歐立德 (Mark C. Elliott)

董玥 (Madeleine Y. Dong)　　黃樂嫣 (Gloria Davies)

齊慕實 (Timothy Cheek)　　白傑明 (Geremie R. Barmé)

在現代美國學界，列文森是中國研究領域開創時期關鍵性的學者。他為西方學者提供了綜合性的思想框架，幫助他們理解中國從傳統王朝到社會主義國家的歷史轉變過程。通過對中國思想家的細緻研讀，列文森為解讀中國從鴉片戰爭到中華人民共和國建立以及此後20年的歷史過程提供了一個有力的論述。許多近現代中國史中開創性的概念——天下與國家、世界主義與民族主義、政治與文化、傳統與現代性、科學與儒學、經典主義與歷史主義——都是列文森在1953至1969年之間逐一首先提出的。因此，列文森的著作名副其實當屬西方漢學經典之列。

一個以各種不同形式存在了兩千年的社會政治秩序究竟如何崩潰，它崩潰之後如何帶來諸多反覆迴響，這個歷史過程包含了許多重大的層面與問題，列文森對這些問題作出了徹底而深刻的分析。其中最值得關注的，或許就是中國在轉化為現代國家的同時，如何繼續維繫某種所謂具有「中國性」的特質。這種斷裂與傳承之間的張力，可以說是近現代世界的普遍現象，日本、俄

國、土耳其、印度等國家在近代史上都有過類似的經歷。然而對中國而言，現代性的困境又似乎特別棘手，這個困境激發了幾次主要的途徑探索，最終在中國共產黨勝利建國所提出的未來圖景中，似乎得到解決。這個解決之道，究竟如何形成，是不是歷史發展的必然結果，可以說是西方漢學家和社會科學家從1950年代開始爭論不休的課題。基於對歐洲歷史文化的深厚學養，列文森以自己獨特的論辯方法闡發出一系列針對這些難題的精彩分析，並開創了新的思路。他的思想和論辯方式，對當時初具雛形的中國研究領域形成強而有力的衝擊。

要踏進列文森獨一無二的思想境界，對初次接觸列文森作品的讀者來說，需要先做一些準備。我們希望以這篇文字簡單為大家介紹這位20世紀西方中國史學的開山人物，回答中文讀者或許想問的一些問題。列文森究竟是誰？他在學術上作出了什麼貢獻？列文森的著作如何幫助我們展開立足於21世紀的古與今、中與西之間的對話？以下的簡介，大致包含五個部分的內容：（一）列文森所生活的時代和他的個人背景；（二）列文森的主要論著及思想；（三）列文森的論辯風格；（四）列文森的影響和他的局限；（五）在21世紀閱讀列文森可以產生什麼樣的意義。

一、列文森的大時代

理解任何思想家，總需要首先瞭解他所處的歷史環境，才能弄清楚他為何會有話要說，而且為什麼是這個話題而不是那個。

我們要知道他從何而來，欲往何處去。用列文森的話來說，我們應當儘可能去理解一個「思想之人」(men thinking) 的整體存在。這一點對於理解列文森尤其重要，因為他所經歷的是巨變的年代：經濟危機、第二次世界大戰、中華人民共和國建立、冷戰、韓戰、麥卡錫主義、大躍進、越戰、文化大革命的發動，以及國際學生示威運動。全世界的地緣政治、國家政治體系、社會組織，以及信仰和文化無不經歷了根本的改變。這是人們必須對根本性的大問題作出認真回答的年代。作為一個思想者、知識分子、歷史學家，這些大事件不可能不在列文森身上留下深深的印記，他成為中國歷史研究者的路徑在很大程度上也是這個特別的歷史時期所塑造的。

列文森於 1920 年 6 月 10 日出生在波士頓的一個猶太人家庭，是家裏的獨子。他的父親是 Max Lionel Levenson (1888–1965)，母親是 Eva Rosabel Richmond (1892–1969)。他的祖父母 John 和 Fannie 在俄國出生，1875 年結婚以後決定移民到美國。John 在波士頓北邊的 Chelsea 鎮開了一家小商店。當時 Chelsea 是一個正在發展的工業中心，有著大量來自意大利和東歐的移民人口。1909 年 John 去世時，Chelsea 已經有一半的人口是猶太移民。Max 在這個社區長大，二十多歲的時候搬到了河對岸的波士頓市內，很快成為一位成功的律師。儘管列文森一家很好地融入了美國生活 (Max 是當地共濟會成員)，猶太文化仍然居於他們家庭生活的中心位置：列文森出生的 1920 年的人口普查顯示，列文森家庭使用的主要語言是意第緒語，這或許是因為列文森的外祖母出生在俄國，

這時跟他們住在一起。這片區域因為大量東歐移民的到來獲得了新的生氣，而他們在波士頓所居住的 Roxbury 區毗鄰的地方被稱為「猶太村」(Jewville)。我們可以肯定地說，小時候的列文森對這片區域的情景、聲音、味道都極為熟悉，這些都深刻保留在他記憶中。[1]

列文森一生的定型期，9 歲到 19 歲 (1929-1939)，正值美國的經濟大蕭條。他在 11 歲時考進了離家很近的波士頓拉丁學校。該校建立於 1635 年，是美國乃至美洲第一所公立學校，入學考試的門檻和學術要求都非常高，以嚴格的古典學術傳統聞名，每個學生都必須修滿四年的拉丁文。從拉丁學校畢業後，列文森於 1937 年進入哈佛大學，1941 年以極優等的榮譽畢業，獲得學士學位。

在哈佛的這四年中，列文森第一次接觸到東亞歷史。1928年，哈佛燕京學社建立，意在將東方研究（包括漢學）發展成一門現代的學術領域。「博學、語言能力、批評的標準」是當時哈佛漢學對學生的關鍵學術訓練。[2] 哈佛校長延請著名的法國漢學家伯希和 (Paul Pelliot) 來擔任哈佛燕京學社社長，最後由其弟子、

1   Marilynn S. Johnson, "Chelsea," Global Boston, accessed Apr. 28, 2023, https://globalboston.bc.edu/index.php/home/immigrant-places/chelsea/. Isaac M. Fein, *Boston—Where It All Began: An Historical Perspective of the Boston Jewish Community*, Boston: Boston Jewish Bicentennial Committee, 1976, p. 50.

2   John K. Fairbank, *Chinabound: A Fifty-Year Memoir*, New York: Harper & Row, 1982, p. 98.

俄裔日本學專家葉理綏（Serge Elisséeff）出任。同時，洪業（洪煨蓮）為學社奠定了書目文獻收藏的基礎。費正清於 1936 年成為哈佛歷史系的講師，次年 2 月登上講台。同年，賴世和（Edwin Reischauer）也加入了哈佛。[3] 列文森是最早受益於這些新發展的學生之一，也目睹了對於中國的不同研究方式的變化。費正清在查爾斯河畔的 Kirkland 宿舍（哈佛的 12 所本科生宿舍之一）當輔導員，列文森正是住在那裏，也是他課堂上的學生。列文森在本科修讀了歐洲歷史以及東亞歷史課，他寫的論文包括意大利史、日本史、美國史，以及宗教與資本主義的關係。1939 年的夏天，列文森去了當時在中國研究方面極負盛名的萊頓大學短期訪學。回到哈佛後，他完成了學士畢業論文〈查理十世的加冕禮〉（"The Coronation of Charles X"）。畢業後他用美國學術協會理事會（American Council of Learned Societies）提供的獎學金在康奈爾大學修了一個夏天的中文課，秋天又返回哈佛，成為歷史系的研究生。

列文森在第二次世界大戰的陰雲中進行了兩年的研究生院的學習，1941 年太平洋戰爭爆發，打斷了他的學習進程，但也使他與東亞有了更加直接和更有意義的接觸。日軍轟炸珍珠港（1941 年 12 月 7 日）後三個月，與美國很多青年人一樣，列文森入伍，開始了為時四年多的軍旅生活。他在美國西部的太平洋海軍日

3　Fairbank, *Chinabound*, pp. 145, 152.

語學校密集學習日語後，被派往太平洋島嶼、華盛頓特區以及日本。他主要是日語專業軍官，任務包括翻譯日文資料等，也與新西蘭軍隊和美國海軍一同參加了所羅門群島和菲律賓的戰役。[4] 戰爭結束後，1946 年 2 月列文森作為軍士長榮退，一個月後重返哈佛。當時哈佛大部分的中國歷史研究生跟列文森一樣，都參與了美軍在太平洋地區、中國、菲律賓，或對日佔領初期的行動；列文森之外還有幾位，比如史華慈 (Benjamin Schwartz)、牟復禮 (Frederick Mote)、馬里烏斯·詹遜 (Marius Jansen) 和羅茲·墨菲 (Rhoads Murphey)。退伍後的列文森日文水平遠高於中文，因此他很看重日本的漢學傳統，這對其學術成長有重大的影響。1947 年獲得碩士學位後，列文森又用了兩年時間完成關於梁啟超的博士論文，於 1949 年 2 月獲得博士學位。畢業前一年，他被哈佛的研究員協會 (Society of Fellows) 接受為初級研究員 (junior fellow)。這個難得的機會給了他三年的時間自由地做研究，與其他領域的學者頻繁來往無疑也有助於他思想的成熟。

完成了在哈佛的學習與研究後，列文森於 1951 年到加州大學伯克利分校歷史系任教，在此工作直到 1969 年去世。在這 18 年的時間裏，列文森所取得的成就為他贏得了伯克利的同事和中國研究領域的同仁無量的敬重。他於 1956 年成為副教授，1960 年晉升為正教授。1965 年，伯克利授予他 Sather 歷史講席教授的

4　　Fairbank, *Chinabound*, pp. 145, 152.

榮譽。這是當時伯克利唯一一個非美國史的講席教授位置，競爭者主要是歐洲史的教授們。列文森能脫穎而出，成為 Sather 講席的第一位擁有者，足以證明他的獨特與傑出。二戰之後，歐美大多數學院把中國文化和歷史、語言的研究和教學編制在東亞系，是謂漢學。而列文森在伯克利不但得以擔任歷史學系的講座教授，而且在系裏把中國歷史推到與歐洲、美國歷史研究鼎足而三的地位。列文森使得歐洲史專家們關心中國，為中國歷史領域開拓一方天地，實屬難得。

如果我們回憶起列文森初到伯克利時校園的氛圍，他的成就便尤其令人矚目。當時麥卡錫主義在美國大學校園甚囂塵上，學術界中的政治化和意識形態的分歧非常激烈。加之美國社會裏相當普遍的反猶情緒，我們可以想像對於世界主義者、猶太人的列文森來說，應對這個挑戰有多麼艱難。彼得·諾維克（Peter Novick）在他《那高尚的夢想》（*That Noble Dream*）一書中這樣寫道：

> 1949年，阿爾明·拉帕波特（Armin Rappaport）在加州大學伯克利分校的任命之所以受到阻礙，恰恰是因為約翰·D·希克斯（John D. Hicks）擔心拉帕波特「或許有一些紐約猶太知識分子中常見的極左傾向」。直到希克斯獲得保證，證明他並不反對美國的外交政策，此項任命才得以通過。在這同一所大學，第二年，桑塔格（Raymond Sontag，當時任歐洲外交史教授）擔心列文森是個馬克思主義者，這一擔心不解除，他就無法同意伯克利接受列文森。費正清向伯克利提供了保證：「列文森對政治

的思考傾向於折衷。他的出發點是思想性的和美學性的，他並不特別關心政治。」[5]

桑塔格「對行政影響很大而且用起他的影響力毫不猶豫」。他認為「共產黨統治著中國，而費正清的觀點不無可疑之處。我們應該等到塵埃落定」，[6] 意思是不要給列文森這一職位。為了幫自己這個學生拿到教職，費正清竟需寫30封信。最後，在中國古代史教授賓板橋（Woodbridge Bingham）的堅強支持下，列文森的教職終於獲得通過。

反猶主義是列文森生活中的一個現實。列文森是最早到伯克利執教的猶太人之一。在他之前，唯一一位在伯克利歷史系執教過的猶太人教授是恩斯特·康特洛維茨（Ernst Kantorowicz）。1950年，加州大學校董會強制所有教授簽署一份忠誠聲明，讓他們保證不參加任何進行抗議性活動的政治組織 —— 包括共產主義組織。這位先前逃離了法西斯德國的著名學者拒絕簽署，以示

---

5   Peter Novick, *That Noble Dream: The "Objectivity Question" and the American Historical Profession*, Cambridge: Cambridge University Press, 1988, p. 330. 中譯參考彼得·諾維克著，楊豫譯：《那高尚的夢想：「客觀性問題」與美國歷史學界》，北京：生活·讀書·新知三聯書店，2009，第452頁。詞句有改動。

6   Kenneth M. Stampp, "Historian of Slavery, the Civil War, and Reconstruction, University of California, Berkeley, 1946–1983," an oral history conducted in 1996 by Ann Lage, Regional Oral History Office, The Bancroft Library, University of California, Berkeley, 1998, https://oac.cdlib.org/view?query=Joseph+Levenson&docId=kt258001zq&chunk.id=d0e5499&toc.depth=1&toc.id=0&brand=oac4&x=0&y=0.

抗議，加州大學因而沒有續簽他的合約。儘管當時存在著或明或
暗的反猶傾向，當列文森開始在伯克利工作以後，卻很快得到同
事們的接受，包括桑塔格也「認識到這個人的卓越才華」。列文
森「如此有魅力，才華洋溢，有他所在是如此愉悅，他又是如此
正直的一個人」，「他在與人交往時充滿魅力但又非常謙遜。他身
上沒有一絲的傲慢，雖然他有所有的理由可以這樣，因為他毫無
疑問是系裏最有才華的人」。[7]

　　不理解猶太身分對於他意味著什麼，便不可能理解列文森。
對於列文森公開強調自己的猶太身分這一點，他同時代中國研究
領域裏的很多同事有些手足無措。或許出於善意，有些人認為
應該把作為中國歷史學家的列文森和作為猶太人的列文森區分開
來。[8] 在認為他的這兩個身分彼此交錯的人當中仍然有兩種不同
的看法：有人認為他的個人身分妨礙了他的學術，因為這使得他
不能以客觀的角度審視他的研究對象。另一些人則認為：作為一
個猶太人，列文森尋求的現代的、世界主義的身分認同，對他的
中國歷史研究有正面的影響。[9] 談到這點，或許值得注意的是，

7　　Ibid.

8　　Rosemary Levenson, "Notes on 'The Choice of Jewish Identity'," ed., Maurice Meisner and Rhoads Murphey, *The Mozartian Historian: Essays on the Works of Joseph R. Levenson*, Berkeley: University of California Press, 1976, p.177.

9　　關於列文森對猶太歷史的理解如何影響了他的中國史學觀，詳見Madeleine Yue Dong and Ping Zhang, "Joseph Levenson and the Possibility for a Dialogic History," *Journal of Modern Chinese History*, vol. 8, no. 1 (2014), pp. 1–24。

從身分認同這個角度來看，列文森與他的老師費正清背景迥異。費氏的祖先早在17世紀已經從英國移民到馬州灣殖民區（Province of Massachusetts Bay），他的祖父在美國內戰中當過軍官，而列文森的祖輩在美國內戰結束後十年才從俄國移民來美國；雖然從哈佛畢業，但列文森並不屬於美國東部的精英階層，而是典型的外來人（outsider）。

　　列文森與費正清背景的不同意義深遠。對自己身分認同的思考幫助列文森發展出他的史學方法論，這種方法論在他的著作中一以貫之。列文森的學生魏斐德為他的遺著《革命與世界主義》寫了一篇精闢的序言，在列文森對自己猶太身分的思考和他的中國歷史研究之間的關係這個問題上作出敏銳、細緻而深刻的解釋，既討論了這二者的交錯如何為列文森提供了獨特的、有效的視角，也討論了其局限性。列文森自己是清楚這局限性的，並且對其保持反思。他沒有把西方視角當作普世的，而是引入其他歷史的角度去審視中國與西方的關係，比如猶太史、日本史或俄國史。換言之，他對多個歷史進行比較觀察，而不是二選一。這使得他對中國歷史的觀點迥異於50年代到60年代那些建構在「西方衝擊與中國回應」模式上的歷史書寫。就像魏斐德常對伯克利歷史系同事說的那樣，列文森不搞政治，他思想的興奮點不在於冷戰政治的「誰丟失了中國」，他的同情也不在於「對中國進行衝擊」的西方。列文森的思想探索與「區域研究」的視角和方法有著根本的不同，遠遠超出甚至可以說在很大程度上有意識地挑戰了區域研究的框架。此外，他也沒有盲目地借用當時盛行的西方社會

理論。他的觀點是以中國為中心的，但是並不導向中國特殊論，也在根本上不同於漢學傳統或區域研究方式。下面我們會回到這一點。

在伯克利，列文森主要教授近代和現代中國歷史課程以及培養研究生。他的學生這樣回憶列文森：他「是一個極為優秀而引人入勝的演講者 —— 思想豐富，有實質內容。內容組織得很好，闡釋透徹、清晰，簡潔明瞭。而且他謙虛、幽默」。他的課「在全校都極受推重」。[10] 列文森在伯克利建立了新的中國歷史研究生項目。魏斐德是列文森的最早的研究生之一，於 1965 年獲得博士學位，並於同年留在伯克利任教。他們有著明確的想法，有意識地要建立一個與哈佛不同的中國歷史項目。他們不是把美國的利益、視角和外交政策放在研究與教學的中心位置，而是強調更廣泛的教育和比較的方法；把中國歷史看作世界歷史的一部分，而同時又不對它的獨特個性視而不見。他們將注意力放在中國歷史中的社會、文化和思想的發展上。這個意圖很清楚地表現在列文森和舒扶瀾合著的《詮釋中國史》中，〈序言〉中的一段這樣解釋道：

> 在一套為西方學生設計的歷史課教程裏，中國應該意味著什麼？以前的觀點看上去似乎是這樣：關於中國的知識有價值恰

10　Jerome A. Cohen, "Preparing for China at Berkeley: 1960–63," accessed Apr. 28, 2023, https://ieas.berkeley.edu/sites/default/files/ccs_history_cohen.pdf.

好因為它明確居於學生主要關注的事物之外；這是異國風情的小刺激（exotic fillip）的價值。近來的看法看似更有道理，其重點轉移到了中國是世界事務中的一個重要區域——人們尋求這個區域的知識，因為它對於西方人的命運在政治上很重要。

這兩個觀點看上去差別很大。但是，它們都是唯我中心的觀點，二者都是以中國研究如何裝飾西方文化或如何能對西方的政治生存做出貢獻，來衡量這一領域的價值。中國歷史內在的思想旨趣通常被忽視。但是，中國，無論古代還是現代，都遠不止是異國風情，也遠不止是一個我們需要考慮的政治因素（雖然它確實是我們需要考慮的一個政治因素）；作為一個區域，它的歷史所提出的問題具有最廣泛的思想意義。如果我們真正言行一致，要去探知現代世界的所有面向，要在道德上和思想上認識到歐美歷史並非人類歷史的全部，那麼我們研究中國就應該是為了它的歷史所具有的普世意義，而不是僅僅因為它與我們這部分世界的需求有著政治上或文化上的相關性。

所以，我們抱著這樣的信念寫了這本書：中國歷史既非西方學生的知識花邊，也不僅僅是被現代世界不幸逐漸增加的複雜性強壓給我們的一個學術領域。相反，它真實地、有機地參與著現代知識的構成。中國的材料超越了區域的界限，屬真正普世的人類認知世界。[11]

他們的這個意圖也反映在列文森指導的博士論文中。這些論文關注的問題包括：中醫在 20 世紀的變化所反映出的科學、

11　Joseph R. Levenson and Franz Schurmann, *China: An Interpretive History, From the Beginning to the Fall of Han*, Berkeley: University of California Press, 1969, pp. vii-viii .

民族主義和文化變遷中的張力，[12] 晚清的幕府制度，[13]「中國」在馬克思、列寧和毛澤東的論述中所起到的作用，[14] 軍閥馮玉祥，[15] 國共統一戰線中的敵友問題，[16] 19世紀末中國南方的社會失序，[17] 菲律賓的華人。[18] 從這些論文的選題不難看出，它們並不是「衝擊—回應」或區域研究模式的產物，而是漢學向中國研究轉化中的嘗試。列文森用以下的例子解釋這二者的不同：

> 我不想把中國看作收藏家所收藏的靜物寫生，我把它看作一個在世界這塊畫布上作畫的行動中的畫家。這不僅僅是在漢學家長期關注上古以後給予現代中國它應得的關注。我在伯克利的同事，薛愛華（Edward Schafer）關於早期歷史主題的內容宏富的著作《撒馬爾罕的金桃：唐代舶來品研究》和《朱雀：唐代的南方意象》為我們做出了榜樣。下面這兩種思考方式有天壤之

12　Ralph Croizier, *Traditional Medicine in Modern China: Science, Nationalism, and the Tensions of Cultural Change*, Cambridge: Harvard University Press, 1968.

13　Kenneth Folsom, *Friends, Guests, and Colleagues: The Mu-fu System in the Late Ch'ing Period*, Berkeley: University of California Press, 1968.

14　Donald Lowe, *The Function of "China" in Marx, Lenin, and Mao*, Berkeley: University of California Press, 1966.

15　James Sheridan, *Chinese Warlord: The Career of Feng Yu-hsiang*, Stanford: Stanford University Press, 1966.

16　Lyman Van Slyke, *Enemies and Friends: The United Front in Chinese Communist History*, Stanford: Stanford University Press, 1967.

17　Frederic Wakeman, *Strangers at the Gate: Social Disorder in South China, 1839–1861*, Berkeley: University of California Press, 1966.

18　Edgar Wickberg, *The Chinese in Philippine Life, 1850–1898*, New Haven: Yale University Press, 1965.

別：把中國看作異國情調（一種把中國兼併進西方思想領域的
方式）和思考異國情調在中國的歷史（就像難以名狀的不安，是
一個普世的主題）。[19]

綜上所述，列文森是美國中國研究領域的奠基者之一。二戰
以前在美國並不存在一個研究現代中國的傳統，雖然一些研究中
國文化歷史等方面的學者已經開始在美國聚集。列文森的成就是
現代中國研究在西方之誕生過程的一部分，而這個領域的面貌和
圖譜今天仍然在被繪製著。

二、列文森的主要論著

上文已述及，列文森生活與工作的歷史環境是二戰後冷戰期
間的1950年代和1960年代。這是一個美蘇兩大陣營競爭孰是孰
非、都欲以自己的統治地位和冷戰政治建立一套歷史敘述的意識
形態時刻。1950年代前期，在朝鮮戰爭的氛圍之下，美國麥卡
錫主義黑網密佈，動輒糾拿叛徒，處置間諜。猶太裔學者常常被
質疑是否絕對奉行自由主義右派所界定的愛國條款，或因為信仰
與忠誠問題而遭另眼相看。當時，美國每一個所謂「中國通」，包
括列文森在內，都想要理解中國革命到底發生了什麼，世界如何

19　Joseph R. Levenson, "The Genesis of Confucian China and Its Modern Fate," *The Historian's Workshop: Original Essays by Sixteen Historian*, ed. L. P. Curtis, Jr., Berkeley: University of California Press, 1970, p. 279.

到達這樣一個誰也沒有預料到的歷史轉折點：為什麼共產黨在國共 1940 年代的戰爭中得到勝利？美國人以為二戰以後國民黨會成功地統一全國，而現實卻與預期相差千里。是否因為蔣介石周圍的美國顧問當中有人出賣了國民黨、出賣了美國的戰略利益？或者用當時華盛頓的方式來說，「誰丟失了中國？」列文森的興趣不在於政治、意識形態或軍事方面，而是在較長時段的歷史過程上。他想要理解的是共產主義如何滿足了中國對歷史理論的思想要求，這個理論需要回答的關鍵問題是：中國如何能夠在一個嶄新的世界裏重新居於中心地位。在冷戰的高峰時刻，列文森能夠保持一種對於共產主義革命的中立姿態，進行相對客觀的分析，相當不易。他通過「非冷戰」的中國歷史書寫提供了第一個綜合的解釋，來理解共產主義如何成為統治中國的力量。他關注的重點限於思想史和政治史，而非社會史；他所提供的答案建立在對文獻的認真解讀之上，同時也受到日本漢學研究的影響（特別在他分析清代所謂獨裁政治的問題時，這個影響尤為明顯）。

列文森的核心著作是我們在本文中反思的基礎，下面逐一簡要介紹。

《梁啟超與近代中國思想》（1953 年）

梁啟超（1873–1929）或許是晚清最著名的改革思想家。列文森所著的《梁啟超與近代中國思想》是一部在現代中國研究領域興起之初出版的開創性思想史。列文森對梁啟超思想的研究建立在閱讀中文原文的基礎上，但他所做的不是傳統漢學式的對文本

問題的關注，而是從解決當代問題的角度提出社會科學家和比較歷史學家更熟悉的問題，特別是現代中國以及中國的「現代思想」在鴉片戰爭後的幾十年裏是如何出現的。列文森認為梁啟超思考和寫作的主題是歷史與價值之間的張力。他所說的「歷史」是指人們在情感和心理上對塑造了他們的傳統（或者說過去）的忠誠，而「價值」是指人們在智識上所認可的思想。列文森通過審視梁啟超一生的三個階段來追溯他的思想。首先，梁啟超通過在中國哲學傳統中尋找西方思想的對等物來調和中國（歷史）和西方（價值）之間的衝突。第二，梁啟超從保存文化轉向保存民族，並認為必須借鑒其他時代和地區的成就。他通過打破以往對西方的單一概念來做到這一點。藉由將思想的起源定位於個人天才而不是文化發展，梁啟超可以使用這些思想而不暗示中國人不如西方人，因為這些思想只是由於偶然的機會而非必然的力量才產生和發展於中國之外。在梁啟超思想的第三階段，繼第一次世界大戰證明了西方的錯誤之後，他又回到了文化主義，認為中國精神文明優越於西方的物質主義。

列文森將梁啟超描述為一個思想沒有預先設限的人：「梁啟超的思想是他的牢籠，其中有必然的前後矛盾，也有諸多相互抵牾、他卻不得不認同的信念，不是出於邏輯連貫，而是出於個人需要」。[20] 這確立了列文森在梁啟超的生活中看到的主要矛盾或辯證法：

20　Joseph R. Levenson, *Liang Ch'i-ch'ao and the Mind of Modern China*, Cambridge: Harvard University Press, 1953, p. vii.

> 每個人都對歷史有情感上的忠誠，對價值有智識上的忠誠，並
> 且試圖要讓這些忠誠相互連貫一致。……一個感受到如此張力
> 的人必然會尋求緩解的途徑，梁氏試圖壓制歷史和價值之間的
> 衝突。他的方法是重新思考中國傳統，使得儒家思想———他
> 自己所處社會的產物，因而是他所傾向的———能夠包容他在西
> 方找到的價值。……即便在他承認很明顯是西方的成就時，也
> 在試圖保護中國免受失敗的責咎。[21]

這本書是列文森《儒家中國及其現代命運》三部曲的直接前身，
它描述的梁啟超的思想歷程是更大的思想轉變過程的一個縮影。
在這個過程中，科學和現代政治獨立於儒家思想之外而具有說服
力，這將儒家思想變成了傳統主義的實踐。他的三部曲從一個人
的思考轉向一個思想的世界：他所說的「儒家中國」。

《儒家中國及其現代命運》第一卷《思想延續性問題》(1958 年)

在第一卷中，列文森講述了一段思想史：中國文人及其 20
世紀的後裔如何從儒家思想轉向現代思想。他將這種轉變描述為
人們從依戀自己所接受的傳統和熟悉的情感轉到通過個人經驗得
出公認的真理。二者的差別在於，前者賦予人們身分認同和自
尊，後者則是在智識上 (intellectually) 令人信服；一個只是感情
上的 (sentimental)，而另一個則具有內在的說服力。列文森沒有
將此描述為一個中國特有的問題，而是認為這是所有人類社會都

21　Ibid., pp. 1–2.

會不時面臨的挑戰。因此，他的發現不僅是對該卷和三部曲的主
題 —— 現代中國的出現 —— 的解釋，也是對比較歷史或普遍的
人類歷史的一大貢獻。

在列文森的敘述中，經驗主義 (empiricism) 是與清代文人業
餘理想相抗衡的現代價值。他首先講到，通過漢學，清代產生了
本土的經驗主義傾向，但它最終不是現代經驗主義，而是試圖用
經驗的方法達到古代模式的標準。它所依賴的是一個假設：過
往的時代擁有全部合理的社會形態。[22] 這種業餘理想不包括自然
科學方法，這是科學在中國沒有得以發展的原因。[23] 他以明清文
人畫為例，說明它是如何意味著一個人因為非專業而被認為有學
養。鴉片戰爭後，當中國文人受到現代思想的衝擊時，他們的第
一反應是在面對「外部」威脅時收緊隊伍，擱置「內部」意識形態
的分歧。列文森在此提出了一個重要的觀點：作為價值檢驗的
「新舊」問題繼續被提出，但這個問題已從作為世界的中國轉移到
更大的、包括中國和西方的世界。列文森將通商口岸視為傳播西
方價值觀的工具。他指出儒家精英中的一些人認識到西方技術的
優越，而這種意識破壞了儒家內部的一種平衡。「本質」(體) 和
「形式」(用) 的關鍵辯證法原本是一個有生命力的、多面的、內

---

22   Jesoph R. Levenson, *Confucian China and Its Modern Fate: A Trilogy*, Berkely:
      University of California Press, 1968, vol. 1, p. 9.

23   Ibid., vol. 1, p. 13.

在於中國傳統的緊張關係，而此時面對強大的外來文化體系，它卻成為一個不再具有動力的、局限於內部的傳統。[24]

列文森認為，上述轉變的結果是張之洞提出的一種站不住腳的模式，即利用西方的「用」來應對歐洲和日本帝國主義的挑戰，而「體」則可以保持中國化。列文森認為這是不可能的。在他看來，這個思路的主要問題是要在「中國」和「西方」之間建立「體／用」區隔所涉及的思想挑戰，因為它將中國從「世界」轉變為「世界上的一個地方」，它在「特別的、中國獨有的」（specially Chinese）和「普遍有效的」（generally valid）之間製造了區別。這個過程對於像張之洞這樣提倡向西方學習的人和那些拒絕西方影響的人來說都是一樣的，比如倭仁認為西方的一切都是中國人早已經歷過且決定放棄的。[25] 有些人甚至試圖說科學是中國人以前發現的。康有為也有類似的思想，聲稱儒家思想已經擁有西方的民主價值觀。[26] 列文森看到的主要問題是：「主張現代化的老一輩只是感到中國虛弱，而且這種虛弱只不過是相對於邪惡的西方勢力而言。但是，一旦他們將『自強』也作為中國的理想之一──據稱它對中國之『體』無害，所以可以被認為是『中國的』──那麼如果這個『體』抑制了被設計來保護它的改革方案，『體』本身也會招致

---

24   Ibid., vol. 1, pp. 50–53.

25   Ibid., vol. 1, p. 70.

26   Ibid., vol. 1, pp. 76–77.

批評。」[27] 其相應的結果是中國社會失去了儒家所強調的「文化主義」，變成「民族主義」，從而將儒家降低為一個更大的世界中的特定部分。而這只有在儒家思想已經枯竭時才會發生。

列文森認為這是最主要的轉變：文人與儒家傳統的疏離。但在此之後，思想家們需要瞭解自己與中國的關係，因此需要作出選擇，或是（一）完全放棄中國的特殊性，或是（二）在普遍主義中為中國找到一席之地，通過添加中國文化讓西方部分地中國化。蔡元培嘗試了後一種途徑，但列文森認為這裏面有一個問題：「中國的西方化正在成為事實；歐洲的『漢化』卻毫無可能。」[28] 共產主義為這個兩難提供了一個解答：中國可以成為普遍文明的一部分，但又不喪失尊嚴。「共產主義的中國，似乎可以與俄國一起，成為引領世界的先鋒，而非跟在西方後面亦步亦趨。」[29]

《儒家中國及其現代命運》第二卷《君主制衰亡問題》（1964 年）

在第二卷中，列文森提供了一部制度史來深化第一卷中的思想史。他討論了對君主的效忠的轉變，認為在儒家與君主的關係中存在一種對抗性的緊張關係；只有在受到國家解體的威脅時，儒家文人才會支持君主，但這種不加批判的忠誠摧毀了

---

27   Ibid., vol. 1, p. 80.

28   Ibid., vol. 1, p. 112.

29   Ibid., vol. 1, p. 134.

儒家的生命力。他認為，太平天國創造了召喚某種強調同一性的「中國」思想的特殊時刻，這種思想將會消除儒家思想中鬥爭性的生命力。他看到了官僚制（文）與君主制（武）之間的對立關係，而儒家之所以成為儒家，正是依賴於這種動態的對立。他用 1916 年袁世凱復辟帝制來說明君主制在民國時期是如何以及為什麼變成一場鬧劇。至此，復辟運動蛻化成只是「傳統主義的」（traditionalistic），因為雖然它違背了 1912 年建立的共和制度，但並不具備清朝時儒家的真正本質。[30] 列文森認為：「這句話中非傳統的地方在於將中國人的『尊君』等同於單純思想上的『崇古』。這有別於君主制仍然活生生存在的時代，那時候皇帝或其中央集權的代理人，往往與官僚士大夫的保守主義相對抗。」[31]

　　這就是傳統主義的相對主義：儒家思想已經從普遍性的（universal）轉變為地方性的（particular）：「作為『體』，儒學是文明的本質，是絕對的。而作為『國體』或其他與之意思相近的詞，儒學是中華文明的本質，歷史相對主義的世界中一個價值的複合體（而非絕對價值）。」[32] 他總結道：「儒家與君主之間有種既相互吸引又相互拒斥的曖昧關係，中國的國家衰落部分是因為失去這種曖昧關係。」[33] 這種「曖昧關係」曾經使得中國歷史充滿了活

30　Ibid., vol. 2, p. 5.

31　Ibid., vol. 2, p. 10.

32　Ibid., vol. 2, p. 14.

33　Ibid., vol. 2, p. 26.

力，列文森對其制度層面的歷史表現做了一些描述。儒家需要中央國家來維持秩序並維護他們的土地和權力、地位，但也被它的強權所挫敗；國家需要他們摧毀貴族，但也憎惡他們的道德干預。[34]列文森認為異族統治者的「異」，同漢族君主與儒家的關係的疏離相比，只是程度的差異：「外來的征服民族及其首領也許內心完全無法在文化上理解和同情文人的理想。不過，在某種程度上，漢人王朝也都是如此。」[35]對於列文森來說，儒家思想傾向於「內聖」，而統治者則推崇「外王」。[36]其間的張力在列文森看來是儒家中國之生命力的關鍵。

列文森認為，太平天國因為完全拒絕儒家傳統而打破了儒家—君權的相互吸引—排斥的張力關係。其他叛亂，無論是通過道教還是佛教，都沒有從根本上用天命來挑戰帝制秩序，而太平天國則對「天」有著不同的概念。[37]此外，太平天國的威脅代表著西方因素已經浸入中國思想，因為「太平天國人必須在國內受到鎮壓，這意味著在國際上西方國家不再是蠻夷」。[38]太平天國的另一個後果是「面對共同的敵人，儒家和君主關係還在，卻失去了相互之間的張力；對二者共同的攻擊將其利益融為一體，並

34　Ibid., vol. 2, p. 28.

35　Ibid., vol. 2, p. 32.

36　Ibid., vol. 2, p. 52.

37　Ibid., vol. 2, p. 85–88.

38　Ibid., vol. 2, p. 110.

因而改變了它們的特性」。[39] 也就是說，在外來思想的威脅下，太平天國的敵人們創造了「中國人」這個範疇，使激發了儒家思想的那種張力被打破，導致其活力的衰減和其本應有的與君主制對抗的位置的喪失：「當作為整體的儒家成為『內』和『體』，也即『西學』應該補充的『中學』，舊的『內─外』張力就在儒家內部消失了。」[40] 因此，共和時代是一個真正的斷裂點，而不僅僅是王朝鬥爭的最後階段：「從革命向派系政治的迅速墮落使共和似乎毫無意義。但是對意義的期待儘管落空了，卻仍提供了意義。」[41] 儘管共和作為一種政治體制的實踐在20世紀初未獲成功，但它作為一個理念或理想卻深刻地植入了人們的思維，並保持了長久的影響力，直至今天。

《儒家中國及其現代命運》第三卷《歷史意義問題》(1965年)

列文森在這一卷中轉向了這段歷史的意義問題，重點討論歷史意識的作用。他的目標是釐清儒家思想與當時 (1960年代) 的共產主義中國的關係。有些學者認為儒家和共產主義具有相似之處，即存在一種中國本質 (費正清稱之為「專制傳統」)，而共產主義中國延續了這種本質。但列文森強烈反對這種觀點。他認為，現代性及其帶來的嶄新歷史思維方式從根本上改變了中國。

---

39   Ibid., vol. 2, p. 110.

40   Ibid., vol. 2, p. 114.

41   Ibid., vol. 2, p. 125.

他首先描述了這一過程的開始：康有為和廖平在19與20世紀之交將儒學從「典範」變為「預言」，這是對儒學的根本改變。康有為將孔子變成了革命者。[42]另一方面，廖平則認為孔子在《公羊傳》中以寓言的方式預言了現在。[43]但是在列文森看來，兩人都已經退讓給了西方的將歷史理解為「過程」的思想，這是一種與「真正的」儒家思想中作為永恒典範的歷史完全不同的歷史意識。[44]列文森隨後用井田制來描述從「典範」到「過程」的轉變。這是關於井田或經典是否是歷史的爭論，也可以說是將經典歷史化的開始。在此之前，沒有儒家否認井田制在某個時候曾經存在過；他們爭論的是這個制度是否可行。[45]然而，當井田制被用西方的思想體系來解釋時，它發生了變化。這個變化始於梁啟超聲稱井田是中國版的社會主義。[46]胡適用考證學來證明它根本不曾存在，[47]但是胡漢民以一種歷史唯物主義的形式，將其視為一個普遍歷史階段的存在和代表，即原始共產主義。[48]另外還有觀點從浪漫的民族主義出發，認為它是中國本質的一部分，或把它看作是人們應該嚮往的一種社會理想，是社會主義的。無論如何，

---

42   Ibid., vol. 3, p. 10.

43   Ibid., vol. 3, p. 11.

44   Ibid., vol. 3, p. 14.

45   Ibid., vol. 3, p. 22.

46   Ibid., vol. 3, p. 26.

47   Ibid., vol. 3, p. 28.

48   Ibid., vol. 3, p. 30.

列文森認為，這些涉及井田制的辯論都應該算是現代思想的產物，與儒家思想的傳統思維迥然不同。[49]

列文森明確地反對現代中國政府繼承了儒家遺產的觀點。通過回顧中國共產黨的史學，他闡明中國共產黨看待歷史的方式與儒家截然不同：共產主義歷史學家是在努力將中國歷史嵌入馬克思主義史學的各個階段。「弔詭的是，他們通過分期將中國歷史與西方歷史等同起來，並因而否定中國具有任何高度個性化的特徵。與這一熱情相伴的是一種信念，也即所有的轉型本質上都是在中國內部發生的。」[50]這需要將封建制度植入中國歷史，認為在秦之前很長一段時間是貴族社會，秦之後是專制社會，但仍然是封建制度。[51]這意味著孔子可以得到平反：他在推動歷史的社會力量方面可以被稱為進步的，代表了封建主義反對奴隸社會；但是他也可以被看作反動的，代表了封建主義對資本主義的阻礙。[52]在列文森看來，這是儒家去牙化或博物館化的一部分——它具有歷史相關性，但與今天的現實無關。[53]

在此，他的論點轉向理解現代歷史思維，認為將歷史理解為「過程」的方式具有相對論的色彩。這樣，歷史意識的問題就從他研究的對象——中國思想家，延伸到他自己和我們——現代

49　Ibid., vol. 3, p. 32.

50　Ibid., vol. 3, p. 48.

51　Ibid., vol. 3, p. 51.

52　Ibid., vol. 3, p. 67.

53　Ibid., vol. 3, p. 76.

歷史學家。他在此引用了尼采的觀點。尼采認為歷史學家如果把歷史看作是由不以人的意志為轉移的外力決定的、是一個過程，那麼對歷史人物的理解就可以具有幾分道德相對主義的色彩，可以保有疏離的空間。這跟從倫理價值出發的歷史思維是截然相反的。列文森試圖消除這種將歷史看作過程和價值之間的分裂的觀點，認為當我們將歷史視為過程時，我們仍然可以利用它來瞭解自己，並將歷史作為一種創造力來認識當前和當前的挑戰。對於列文森來說，歷史寫作這一創造性行為是從歷史中創造意義：「歷史學家的任務，也即他點石成金的機會，就是將那些似乎毫無價值的東西變為無價之寶。」[54]

　　問題是，分析1950、1960年代中國大陸的史學時，列文森辨識出一種讓他擔心的趨向。在他看來，馬克思主義中的歷史決定論雖然會解決這個分裂造成的困境，也為中國（及其史學家）提供了一個重新獲得在世界上的軸心位置和普世主義的可能，但同時也回到了另一種看似新的、但實質上跟儒家思想一樣是把歷史模式（pattern）而非歷史過程（process）放在第一位的做法。[55] 按照列文森的分析，這導致價值的絕對化，代價是將歷史扁平化，無視歷史的豐富性和複雜性，用一個單一的視角和框架去理解歷史。關鍵的是，列文森認為歷史的「歧義」（ambiguity），雖然不好處理（或因為不好處理），卻是很豐富的一種矛盾。他說：

54　Ibid., vol. 3, p. 90.

55　Ibid., vol. 3, p. 87.

「歷史意義」一詞的歧義是一種美德，而非缺陷。抵制分類學式
對準確的熱衷（拘泥字面意思的人〔literalist〕那種堅持一個詞只
能對應一個概念的局促態度），是對歷史學家思想和道德的雙
重要求。作為一個完整的人，他確實要滿足思想和道德的雙重
要求──他必須知道自己站在流沙之上，但必須站穩腳跟。
而且，假如歷史（作為人類留下的痕跡）與歷史（作為人類書寫
的記錄）要逐漸靠近、相互呼應，那麼在「歷史意義」中隱含著
的張力，也即中立的分析和具有傾向性的（committed）評價之
間的緊張，也必須得到承認並保留下來。[56]

列文森的意思是，要認清楚歷史事實與歷史敘述的區別：歷史事
實是絕對的，而歷史敘述必然是相對的。他擔心馬列主義歷史思
維的一維化和絕對化取代歷史相對主義，會導致複製新的特殊性
敘述，變成一種並非把中國融匯於世界，而是把中國與世界隔離
的歷史。[57]

　　對列文森來說，為了創造一個真正的全球史──為了創造
一個真正的全球性精神（a world spirit），避免回到清末那種死路，
書寫一種把中國融匯於世界的歷史是唯一的選擇：曾經妨礙了清
朝中國與世界秩序相協調的，是儒家思想留下的一種特殊論。與
列文森同時代的思想家熱衷於辯論的話題──「世界歷史的軸心
何在？」對於列文森來說毫無意義，甚至沒有道理，因為在他看
來歷史的軸心不外乎是全人類。他完全從另一個角度看問題，認

56　Ibid., vol. 3, p. 85.

57　Ibid., vol. 3, p. 106.

為現代中國歷史學家和西方歷史學家面對根本不同的挑戰。對於
持現代歷史思維的中國歷史學家來說，主要挑戰在於調和其思維
中的相對主義與中國自己眼中的從世界的中心地位跌落的歷史現
實。對於研究中國的西方歷史學家，挑戰在於把中國歷史看作提
供普世性的理解，而非僅僅用來比較，或對假想的規範性的西方
歷史模式的脫離。不止於此，列文森另有更高的期待：對於任
何研究中國的歷史學家，無論身在中國還是在西方，現代歷史思
維中的相對主義提供了一個機會，去發現一種共享的歷史意識。
在這個歷史意識中，中國和西方不僅是同等的，而且是不可分隔
的：「他們的」歷史和「我們的」歷史是同一個歷史。[58]

《革命與世界主義：西方戲劇與中國歷史舞台》(1971 年)

列文森完成了儒家中國三部曲後，想要「超越他的歷史和
價值的辯證法」，通過研究亞洲的經典以及西方戲劇的漢譯走向
一個新的主題：地方主義和世界主義。[59] 在這本未完成的遺著
中，他從世界歷史的角度審視了現代中國，去理解共產黨如何處
理與西方世界主義的關係，並試圖將自己融入伴隨而來的以歐
洲為中心的「世界歷史」中。魏斐德在為這部書撰寫的序言中指
出，在某些方面，這是從列文森的第一個三部曲的自然過渡。在

58　Ibid., vol. 3, p. 123.

59　Frederic Wakeman, Jr., "Foreword," Joseph R. Levenson, *Revolution and Cosmopolitanism: The Western Stage and the Chinese Stages*, pp. ix–x.

前一個三部曲中，中國的世界性（普世的）文化因西方世界主義
（cosmopolitanism）的興起而被變得地方化。在這部書中，列文森
分析了1950年代中國的共產主義世界主義，以及它在1960年代
特別是文化大革命期間發生了怎樣的變化。他希望理解「怎樣才
能將特殊性與普遍的世界歷史相調和」。[60]

列文森在本書的開頭對世界主義和地方主義問題進行了更
進一步的歷史處理，對於兩種「世界主義的錯置」（cosmopolitan
displacement）擁有同情的理解：一種是儒家文人作為世界性人物
的錯置，另一種則是20世紀中華民國的世界主義的知識分子在
世界知識界中的局部性錯置。從這種同情的理解可以看出，他對
中國傳統社會遭遇現代歷史的暴力攻擊一直高度敏感，同時也認
識到殖民主義的認知模式所具有的霸權特性。[61] 但列文森將這種
世界主義稱為「無根的」世界主義，認為它與毛澤東以及與其類
似的民族主義共產主義意識形態形成鮮明對比。[62]

在1950年代，中國共產黨對於出版過去的和翻譯世界其他
地區的文學藝術作品，包括戲劇，持較為開放的態度，任何可以
被成功論證為在其歷史背景下是進步的作品文本都得以出版，例
如，與1800年代的進步資產階級相關，或帶有反貴族情緒，或
與當代左翼運動有關聯的作品。現實主義被視為卡洛・哥爾多尼

---

60 Ibid., p. xxviii.

61 Ibid., p. xi.

62 Levenson, *Revolution and Cosmopolitanism*, p. 5.

(Carlo Goldoni) 等人著作的一個重要特徵。[63] 有些人，比如莎士比亞，成為可以爭論的對象，因為蘇聯人接受了他們。[64] 由於某些形式的文化世界主義的階級基礎，它們可能符合中華人民共和國的民族主義。正如民族資產階級受到與買辦不同的對待一樣，這個新民主主義時期也接納中國共產主義可以認同的進步文學。在這十年中，文學生產以這種方式得到很大的發展。這種 1950 年代的新的世界主義最基本的表達是「與社會主義友邦建立共同紐帶」，但也是為了以各種方式展示新中國如何進步而將世界文學納入中國。[65]

但是 1950 年代的共產主義世界主義顯然不同於儒家文人的世界主義，因為中國不再是世界文化的中心。這一時期的中國世界主義者被認為是世界性和普遍性文化的一部分，而在馬克思列寧主義和國家社會主義的世界中，儒家思想和儒者被看作古舊的和地方性的。列文森認為 20 世紀上半葉的世界主義知識分子與他們自己的過去以及大部分中國社會是割裂的：「它確實把他們與農民分離開來」。列文森在這裏暗示，這是中共獲勝後毛澤東鎮壓這種世界主義文化的原因：「不是以背離『前西方』的儒家規範為由，而是以不滿足『後西方』的共產主義要求為由。」[66]

63　Ibid., p. 10.

64　Ibid., p. 13.

65　Ibid., p. 6–7.

66　Ibid., p. 3–5.

列文森認為這波翻譯外國戲劇的浪潮在 1957 年之後逐漸枯竭。[67]中國共產主義者認為儒家世界主義是剝削者的意識形態（並輸給了西方），而民國和新的人民共和國的無根世界主義者與他們自己的文化相疏離。「既是中國的又是新鮮的，而不是外國的或陳舊的：這是共產主義的承諾。中國民族主義，在其兩個親緣關係中──政治上的自信和文化上的革命──必然會滲透到共產主義中並使中國煥然一新。」[68]在文化大革命中，中國希望通過將革命意識形態傳播到世界各地而將自己變成一支以它自己為中心的新的世界性力量。[69]「中國人，如果在他們的國家建立一個無階級的社會，將在世界社會中構成一個階級，或一個階級的先鋒隊。」[70]

這是列文森在《儒家中國及其現代命運》中提出的論點：採用馬克思主義，中國可以重新宣稱它處於世界歷史的前沿。然而，對於列文森來說，文革試圖創造一種新的世界主義，最終卻有意地使用了一種地方主義。在 1960 年代，「舊的現實主義（『批判現實主義』）」僅僅因為以頹廢的方式描述「個體主觀狀態」而受到攻擊。[71]取而代之，文革宣揚了一種以身作則的英雄人物，而不僅僅是揭露封建資產階級社會的醜惡。「文化大革命具有地

67　Ibid., p. 19.

68　Ibid., p. 23.

69　Ibid., p. 25.

70　Ibid., p. 28.

71　Ibid., p. 45.

方文化精神，見多識廣的人們因為他們的文化而脫離了人民，由
於他們在世界範圍內與世界主義者的親緣關係而脫離了民族。」[72]
共產黨人還是沒有把中國變成世界。

　　上述內容清楚地表明，列文森對現代中國學術的貢獻具有闡
釋性質。他並不是一個發現了重要史實的歷史學家，也從來沒有
機會參閱歷史檔案。這樣講並不是說列文森的學術在這方面有缺
陷。歷史研究是一項多元化的事業：不同的歷史學家，研究同一
組文獻，必然會識別出不同的意義模式，這取決於每個人的主題
和跨學科興趣以及偏好的探究方式。遠在後現代主義之前，列文
森已經看出歷史學家的任務不在「復原」。復原是不可能的。歷
史學家的任務在於積極地重建和理解過去：通過個人的概念化、
分析和敘述技能，揭示出獨特的「過去」，只能希望他的知識和想
像力夠強、夠全面，可以造出新的、站得住腳的解釋。列文森試
圖從歷史意義的「無」中找到對此時此地有意義的東西：「他的創
造性使它在歷史上有意義，通過讓其接受評判，以他自己的創作
行為確認它的意義，而不是把它歸於虛無。」[73]

　　儘管列文森的著作展示出他的斐然才華，我們仍然應該意識
到他的著作是一位年輕學者在事業初期的創作；他仍然處在刻劃
他的思想視野之輪廓與初稿的階段，從來沒有機會為他所提出的
那些問題提供充分的答案。他的同事和學生只能獨自去思索這些

72　Ibid., p. 47.

73　Levenson, *Confucian China and Its Modern Fate*, vol. 3, p. 90.

問題，直至今天，學者們依然在為這些問題困惑。列文森如果再有三四十年的時間，一定會作出更多的思考、修改和調整——事實上，即使在我們看到的這些著作中，已經能夠看出他在不斷調整視角，使自己的論述更加充盈——他會有機會與他的批評者進行討論，參與到 20 世紀最後二十多年的各種思想轉變中。他的觀點無疑會更為成熟，分析會更加銳利明晰，而另外一些分析則會改變。因而，他留給我們的著作應該被看作是受到他所處時代的思想與知識局限的、未完成的，而且永遠無法完成的。當我們面對列文森時，我們來到的是一個不能關閉的場域，重新進入一場從未終止的對話。

三、列氏風格

列文森獨特的行文風格使得他卓爾不群，給他相當複雜的思想增加了一層豐富而令人愉悅的閱讀體驗。列文森被包括費正清在內的很多人稱為「天才」，而跟許多天才一樣，他生前並沒有被真正理解。這在當時是很多人共認的一個觀點：《列文森：莫扎特式的史學家》的〈編者導言〉中寫道：「他的史學著述內容豐富、意旨深遠，但尚未獲得充分的賞識，也未得到充分的理解。」[74]其原因之一是，對讀者來說，閱讀列文森的文章是一種必得開動

74　Meisner and Murphey, ed., *The Mozartian Historian*, p. 1.

腦筋的挑戰。必須承認，閱讀列文森帶有它挑戰性的一面，需要我們放棄閱讀歷史的慣用方法。人們初次接觸列文森的著述時，往往感到興奮和震動，但也不乏詫異和困惑。一個常見的反應是：他的著作充滿精彩的論辯，但是也有很多地方不易理解。另一個反應是：這套獨特的話語從哪裏來？與我們今天熟悉的中國有什麼關係？這兩種反應都是可以理解的 —— 列文森的著作1950年代問世時，西方讀者們最初的反應也是如此。

列氏風格具有幾個特色。首先是筆法。列文森的筆法以烘雲托月著稱，行文之際，中西古典詩歌、戲劇、音樂、繪畫信手拈來，揮灑自如，勾描意向充滿提示性。他把世界看成彩繪的畫作，把歷史看成時空裏不息的流變，因而打破了區域研究、文史分家、專業各有清規套語的格式。「跨學科」一詞在學術界尚未廣泛流行時，列文森已經展現出跨學科的精彩。列文森把思想者的活動放在多維度的社會經濟與制度體系之中進行考察，這是他承繼自韋伯（Max Weber, 1864–1920）社會學的一種史學實踐。他對19世紀歐洲大陸以及英國文史哲經典的熟稔閱讀，也讓他似乎在不經意之間就能夠展現出一種黑格爾式的大歷史筆法。揮灑之間，勾畫出一個歷史邏輯性極強的敘述與結論。閱讀這樣的文章對讀者有更高的期待，要求讀者擁有比較廣博的知識，方能與作者有效對話。對於今天的讀者來說，檢索列文森所用的詞匯、隱喻與其他資料變得容易得多，這個問題或許不再像以往那樣困難。

此外，他的寫作有一種獨特的推論方式以及開放式的論辯方法。他所使用的語句往往顛覆主語與賓語之間習見的關係，重新

分配形容詞跟副詞的位置，加之摘要去繁，以精湛的思辨建構出一個在現實之中意有所指，然而在抽象思維上又層次多重、發人深省的表述。他的敘述從來都不是帶有疏離感、從專業角度出發的直截了當的敘述。相反，他以一種後來的對話者的方式，以一種有節制的激情書寫他所研究的主題。他的風格是循環式的，富含禮儀感，浪漫，帶有感情的移入，個人化，充滿人文精神以及精湛的語言技巧。他想要創造的是一場不會事先排除任何可能性的、不斷讓人打開思路的對話。他所追求的不是一條直線式的正確答案，而是要保持創造性的張力；閱讀列文森就像是攀爬一條沒有扶手的對話的旋轉樓梯，在一個網絡上而非跟隨一條單線尋求意義與答案。他邀請讀者參與一個不斷質疑和挑戰的過程，不允許任何陳詞濫調藏身於思辨之中。這種閱讀體驗便常常不同於慣常學術文章的有熟悉的路徑可循。作為一個學者，對於列文森來說，方法（method）和過程（process）與答案（answer）一樣重要，甚至更為重要；他對於自己所遵循的方法總是保持著清晰的警惕與自覺。

列文森對語言的敏感和極大重視也表現在他非常注意閱讀行為中的潛聲，即文本在讀者腦海和內心引發的聲音。他在《儒家中國及其現代命運》第三卷中對「理論與歷史」的反思以下面這段話開頭，絕非偶然：

在普魯斯特的「序曲」（Overture）和「貢布雷」（Combray）中，片段的主題相互激蕩、交相輝映，匯聚成新的主題；最終一整個

悠長樂曲從中盤旋而出，由各種豐富的旋律支持、表現，成就
了《在斯萬家那邊》和「追憶」的宏大主題。令人遺憾的是，那
樣的音樂（或任何類似的東西）從對現代中國歷史的這一敘述
中溜走了。但是，音樂的主題還存在於那已逝之物中，被期待
著、談論著，等著人們（如讀者）去釋放。[75]

列文森顯然是不僅通過文字、而且用耳朵閱讀的，並希望他的
文字反過來不僅被讀到，也能被聽到。他深恐他的敘述沒有「悠
長樂曲」，但仍然提醒我們要聆聽「主題」，「等著……釋放」。然
後，他沿著這些聽覺路線進行了詳細說明：

說話的語氣很重要，英文和中文皆然。我們可以把人類史冊中
的某件事描述為在歷史上（真的）有意義，或者（僅僅）在歷史
上有意義。區別在於，前者是經驗判斷，斷定它在當時富有成
果，而後者是規範判斷，斷定它在當下貧乏無味。[76]

要辨別什麼是具有歷史意義的，我們必須傾聽記錄下來的過往與
我們的心「交談」時的聲音。否則，我們的理解只能是抽象的和
衍生的，只不過反映了我們所屬的那個時代的陳詞濫調。

為了強調語氣的重要性，列文森將「真的」（really）和「僅僅」
（merely）放在括號內，暗示如果去掉這些括號內的詞，「在歷史
上有意義」（historically significant）的這兩種表達之間的差異只能
聽到，而不能看到。他補充說，由此產生的「『歷史意義』一詞的

---

75   Levenson, *Confucian China and Its Modern Fate*, vol. 3, p. 85.

76   Ibid.

歧義是一種美德，而非缺陷」。[77]列文森常用前現代概念和術語
的意義變化，比如「德」（美德或美德的力量）和「天命」等，來詳
細說明他所說的含義的模糊性。他寫道，雖然這些前現代詞匯在
民國時代知識分子的現代話語中仍然流行，但它們不再具有權威
性：正是歷史意識讓我們的耳朵能分辨出「『天命』的音色變化：
從錢幣的叮叮，到喪鐘的噹噹。在時間之流中，詞語的意思不會
固定不變」。[78]

列文森的行文略顯晦澀，彷彿要激怒讀者去記住生活現實
與紙面上的文字之間的鴻溝。在他看來，歷史學家必須牢記這
一鴻溝，這樣我們才不會將過去簡化為替我們所處的時空提供界
限——修辭的界限，以及用來創造意義的界限。列文森如是言：

> 歸根結底，思想史只是人書寫的一種歷史，只是一種方法，一
> 種進入的途徑，而非終點。在客觀存在的世界中（out there），
> 在由人創造的歷史中，思想、社會、政治、經濟、文化等諸多
> 線索交織成一張不可割裂的網。在專門研究中，我們打破了自
> 然狀態的一體性，但最終目的是為了以可理解的方式將整體復
> 原。[79]

列文森的措辭有時可能會讓21世紀的讀者覺得與我們當今對性
別包容性的敏感和對一概而論的厭惡不符。然而，列文森將歷史

77　Ibid.

78　Ibid., vol. 3, pp. 86–87.

79　Ibid., vol. 1, p. xi.

視作一張我們發現自己身陷其中的網，如果我們試圖去理解他，
會發現這一意識是正確的，且仍然具有相關性。

四、時代中的列文森及其影響

上文已經介紹了列文森作為思想家和歷史學家的背景與成
長，解釋了他所思考的問題，描述了他獨特的思維方式和書寫風
格。現在讓我們更廣泛地考慮他的學術遺產，包括同時代的漢學
界及史學界對他的評價，其他學者如何研討他的著作，以及他的
論斷促發了怎樣的新研究。

自列文森的著作出版以來，中國研究學界反應不一，有很多
讚譽，亦不乏質疑的聲音，連他的師友學生們在《列文森：莫扎
特式的史學家》一書中對其史學的不完善也並不諱言。這些質疑
部分源於列文森觀點之獨特及其研究本身的局限，或他研究的範
圍之宏闊令當時許多學者不適，也部分源於評論者的視角。列文
森所著眼的，在空間上是橫向的銜接，在時間上是縱向的斷裂與
延續的交錯。他把天下、國家、認同、疏離、忠誠等議題一方面
看成近代中國知識人經歷上的突出命題，一方面也看成經受了現
代文明轉型的社會中知識承載者共同的體驗。在這種大跨度的框
架下，他下了不少宏大的結論。但前文已經提到，史料的收集不
是他的志趣與長項。列文森對儒家傳承多元體系的內涵也並沒
有下過太多工夫，他的詮釋理論對漢語原典文本極具選擇性，這
些都成為中國研究學界批評的重點。老一輩的代表人物恒慕義

(Arthur W. Hummel) 根本不認同列文森，甚至不願意承認《梁啟超與近代中國思想》是歷史著作。[80]

列文森的《儒家中國及其現代命運》三部曲，從構思到出版，是 1950 年代的產物。當時人民共和國成立還不到十年。解釋共產黨何以在國共 1940 年代的戰爭中取得勝利，是一個政治性很強的當代話題。前文提到，當時美國的社會環境絕不寬鬆，猶太裔學者更是遭另眼相看。列文森並沒有頌揚中國共產黨，但是他也沒有把共產黨的建國簡單地看成是國際共產主義的陰謀與顛覆，而是將之作為一個過程，置於更廣闊的歷史時空裏加以思考。他把帝制結束之後的儒家思想看成失去體制、無所附著的遊魂，把人民共和國的建立與共產主義在中國的勝利看作長期歷史演繹、內緣蛻化不得不然的結果。這樣的立場在 50、60 年代的北美漢學界自然不會人人讚賞。華裔的名師碩儒或學術新秀，比如趙元任、蕭公權、房兆楹、瞿同祖、楊聯陞、張仲禮、劉廣京等，好像與列文森沒有多少來往。他們在 1940 年代中或 1949 年之後離開大陸，雖然身在海外，但是心存故土，把懷抱寄託在對中華民族文化的想像。在他們看來，盛年的列文森尚未進入中國經史的殿堂，就斷然宣佈儒家傳承已經破產，不免顯得既主觀又輕率。另外，列文森不把共產主義看成外來植入的異株，反而從

80　見恒慕義的書評：Arthur W. Hummel, "Liang Ch'i-ch'ao and the Mind of Modern China, by Joseph R. Levenson," *The Far Eastern Quarterly*, vol. 14, no. 1 (1954), pp. 110–112。

社會心理學角度將之詮釋成儒家傳承在思想情感功能上的替代。
這些結論，都讓他跟同時代從事中國研究的學者中傾向反共自由
主義的陣營產生分殊。

　　無論如何，對列文森觀點的爭論引爆了北美中國學界在相關
問題上的批判或商榷性的研究。列文森以梁啟超為基礎，把儒家
傳承等同於帝王主導的天下觀與天命論，把科舉制度看成意識形
態的檢測，大膽地引進正在形成中的歷史心理學，認定晚清以後
的中國制度與文化缺乏內源再生的能力。列文森仍然在世的時
候，這些論點已經促使青年學者從各方面開展研究，展現儒家文
化在中國的豐富多元內涵，及其在官場之外、社會民間或家族村
落之中的規範作用。學者們結合思想、制度、社會、文化史，探
究儒家倫理的宗教性以及心性層面、儒家思想在商人倫理中的作
用、地方世家與書院的治學體系、科舉考試中的實學成分、地方
士紳以及家族在公眾領域中的禮教實踐。這些研究全面地擴大了
對傳統知識、「入世修行」、「克己復禮」等倫理人文的理解。

　　1970年代以來，隨著社會史和文化史的勃興，西方學者陸
續解構了「儒家中國」的概念，勾畫了「三教合一」的思想脈絡，
凸顯了晚明的儒僧、僧道、寺廟、戲劇、繪畫，指出官訂的儒家
教條在民間通俗文化以及地方精英階層中的輻射力度是有限的。
20世紀晚期和21世紀初期，學者們更撇開對思想內涵門派的辯
論，重新評價科舉對於清代思想發展的影響，探討明清王朝在近
代早期歐亞火藥帝國體系中的位置以及與全球經濟、科技、文化
的流通，開展對於思想究竟如何轉型的研究。他們討論書籍的生

產流播與閱讀、新知識體系的具體建構與傳遞、語言文字表述體系的重新認定、古文詩詞文學與國學內涵的重塑、知識人社會身分的形成、信息體系在近現代的轉型、廣義的「經世之學」在20世紀如何致用與實踐，以及在科舉制度之外，中國實用知識體系如何形成專業制度、建立實踐基礎。這些研究，主要針對明清以及民國，都發展於列文森過世之後，遠遠超出了他的三部曲的視野。這些研究成果綜合起來，不但重新界定何為儒學、何為轉型中的文化中國，並且重新思考近代知識、人文與轉型社會國家之間的關係，重新認識在走進世界、走向科技現代之後，中國近現代思想文化如何形成脈絡。在相當程度上，西方明清及民國史學的這些進展是列文森當初提供的刺激的長期結果。對近現代中國的理解總是以這樣或那樣的方式延續著列文森關心的問題，而且以各種方式回到列文森，即使人們有時並不直接在文本上與他進行對話。

從另外一面講，我們也需澄清，列文森辯證性極強的歷史心理分析，雖然極為有助釐清晚期以來中國思想界的取捨動態，但是很難把他這種別致的方法傳給學生。在某種意義上，這個著重情感張力的分析似乎也沒有為近代中國思想史勾畫出一個多元並進的發展軌跡。然而正因為他的《梁啟超》與《儒家中國》並不依傍他對一兩個學人或學派在文本生產上的描述，反而更有啟發作用。

讓我們以他和後來者對梁啟超的研究為例。列文森出生的時候梁啟超仍然在世。在列文森生活的半個世紀中，中國處在不斷的分裂、戰亂、持續鬥爭、持續困乏、在國際上逐漸孤立的狀況

中。列文森同輩以及稍後的學者們中，不少人同樣關切1949年所標誌的歷史性開創與結束，同樣關懷其中所蘊含的古與今、中與西、必然與偶然、邏輯與人為的對立與結合關係，想要理解1949年後最迫切的問題：「到底發生了什麼？」[81] 與列文森不同，其他研究者仔細閱讀梁啟超的事跡與著作，認真考辨梁啟超的文本闡述與思想內涵；他們並不把梁啟超個人的經歷擴大，看成一種具有典型性的中國知識心路歷程。列文森所關切的是他平生如何遊走四方，如何一變、再變、而又變，如何在行旅之中出入一己的外視與內省。他所勾畫的是一代思想者在面臨時空秩序斷裂與重組時候的彷徨、焦慮、自省與追尋。他認定每當文明急劇轉型，轉型時代的知識承載者就無法像過往一般地依循規矩方圓，四平八穩。轉型時期的失態與脫格是常態。這個時期的不改平常反而是無感與脫序。列文森把現代性帶進中國近現代史的視野，把改造創新與失衡失語看作一體的兩面，把幸福與災禍看成緊鄰。「禍兮福所倚，福兮禍所伏」，中國思想界對這個正反兩面交織並存的辯證式思維並不陌生。列文森不但把這個概念帶進歷史研究的視野，並且透過人物傳記，具體呈現了近代巨變時刻歷史人物身處其中，在時間上所經歷的急迫感以及在空間上所經歷的壓縮感。其他學者很難趕上列文森走的這條纏繞崎嶇的路，或許並不奇怪。

列文森另一個引發辯難的，是他跟同時代不少英美學者共同持有的一個預設，就是把科學理性主義與工業科技文明看作

81　Levenson, *Confucian China and Its Modern Fate*, vol. 3, p. 118.

近代西方文明的標誌，把科技看成橫掃天下的普世實踐。在這個框架中，他把鴉片戰爭看成一個現代文明與一個前現代帝國的總體衝突。這個觀點，沿承自他的老師費正清，也反映出大多數中國史學家們的基本姿態（費正清畢竟師從清華大學歷史學系的蔣廷黻），到目前為止仍然如此。他雖然大力指出西方文明不足以作為完整的世界性知識，但是他對文明體系的表述，不經意之間展現了 19 世紀文明等差時空階段性的分殊。列文森對啟蒙運動的無條件欽佩可能會讓生活在後現代主義時代的我們覺得老派，而他引用未翻譯的法語和德語的參考資料可能顯得自負或歐洲中心。

此外，我們也很難支持列文森關於中國歷史的一些籠統的概括，例如關於晚期帝國思想潮流（我們甚至已經不再使用「儒家」一詞）或滿洲人的漢化和最終「消失」（我們現在知道這沒有發生），或者同意他的一些更激進的立場，例如聲稱宦官和滿洲人在明清背景下「起到了相似的作用」。[82] 我們拒絕列文森的一些論點是非常自然的：鑑於世界各地的學者在這些問題和其他問題上已經付出了三代人的努力，我們的知識在許多領域都有了進步。從 1970 年代開始，大量新資料（尤其是檔案材料）的出現，以及新方法（包括那些依靠大數據和地方田野調查的方法）的出現，意味著我們對中國近現代歷史的理解比當時更加細緻和全面。我們可以說，列文森在寫「儒家中國」時所看到的，在很大程度上

82　Ibid., vol. 2, pp. 45–46.

實際上是「晚期帝制中國」，更準確地說是「清代中國」。如果列文森還活著，他本人很可能會參與其中的一些發展，並且非常有可能改變自己的想法，就像他的老師費正清在他的整個職業生涯中不斷改變自己對事物的看法。

五、在21世紀閱讀列文森

自列文森去世以來，中國、西方、全世界都發生了巨大的變化。在這個新的歷史時刻，是否仍然值得我們花時間去讀（或重讀）列文森精妙的文章呢？上文已經表明，我們相信答案是肯定的。列文森提出的問題——調和民族主義和文化主義，將中國置於世界歷史的潮流中，以及歷史和政治中的連續性和斷裂性的一般問題——仍然沒有得到解決，而且在今天也許比在列文森的時代更加緊迫。在對這一問題的討論中，歷史和歷史學家的重要性也沒有改變。事實上，鑒於21世紀初的「中國崛起」，它們的重要性甚至可能更加突出。「中國故事」（複數形式）的宏大敘述試圖框定世界如何解釋中國重返全球權力的方式，且在今天變得越來越重要、越來越有影響力。

「在很大程度上，近現代中國思想史是使『天下』成為『國家』的過程」，1958年列文森這樣寫道。[83] 按照他的解釋，這是一種

83　Ibid., vol. 1, p. 103.

極為艱困的過程，其中充滿彼此相互衝突的對立元素：普世和特殊，絕對和相對，文化和政治。在從文化主義到民族主義的轉變中，我們能夠追溯到中國如何從一個「自成一體的世界」轉化為「在世界裏的中國」。總而言之，列文森對這段歷史的結論是：共產主義的到來為中國人提供了另一個概括全世界的體系，它能提供一個既是「現代的」，又是「中國的」未來。他說：「共產主義者尋求找到一種綜合，以代替被拋棄的儒家觀念和與之相對立的西方觀念。」[84] 列文森 (也有其他人) 在冷戰膠著時寫的文章所預測的結果是，一個普世的革命理念會成為現實存在，並得以不斷完善，為中國的精英們源源不絕地提供必要的思想、政治和歷史解決的資源與方案，以應對中國在一個徹底改變了的世界裏所面臨的生存威脅：「在今日中國之道中，唯一可能具有普世性的是革命的模式，那是政治與經濟的模式。而在文化上 —— 指具體的、歷史上的中國文化 —— 毛澤東沒有什麼可以貢獻給世界的。昔日中國聲稱垂範於世，因他人皆異於華夏，故遜於華夏。新中國也自稱堪為他國楷模，因受難的共同經歷與命運而與他國引為同道，於是中國式的解放也理當滿足其他國家的需要。」[85]

這些冷戰早期的預見在後來的現實發展中並沒有應驗。六十多年後，今天「中國模式」所建構的中國軟實力，所依傍的是中國經濟崛起的成績，而不是「無產階級革命」的成果。但在意識

84　Ibid., vol. 1, p. 141.

85　Ibid., vol. 1, p. xvii.

形態上，許多海內外學者認為，我們今天所看到的中國站在越來越狹窄和脆弱的思想基礎上，除了民族主義之外，缺乏任何「超驗的合法性」（transcendent legitimacy）。今天中國的民族國家，在經歷了許多動盪之後，似乎複製了西方的國家模式和功能。但是黨內外的思想家仍在繼續尋找一種綜合的模式，在建構一個強大、富裕、現代、在世界上舉足輕重的中國的同時，中國的理論工作者仍然在尋找一種既可普遍應用、又能被一眼識別出具有「中國特色」的模式；傳統中國的歷史也因此獲得了新的重要性。諸如「盛世」、「復興」、「大一統」等經典表達方式在政治和流行話語中的復甦表明，在實現這個綜合的模式上缺乏新的思路。這種措詞中的轉變，以及對「自古以來五千年歷史」的迷戀，標誌著理論工作向傳統主義思維的回歸，以列文森的話來說，這正是「回歸之路亦是出發之路」的體現。

這種回歸在 20 世紀的大部分時間裏都顯得不合時宜，而在列文森寫作的 20 世紀中葉，因為「解放」還很新鮮，則幾乎是不可想像的。然而，毫無疑問，在 21 世紀它已經發展到在意識形態中佔據了重要位置。讓我們再次引用《儒家中國及其現代命運》三部曲第一卷的內容：

> 頑固的傳統主義者似乎已不是單純在智性上信奉那些恰好是中國歷史產物的令人信服的觀念，而成了只因所討論的觀念是從中國過去傳承下來的，就有決心去信奉、有情感需求去體會智性上的強迫感（compulsion）的中國人。當人們接受儒家傳統主義不是出於對其普遍正確性的信心，而是出於某種傳統主義的

強迫感去公開承認這種信心時，儒家就從首要的、哲學意義上的效忠對象（commitment），轉變為次要的、浪漫派意義上的效忠對象，而傳統主義也從哲學原則變成了心理工具。[86]

列文森認為這種思維所提供的主要是心理安慰，而非令人信服的哲學論證。當然，思想的軌跡即使來自傳統主義的陳舊體系，也不一定缺乏魅力或感染力。這種種現象表明，列文森所提出的兩個結構性的問題仍然是我們今天理解中國的關鍵：意識形態或文明建構與國家之間的關係，以及在國家建設（nation-making）這個從天下到國家的過程中，中國位於何處？正在朝什麼方向發展？

列文森的中心論題常常也正是近年引起國內學界最大關注的問題，比如「何為中國」。今天的中國究竟是一個政治共同體還是文化共同體？現代中國人的認同基礎是什麼？「中國」是一個自然的存在還是一個需要不斷建構的機體？源於西方的一些基本概念，比如「帝國」、「民族國家」、「主權」等，能否用來分析中國歷史？現代中國的思想源泉來自何處？中國與西方是否完全不存在可比性？列文森在晚清民國歷史中所看到的自相矛盾，二十一世紀的今天同樣仍然存在。他在《儒家中國》第三卷中指出 1950 年代的史學家們一方面通過分期將中國歷史與西方歷史等同起來，同時又堅持認為所有過渡本質上都是中國內源變動的產物。[87] 今天「中國模式」的世界意義和中國「國情」的特色同時受

86　Ibid., vol. 1, pp. xxix–xxx.

87　Ibid., vol. 3, p. 48.

到強調，我們在其中還是能夠看到同樣的矛盾。中國被看作是一種單一、隔絕、自我參照、自我封閉的政治思想體系；其「國情」比其他國家的「特殊情況」更特殊，因而是「獨一無二的」。根據這個「中國特殊性」的邏輯，中國不受一般歷史規律的制約，也無法與全球規範做比較。

　　同樣的現象也可見於大家對今天中國社會的「價值真空」問題的關注。列文森認為，清朝之後的儒家是思想失去了制度的基礎（君主制）；與此相反，改革開放以來我們所看到的是一個制度（黨國）失去了思想的基礎（毛澤東思想）。從這種類比我們可以學到很重要的教訓。列文森認為，儒家思想失去了其制度基礎就無法生存，必然會消失，只會剩下殘損的碎片，成為「舊建築物的殘磚斷瓦」。[88] 但在這一點上他似乎錯了：儘管有核心變化，儒家思想依然生存下來（或者說，各種自稱是儒家的思想潮流經久不衰），而且即使它今天沒有帝制時代的那種力量，也竟然再次產生一種出乎列文森想像之外的能量。同樣，我們不能認為，只因為一般人對毛澤東思想早已不感興趣或不再相信，甚至輕視毛澤東本人，就表明毛澤東時代的思想或習慣的全部特徵都隨著毛的去世而徹底消失：從1950、1960年代以來形成的革命傳統，也蛻化成另一種傳統主義。但是，這些思想和與之共生的思維慣性能否支撐當今中國新的夢想呢？列文森

88　Ibid., vol. 3, p. 113.

讓我們清楚地看到，一旦一個事物或思想被發明出來，它便不會徹底消失，而往往以變化了的形式在某個時刻復現。這個問題，即思想體系半衰期問題，提醒我們在思考當前中國所面臨的挑戰與話語抉擇時，要像列文森一樣，考慮話語形態應付的是何種問題、所給出的是何種答案、所否定的又是何種方案。新一代讀者在關注列文森著作時，應能不僅關注歷史學問題和方法，也能參照他的提問線索來理解目前意識形態的語境和我們自己在其中的位置。

20 世紀以來中國持續現代化。進入 21 世紀，現代化取得正當性，步伐只有加快，沒有放緩，哲人能者認識到居安必須思危。列文森當年所提出的議題與解析的方式，不僅著眼在現代性外發的體現，並且打開了思維世界內省的視野，關注到世代交替之際的傳承斷裂和話語重構，以及現代人情感與知識資源上所經受的挑戰。就這個意義來看，列文森的史學關懷與方法，超越了對 21 世紀上半葉中國近現代史的解析，持續具有廣泛的闡釋力與開創性。從宏觀歷史層面來說，即使列文森有所誤判，也還能為我們提供一個有意義的視角，借以審視當前的中國。

最重要的是，儘管文化體驗和表達方式上的差異可能會妨礙人們立即實現相互理解，但列文森的世界主義、對人類智慧和人文價值觀的普遍性的信念依然很吸引人；這無疑是列文森對一種全面、全球性地觀照中國歷史的方法最有意義的貢獻之一。它既反駁了西方對於自己的觀點的普遍主義假設，也挑戰了中國的例外主義假設。要把中國歷史寫成世界歷史的一部分，不等於說史

學家必得找一大堆直接類比說明中國的歷史發展跟外國史一模一樣，但同時也不等於說中國的歷史發展跟與外國史不可比、無法比。在這些不相容的極端之外，必有許多中間道路可以選擇。與此同時，列文森對於歷史書寫持肯定態度，把歷史性的責任放在歷史學家的手裏。天下體系的崩潰有其悲劇的一面，但作為一個樂觀主義者，列文森想說服所有關心中國歷史的人士，這是歷史工作者參與到把中國史編入普世、全球歷史這一事業中的一個的機會。把中國歷史經驗再次整合於新的世界思想體系中，這是列文森才情所至、無所畏懼的一個表現，也是他作為一位開放的思想家、一位真正人文主義信徒的理想和目標。他在《儒家中國及其現代命運》三部曲的第二卷裏這樣講道：

> 某種真的可被稱為「世界歷史」的東西正在浮現，它不只是各種相互分離的文明的總和。研究中國的歷史學家在書寫過去時，可以有助於創造這種世界歷史。歷史學家若遠離了任何事實上和想像中的文化「侵略」和文化辯護，就能通過將中國帶入普遍的話語世界（universal world of discourse），幫助世界在不止於技術的層面上統一起來。絕不應該去製造大雜燴，也不應該歪曲中國歷史去適應某種西方模式。相反，當對中國歷史的理解不傷害其完整性和獨特性，而且這種理解和對西方歷史的理解相互補充的時候，才會造就一個「世界」……
>
> ……研究中國歷史應該不僅僅是因為其異國情調，或者對西方戰略的重要性，研究它是因為我們試圖用來理解西方的那個話語世界，也可以用來理解中國，而不必強求二者有相同的模式。如果我們能這樣去理解中國和西方，也許我們就能有助

於造就這樣一個共同的世界。書寫歷史的行動本身即是一種歷史行動。[89]

列文森是一個充滿個性與智識上的魅力的人；他去世後，朋友們記得他「謙遜的魅力和愉快的自嘲故事」。[90]作為一個在盎格魯—撒克遜世界找到了一種生活方式卻又同時保持了自己的身分的猶太人，列文森本人是一個非常國際化的人，並期待或至少希望看到中國也能夠以自己的方式進入（或重新進入）世界。列文森對我們當前思考中國的努力——其統一但不乏矛盾衝突的政治，多元化的社會以及經久不衰、代代有變的各種文化傳統——所做的貢獻遠不止「……及其現代命運」這個時髦的比喻。列文森以其獨特的風格對思考歷史大問題所展現的雄心令人驚嘆。半個世紀過去了，列文森當年對問題的提法仍然得到關注，這個意義比他所給出的答案更能啟發思路。儘管他關於從天下到國家的轉變以及儒家思想與現代生活不相容的答案在今天可能無法說服我們（這些觀點在當時也並沒有說服所有人），但他的觀點對我們提出了挑戰，促使我們提出具有相似的格局和意義的替代答案。

在過去一百年用英語寫作的現代中國歷史學家中，約瑟夫‧列文森很可能是最具想像力的。對那些改變了千百萬中國人如何

89　Ibid., vol. 2, pp. viii–ix.

90　Cohen, "Preparing for China at Berkeley: 1960–63."

看待自己在世界中的位置的歷史性轉變所帶來的重大問題，他的看法繼續為所有關心這些問題的人提供著靈感。長久以來，中國讀者基本上無法接觸到他的著作全貌，這讓我們這些幾十年來一次又一次地向他的洞見尋求指導的人感到非常遺憾。我們希望在這裏提供的關於他的生平和思想的介紹將鼓勵中文學術界的同事們，以列文森本人在短暫學術生命中既嚴肅又興趣盎然的精神來參與他未完成的思想學術工作，並通過這種參與，更好地理解那些塑造了中國的過去和現在的力量、並使得塑造中國未來的力量更為強大。

參考文獻

中日文文獻

大隈侯八十五年史編纂會:《大隈侯八十五年史》,3卷,東京:原書房,1926。

戈公振:《中國報學史》,上海:商務印書館,1928。

王豐園:《中國新文學運動述評》,北平:新新學社,1935。

矢野仁一:〈1898年變法與政治變化〉,《史林》,第8期(1923),第54–67、212–226、443–462頁。

朱其華:《中國近代社會史解剖》,上海:新新出版社,1933。

朱壽朋編纂:《光緒東華續錄》,64冊,上海,1908。

吳其昌:《梁啟超》,重慶:勝利出版社,1945。

李劍農:《最近三十年中國政治史》,上海:太平洋書店,1930。

沈桐生輯:《光緒政要》,34卷,上海,1908。

金國寶:《中國幣制問題》,上海:商務印書館,1928。

姜馥森:〈章太炎與梁任公〉,《大風》,第79期(1940),第2561–2562頁。

春畝公追頌會編:《伊藤博文傳》,3卷(第二版),東京:春畝公追頌會,1942。

胡適:《四十自述》,上海:亞東圖書館,1935。

———:《胡適文存三集》,4卷,上海:亞東圖書館,1930。

孫逸仙:《中山全書》,4卷,上海:三民圖書,1926。

宮崎寅藏:《三十三年落花夢》(第二版),東京:出版合作社,1926。

徐寄廎:《增改最近上海金融史》(第三次印刷),上海:上海書店,1932。

桑原騭藏:〈讀梁啟超的《中國歷史研究法》〉,《支那學》,第2卷,第12號(1922年8月),第1–18頁。

素痴(張蔭麟):〈近代中國學術史上之梁任公先生〉,《學衡》,第67期(1929年1月),第1–8頁。

馬震東:《袁氏當國史》,上海:中華書局,1930。

高一涵:〈讀梁任公革命相續之原理論〉,《新青年》,第1卷,第4期(1915年12月15日)。

張君勱等:《科學與人生觀》,2卷,上海:亞東圖書館,1923。

梁啟超:《飲冰室文集》,80卷(第二版),上海:中華書局,1925。

———:《飲冰室合集》,40卷,上海:中華書局,1936。

郭湛波:《近五十年中國思想史》,北京:人民書店,1926。

陳功甫:《中國革命史》,上海:商務印書館,1930。

陳端志:《五四運動之史的評價》(第二版),上海:生活書店,1936。

陳鑒:〈戊戌政變時反變法人物之政治思想〉,《燕京學報》,第25期(1939年6月),第59–106頁。

麥仲華編:《南海先生戊戌奏稿》,清宣統三年(1911)鉛印本,出版地不詳(可能在上海),1911。

閔爾昌輯:《碑傳集補》,60卷,北平,1932。

馮自由:《中華民國開國前革命史》,2卷(第二版),重慶:中國文化服務社,1944。

———:《革命逸史》,3卷,重慶:商務印書館,1943。

楊明齋:《評中西文化觀》,北平:商務印書館,1924。

葉昌熾:《緣督廬日記抄》,16卷,上海,1933。

葛生能久:《東亞先覺志士記傳》,3卷,東京:黑龍會出版部,1933–1936。

賈逸君:《中華民國史》,北平:文化學社,1930。

鄒魯:《中國國民黨史稿》,2卷,上海:民智書局,1929。

趙爾巽等:《清史稿》,536卷,北平,1924–1928。

趙豐田:〈康長素先生年譜稿〉,《史學年報》,第2卷,第1期(1934年9月),第173–240頁。

劉盼遂：〈梁任公先生傳〉，《圖書館學季刊》，第4卷，第1–2期（1929年6月），第135–138頁。

錢基博：《現代中國文學史》，上海：世界書局，1933。

錢穆：〈劉向歆父子年譜〉，《燕京學報》，第7期（1930年6月），第1189–1318頁。

《羅素月刊》，第1期，上海，1921。

蘇輿著，葉德輝編：《翼教叢編》，6卷，出版地不詳，1898。

西文文獻

Britton, Roswell S., *The Chinese Periodical Press, 1800–1912*, Shanghai: Kelly & Walsh, 1933.

Cameron, Meribeth E., *The Reform Movement in China, 1898–1912*, Stanford: Stanford University Press, 1931.

Chafkin, S. H., "Modern Business in China: The Bank of China before 1935," *Papers on China* (mimeograph), vol. 2, Committee on International and Regional Studies, Harvard University, 1948.

Chapin, Frederic L. and Kates, Charles O., "Homer Lea and the Chinese Revolution" (manuscript).

Chen, Stephen and Payne, Robert, *Sun Yat-sen: A Portrait*, New York: John Day Company, 1946.

Chiang, Monlin, *Tides from the West*, New Haven: Yale University Press, 1947.

Ch'ien, Tuan-sheng, *The Government and Politics of China*, Cambridge: Harvard University Press, 1950.

China Journal of Science and Arts, vol. 5, no. 1 (July 1926).

Darroch, J., "Current Events as Seen Through the Medium of the Chinese Newspaper," *Chinese Recorder and Missionary Journal*, vol. 43, no. 1 (Jan. 1912), pp. 23–33.

d'Elia, Pascal M., "Un Maître de la jeune Chine: Liang K'i T'ch'ao," *T'oung Pao*, vol. 18 (1917), pp. 249–294.

Fairbank, J. K. and Liu, K. C., *Modern China: A Bibliographical Guide to Chinese Works, 1898–1937*, Cambridge: Harvard University Press, 1950.

Forke, Alfred, "Ein chinesischer Kantverehrer," *Mitteilungen des Seminars für Orientalische Sprachen*, vol. 12 (1909), pp. 210–219.

———, *Geschichte der Neueren Chinesischen Philosophie*, Hamburg: De Gruyter & Co., 1938.

Franke, O., "Die wichtigsten chinesischen Reformschriften vom Ende des neunzehnten Jahrhunderts," *Bulletin de l'Académic Impériale des Sciences de St-Pétersbourg*, fifth series, vol. 17 (1902), pp. 47–59.

———, *Ostasiatische Neubildungen*, Hamburg: Veelag von C. Boysen, 1911.

Glick, Carl, *Double Ten*, New York: Whittlesey House, 1945.

Glick, Carl and Hong, Sheng-hwa, *Swords of Silence: Chinese Secret Societies—Past and Present*, New York: McGraw-Hill, 1947.

Hay, Tsou Chai, *La situation économique et politique de la Chine et ses perspectives d'avenir*, Louvain: University of Michigan Library, F. Ceuterick, 1921.

Hornbeck, Stanley K., *Contemporary Politics in the Far East*, New York: D. Appleton, 1928.

Hu, H. H., "Ch'en San-li, the Poet," *T'ien Hsia Monthly*, vol. 6, no. 2 (Feb. 1938), pp. 134–143.

Hu, Shih, "The Confucianist Movement in China," *Chinese Students' Monthly*, vol. 9, no. 7 (May 12, 1914), pp. 533–536.

Hummel, Arthur W., ed., *Eminent Chinese of the Ch'ing Period*, 2 vols., Washington: U. S. Government Publishing Office, 1943–1944.

Japan Chronicle, Kobe, 1905–1911.

Japan Weekly Chronicle, Kobe, 1902–1941.

Kiang, Wen-han, *The Chinese Student Movement*, New York: King's Crown Press, 1948.

Kobe Chronicle, Kobe, 1898–1901.

Kotenev, Anatol M., *New Lamps for Old*, Shanghai: North-China Daily News and Herald, 1931.

Levy, Marion J., *The Family Revolution in Modern China*, Cambridge: Harvard University Press, 1949.

Liang, Ch'i-ch'ao, "Archaeology in China," *Smithsonian Report for 1927*, Washington: U.S. Government Publishing Office, 1928, pp. 453–466.

Liang, Ch'i-ch'ao, *Chinese Political Thought During the Early Tsin Period*, London: Kegan Paul Trench Trubner, 1930.

Liang, Ch'i-ch'ao, *The So-called People's Will (A Comment on the Secret Telegrams of the Yüan Government)*, Shanghai, 1916 (English and Chinese texts).

Lin, Yutang, *A History of the Press and Public Opinion in China*, Chicago: The University of Chicago Press, 1936.

Lynn, Jermyn Chi-Hung, *Political Parties in China*, Peking: H. Vetch, 1930.

Ma, Te-chih, *Le Mouvement réformiste et les événements de la cour de Pékin en 1898*, Lyon: Bosc frères, M. & L. Riou, 1934.

MacNair, Harley Farnsworth, *China in Revolution*, Chicago: The University of Chicago Press, 1931.

Martin, Bernard, *Strange Vigour: A Biography of Sun Yat-Sen*, London: W. Heinemann, 1944.

Maybon, Albert, *La Politique chinoise*, Paris: Giard et Brière, 1908.

Morgan, Evan, *Wenli Styles and Chinese Ideals*, Shanghai: Christian Literature Society for China, 1916.

National Review, Shanghai, 1910–1916.

North-China Herald and Supreme Court & Consular Gazette, Shanghai, 1870–.

Peking Gazette (published by *North-China Herald*), Shanghai, 1872–1899.

Pelliot, Paul, "Le Chou King en caractères anciens et le Chang Chou Che Wen," *Mémoires concernant l'Asie Orientale*, vol. 2 (1916), pp. 123–177.

Pollard, Robert T., *China's Foreign Relations*, New York: The Macmillan Company, 1933.

Reichalt, Karl Ludwig, "A Conference of Chinese Buddhist Leaders," *Chinese Recorder and Missionary Journal*, vol. 54, no. 11 (Nov. 1923), pp. 667–669.

Reichwein, Adolf, *China and Europe*, New York: A. A. Knopf, 1925.

Richard, Timothy, *Forty-five Years in China*, New York: Frederick A. Stokes, 1916.

Sharman, Lyon, *Sun Yat-sen: His Life and Its Meaning*, Stanford: Stanford University Press , 1934.

Soothill, William E., *Timothy Richard of China*, London: Seeley, Service & Co. Ltd., 1924.

T'ang, Leang-li, *The Inner History of the Chinese Revolution*, London: G. Routledge & Sons, 1930.

The Week in China, Peking, 1926–1932.

Tseng, Yu-hao, *Modern Chinese Legal and Political Philosophy*, Shanghai: The Commercial Press, 1930.

Tsu, Y. Y., "Spiritual Tendencies of the Chinese People as Shown Outside of the Christian Church Today," *Chinese Recorder and Missionary Journal*, vol. 56, no. 12 (Dec. 1925), pp. 777–782.

Tsung, Hyui-puh (Hui-po), "Chinese Translations of Western Literature," *Chinese Social and Political Science Review*, vol. 12, no. 3 (July 1928), pp. 369–378.

Valentin, Ferdinand, *L'avénement d'une republique*, Paris: Perrin & cie, 1926.

Wen, Ching, *The Chinese Crisis from Within*, London: Marshall, 1901.

Wieger, Leon, *La Chine moderne*, vol. 1 ("Prodromes"); vol. 5 ("Nationalisme"), Hsien-hsien: Imprimerie de la Mission catholique, 1931.

Wilhelm, Richard, "Intellectual Movements in Modern China," *Chinese Social and Political Science Review*, vol. 8, no. 2 (Apr. 1924), pp. 110–124.

Woodbridge, Samuel I., trans., *China's Only Hope* (Chang Chih-tung, *Ch'üan-hsüeh p'ien*), New York: Fleming H. Revell Company, 1900.

Woodhead, H. G. W., ed., *China Year Book, 1926–1927*, Tientsin: The Tientsin Press, 1927.

索 引

本索引中頁碼為英文原書頁碼,即本書邊碼

十畫